KB109733

로맨스 약국

▪ 이 도서의 국립중앙도서관 출판시도서목록(CIP)은
e-CIP 홈페이지(http://www.nl.go.kr/ecip)에서 이용하실 수 있습니다.
(CIP제어번호: CIP 2006001603)

로맨스 약국

사랑의 상처를 치유하는 언어학자의 51가지 처방전

박현주

노석미 그림

마음산책

로맨스 약국

1판 1쇄 발행 2006년 8월 1일
1판 2쇄 발행 2006년 8월 25일

지은이 | 박현주
그린이 | 노석미
펴낸이 | 정은숙
펴낸곳 | 마음산책

등록 | 2000년 7월 28일(제13-653호)
주소 | 서울시 마포구 서교동 395-114 (우 121-840)
전화 | 대표 362-1452 편집 362-1451   팩스 | 362-1455
홈페이지 | http://www.maumsan.com
전자우편 | maum@maumsan.com

ISBN 89-89351-95-2 03810

* 책값은 뒤표지에 있습니다.

어리석은 사랑에서 현명한 관계를
피워낼 수 있을지는 아직도 해답이 없다.
이것이 이 책을 쓴 이유다.

365일 24시간 문을 여는 로맨스 약국

우리가 연애에 대해서 이야기를 시작한 때가 언제였을까? 오래된 흑백 결혼사진을 들여다보면서 "엄마는 아빠를 어디서 만났어?"라고 물어보던 유치원 시절, 같은 반 짝꿍하고 좋아한다고 애들이 놀려대서 울음 터뜨렸던 초등학교 때, 청년부 오빠를 좋아하던 친구를 따라 일요일마다 교회를 나가던 여학생 시절? 글쎄, 어디서부터가 연애인지 잘 알 수 없던 때부터 항상 연애에 대해서 이야기를 해온 기분이다.

시내의 카페 안, 커피가 식어가는 것도 모르는 채 잡지의 연애 별점을 손가락으로 짚어가면서 골똘히 읽고 있는 여자가 있다. 액세서리 상점, 쭈뼛쭈뼛 들어와 "이 반지는 얼마죠" 하고 물어보는 남자가 있다. 집으로 돌아가는 늦은 전철 안, 옆에 앉아 있는 발그레한 볼의 여자애가 울리지 않는 핸드폰을 계속 꺼내서 만지작거린다. 어울리지 않게 한숨을 내쉬다 벨이 울리면 반가이 받아 "여보세요, 응, 나야" 하고 대답한다. 비 오는 거리, 빗속에 한쪽 어깨를 내어놓은 채 여자가 젖지 않도록 우산을 받쳐주는 남자는 여자의 한쪽 소매도 살며시 젖어들고

+

있다는 사실을 모른다. 미처 잠들지 못한 늦은 밤, 가로등 불빛 너머
술 취한 남자가 "내가 잘못했어, 정말 잘못했어. 용서해줘" 외치는 소
리가 들리면, 어딘가의 문이 열린다. 일상에서 마주치는 연애의 풍경
들이다.

그 풍경 속으로 간간이 지나치는 정류장처럼 내 연애가 끼어든다.
짧게 스치듯 지나간 연애, 오래 정차했다 간 연애, 멈추고 싶었지만 매
정하게도 그냥 지나칠 수밖에 없었던 연애, 오래 머물까 두려워 뿌리
치듯 달려간 연애, 이것이 종착역일지도 모르는 연애. 그 때문에 기뻤
고, 마음 아팠으며, 한없이 비참했고, 마음 졸였으며, 내가 모르던 나
자신을 발견하게 해준 로맨스들. 그 안에서 계산적이었고, 맹목적이었
으며 냉정했지만 바보 같았던, 모든 비일관적인 시간들에 연애라는 이
름을 붙여준다.

모든 연애는 특별하지만, 그 특별한 사건들이 모여서 일상을 이룬
다. 그래서 사람들의 연애는 모두들 닮아 있다. 이 실패와 운명의 사건
은 반복해서 발생하고 여기서 우리 모두가 알고 있는 로맨스가 탄생한

+

다. 나의 예로써 타인을 설명할 수 있고, 타인의 예로써 나를 설명할 수 있는, 우리 모두가 공통적으로 앓고 있는, 연애로 생긴 질병. 이 질병은 때로는 감기처럼 가볍게 지나가고 때로는 독감처럼 오래 앓게 한다. 백신도 없는, 감염율 100퍼센트의 질병. 병원에 가서 수술을 받을 만큼 심하지 않고, 완치되지 않아도 그냥 살아갈 수 있지만 가끔 마음에 반창고 한 개가 필요하다.

그래서 이 글들을 한 편씩 썼다. 나는 알고 싶었다. 사람들이 떨치지 못하는 연애로 인한 선천성 질병에 대해서. 이것이 무엇이길래, 우리의 삶을 꽃피웠다가 다음 순간 지게도 하고, 기운을 북돋았다가 다시 병들게도 하는지. 그리고 사람들은 이를 어떻게 앓는지. 완치할 수 있는 약은 없다 해도 어떻게 그 병에서부터 회복될 수 있는지.

사람들이 연애를 어떻게 앓고 있는지 진단하기 위해 나는 언어를 바라보았다. 우리는 말할 수 있는 능력을 가지고 태어난 것처럼, 연애를 하는 능력도 가지고 태어났다. 언어와 연애는 인간에게 고유한 것이고, 둘은 서로를 통해서 실현된다. 사랑이라면 우리는 침묵 속에서도

+

할 수 있을 것이다. 하지만 연애는 언어 없이 실현되지 않고, 언어를 통해서만 관찰된다. 따라서 이 책은 사람간의 관계의 언어에 대한 보고서이기도 하며, 연애의 언어적 실천에 대한 짧은 에세이기도 하다. 진부하게 반복되는 말들 속에 우리가 앓고 있는 병의 본질이 들어 있다. 알게 되면, 극복하기가 쉽다.

많은 연애지침서들이 명료하게 처방을 내려주는 것과는 달리, 『로맨스 약국』은 어떤 게 가장 좋은 방법이라고 말하지 않는다. 가끔은 비일관적인 이야기를 하는 것처럼 들리기도 한다. 한편에서는 이렇게 하는 게 좋다고 말했다가, 다른 편에서는 저렇게 하는 게 좋을지도 모른다고 한다. 연애로 생긴 질병을 치료할 수 있는 의사는 자기 자신뿐, 이 책은 이미 자신이 갖고 있는 처방에 따라 약을 건네주기만 할 따름이다. 처방전은 이미 마음속에 있다. 다만 깨닫지 못하는 것일 뿐. 자신의 말을 돌이켜보는 순간, 우리는 좀더 앞으로 나아갈 수 있다.

그러니, 연애의 질병에 걸렸을 때는 스스로 처방을 내려 약을 타러 오기를. 여기는 365일 24시간 문을 여는 로맨스 약국. 가끔은 자기를

✚

소홀히 했다고 냉정하게 탓하기도 하고, 스스로 깨닫지 못하면 약은 없다고 매정하게 말하기도 하지만, 속으로는 항상 바라고 있다. 우리 모두를 아프게 하지 않는 로맨스를. 나 또한 기다린다. 세상에 그런 약은 없다는 걸 알고 있어도, 조금 덜 아프게 하는 약을. 언어로써 행해진 연애의 아픔, 다시 언어로써 낫게 한다는 건 꿈 같은 얘기라 해도, 마음속으로 믿고 있다. 연애를 바라보는 언어의 힘을. 그러면 어제보다는 조금 더 나으리라고.

2006년 7월

박현주

차례

2

3

그만그만한 타인들로부터 특별히 다른
한 개인을 갈라내지 않는다면,
어떻게 연애가 시작될 수 있을까.

우리 사귈까?

로맨스의 시작은 발화 시점

언젠가 K가 "사람들은 도대체 언제부터 사귄다고 말할 수 있는 걸까?"하고 질문한 적이 있다. 개인적 관심이 많이 반영된 질문이기는 하지만, 누구나 어느 정도 공감할 수 있는 질문이기도 하다. 한 상대를 고정적으로 만나게 되면 이 질문은 마음속에서 조용히 떠오른다.

도대체 사람들은 언제부터 사귀는 것일까? 손을 잡게 되면? 그보다 더 나아간 신체적 접촉이 있으면? 아니면 돈을 꿔준다거나 차를 빌려준다거나 예금 통장을 건네준다거나 하면서도 전혀 거리낌 없을 정도가 되면? 이에 대한 나의 개인적인 대답은 저 모든 일이 이루어지고 있는 사이라고 해도 '두 사람 사이에서 교제를 선언하지 않으면 사귀지 않는다고 할 수 있다'는 것이다. '태초에 말이 있고 나서' 고정적인 관계가 시작된다. 따라서 어떤 과자 광고의 CM송처럼 '말하지 않아도 알~아요, 그저 바라보면~'은 아니다.

물론 연애에 관계되는 두 사람이 어느 정도 상식적인 경우에는 '발화 시점'을 중요하게 생각하지 않고 넘어가는 경우도 있다. 또한 굳이 말을 하지 않아도 서로 마음이 통하는 관계가 더 진솔하다고 믿는 이들도 많다. 하지만 선언과 사귀자는 말을 발화하는 시점이 중요한 것은 '선언이 없는 관계'는 발뺌하기 쉽다는 데 있다. "나중에 돌아보니 그때는 사랑하지 않았어"라고 말하기도 더 쉽다. 그리고 무엇보다 중요한 것은 연애에 있어서는 상식이 별로 통하지 않는다는 것. 두 사람의 마음이 변하지 않는 한 관계는 계속되겠지만, '선언 없는 사이'는 언제든지 쉽게 그만두어도 어떤 쪽도 관계 파기의 책임을 지지 않게 된다.

키무라 타쿠야가 괴짜 검사로 나왔던 일본 드라마 〈히어로〉에 이와 유사한 내용을 담은 에피소드가 나온다. 상냥한 요리 클래스 선생님의 혼인 빙자 사건으로, 선생님은 수많은 남자를 사귀면서 그 사람들의 돈을 조금씩 갈취한 혐의를 받고 있었는데, 관건은 사기 행위를 입증할 도리가 없다는 데 있었다. 이 선생님은 "그대를 위해 요리를 해주는 것이 제일 즐거워요" "다음 세상에 태어나도 함께 있어요" "우리의 아기가 태어나면 두 사람을 닮았을 거예요"라는 말은 했지만, 결혼하자거나 사귀자는 결정적인 말은 꺼내지 않았다. 그렇기 때문에 초반에는 증거 부족으로 기소하기가 어려웠던 것. 이 사건은 사람의 약한 부분을 이용한다는 점에서 악질적인 범죄이기도 했지만, 말의 교묘한 힘을 이용하는 영리한 게임이기도 했다.

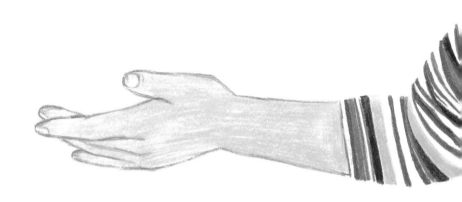

선언으로서의 말은 그만큼 거대한 울림을 지닌다. 그러니까 누구나 나쁜 생각을 하는 것은 마찬가지라고 쳐도 입 밖으로 내는 사람은 입 밖으로 내지 않는 사람보다 더 나쁘다고 단정적으로 말할 수 있는 이유도 여기에 있다. 물리적으로 발화하는 데는 운동 에너지가 필요하고—말을 하는 경우에는 공기의 흐름과 턱과 혀의 근육이 필요하고, 글을 쓰는 데는 손의 근육 운동이 수반되어야 하니까—또한 입 밖으로 낸 말 자체가 음향 에너지를 일으키기 때문. 또한 발화자뿐 아니라 청자 측면에서도 이 음향 에너지가 전달되어서 체내에서 일으키는 반응이 있으니 유의미하다. 사회 심리적으로 말은 전달받은 청자 입장에서 해석 과정을 거쳐 새로운 의미를 창출하기 때문에 행동의 여파를 지니게 된다. 그리고 그 행동은 본질적으로 돌이킬 수가 없다.

세상에서 가장 모호하고도 찰나적이지만 영원할 수도 있는 관계 즉, 연애를 시작하려고 할 때 말로써 관계를 규정하는 것이 중요하지 않을 수 없다. 감정이 모호하기 때문에 우리는 말로써 스스로를 재단한다. 마음속에 떠오르는 모든 감정들을 말할 필요도 없고 할 수도 없으며 해서도 안 된다. 관계를 유지하기 위해서는 미지의 것이 항상 있어야 하기 때문. 하지만, 시작 단계에서는 말을 하는 게 의의가 있다. 말은 그만큼 여파가 오래가고 그 범위가 넓기 때문에 책임을 지기 위해서도 일부러 말을 할 필요가 있다. 에너지 소비를 막기 위해서인지, 아니면 자신이 잠재적으로 초라해질 가능성을 두려워해서인지는 몰라도 말하지 않는 사람은 적어도 말을 덜 하는 정도만큼은 무책임한 사람이다. 세상에서 가장 적게 말하는 사람이라도 말을 해야 하는 때가 있는 것이다.

따라서 〈Say you love me〉 같은 노래들이 울림이 있는 게 아닌가. '진심은 말하지 않으면 전해지지 않아' 와 같은 구태의연한 표현들과 함께.

사람 사이의
chemistry
화학에서 연금술로

수소와 산소가 어떤 비율로 만나면 물이 되기도 하지만 다른 비율로 만나면 폭발하기도 한다. 내가 화학에 대해서 갖고 있는 지식은 이 정도에 그치지만, 단어의 뜻만 두고 보면 화학化學이라는 것은 물질이 어떤 방식으로 결합하여 변화하는 것으로 쉽게 풀어서 말할 수 있을 것이다. 물질과 물질이 만날 때 일어나는 반응, 어떤 환경에서는 폭발하기도, 어떤 환경에서는 흘러가기도, 어떤 환경에서는 전기가 짜릿짜릿 흐르기도 하는 것이 바로 이 케미스트리다.

하지만 화학, 케미스트리는 이렇게 과학적인 결합만을 다루고 있는 것은 아니다. 영어에서 "Their chemistry was wrong from the beginning두 사람 사이의 화학반응은 시작부터 나빴다"라거나 "There was an immediate chemistry between us when we first met 우리가 처음 만났을 때 우리 사이에는 즉각적인 화학 반응이 일어났다" 같은 표현이 널리 쓰이고 있는 것처럼 화학은 사람과 사람 사이의

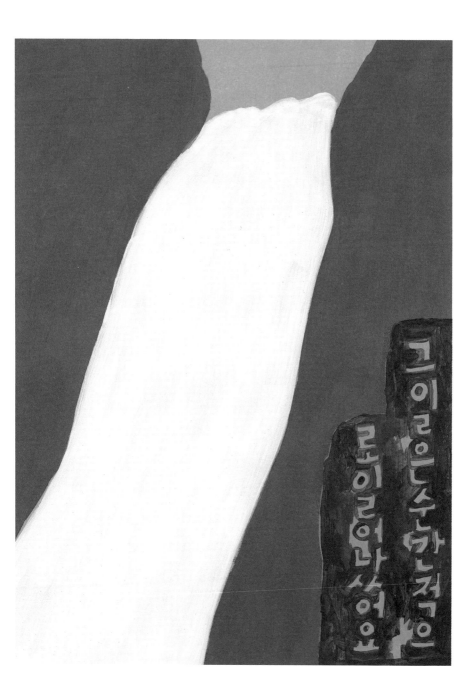

작용을 가리키는 말이기도 하다. 긍정적인 반응을 일으키기도 하고 부정적인 폭발을 일으키기도 하고 시쳇말로 '버닝' 하기도 하는 이 모든 감정의 상호 결합, 그리고 변환하는 모든 관계를 화학, 케미스트리로 설명할 수 있다.

사람과 사람 사이의 케미스트리의 어려운 점은 그 조성성분을 알 수가 없다는 데 있다. 수소 분자 두 개, 산소 분자 하나는 물이지만, 두 원소가 어떤 비율로 섞이면 폭발이 일어날 수도 있다는 과학적인 사실은 실험을 통해 증명할 수 있다. 그러나 사람과 사람이 어떤 경우에 좋은 케미스트리를 갖게 되는지는 잘 알 수가 없다.

그렇다고는 해도 대략 짐작할 수 있는 조성성분이라는 게 있기는 하다. 이기적인 사람들이 만나면 폭발할 확률이 높다는 것이 가장 좋은 예. 그럼에도 불구하고 예기치 못한 화학 사고는 언제나 일어난다. 거기에다가 서로 관심을 가지고 있는 두 사람이라는 조성성분이 등장하게 되면 그야말로 이것이 진짜 화학실험이 아닌 것을 감사해야 할 지경. 언제 어떤 반응을 일으킬지 그야말로 예측불가인 것이다. 가스 폭발을 대비해서 방독면을 써야 할지, 신물질을 발견해내게 될지, 어떤 가설을 세워야 할지 전혀 알 수가 없다.

그렇지만 운 좋게도 좋은 케미스트리가 일어난다면 그것은 참으로 오묘한 순간이디. 첫번째 불꽃이 타오를 때의 기분은 퀴리 부인이 라듐을 발견할까 말까 하는 직전, 그 순간의 흥분 정도에 비할 수 있을까.

그렇다고는 해도 케미스트리는 아직 관계가 아니다. 두 사람 사이에 분명 오고 가는 무엇이 있는 건 확실한데 이게 그 이상의 감정인지 아닌지 알쏭달쏭한 것. 두 사람 사이에서 '케미스트리＝로맨스' 라는 공식은 성립하지 않는다. 현 상황에서 산출해낼 수 있는것은 케미스트리가 로맨스를 포함한다 (케미스트리 ⊃ 로맨스) 정도의 공식이다. 즉, 수학적으로 말해서 케미스트리는 로맨스의 필요조건은 되지만, 충분조건은 되지 않는다. 여기에 연애를 시작할 때의 어려움이 있다. 케미스트리가 없는 사람과는 관계를 시작할 수없다. 그러나 케미스트리가 있는 사람과 반드시 관계를 시작하는건 아니라는 한계.

이 한계를 뛰어넘는 과정은 비유하자면 물질을 혼합해서 금을만들어내려는 구상과도 비슷하다. 케미스트리에서 로맨스를 산출해내는 것은 더이상 화학이 아니라, 연금술의 수준이 되는 것이다. 화학실험은 성공을 하기도 하고 실패를 한다고 해도 유의미한 결과를 주지만 연금술은 역사상 성공했다는 이야기를 못 들어봤을정도로 성공률이 아주 낮다. 그런 어려움을 뚫고 현자의 돌을 얻어낼 수 있는 사람만이 결국 관계에 진입한다.

그리하여, 우리는 일생에서 케미스트리를 느낄 수 있는 대상을예상보다는 많이 스쳐지나가게 되지만, 그에 비하면 훨씬 적은 비율로 로맨스를 만나게 된다. 그렇지만 사람의 인연에 있어서의 연금술은 그나마 다행이라면 다행이다. 평생 동안 결코 금을 못 만들어낸 연금술사들도 수없이 많은데, 우리는 그보다는 높은 확률로감정의 황금을 만들어낼 수는 있으니.

만나지만
사귀지는 않아
전연애단계 VS 유사연애단계

바로 전 이야기에 이어 이번 장의 주요 화두는 이것. 로맨스의 시작이 발화 시점이라고 한다면, 발화 전 단계, 로맨스로 이어지는 않은 케미스트리의 상태는 무엇일까? 쉽게 말해서 사귀지는 않지만, 그래도 뭔가 알 수 없는 마음이 오고 가는 오묘한 시점. 남다른 것 같은데, 그래도 확 타오르거나 확신은 없는 시점. 이게 사랑일까 아닐까, 관계를 시작해야 할까 아닐까 고민하게 되는 시점은 도대체 뭐라고 이름 붙일 수 있을지.

이 상태에서의 연애 심리는 대부분 비슷하게 보여도 실제로는 두 가지로 나눠볼 수가 있다. 이름하여 전연애단계(前戀愛段階 pre-romance)와 유사연애단계(類似戀愛段階 pseudo-romance). 전연애단계는 딱히 새롭게 설명할 것이 없다. 그야말로 발화 시점에 이르기 전의 사이. 케미스트리가 있고, 양방이 관계를 구축할 시점만을 기다리고 있는 단계다. 서로 가슴 두근두근대면서 누군가 먼저 고백

해서 확고히 관계에 진입할 것을 확신하고 있는 상태다. 한편, 양방의 케미스트리가 합치하지 않고 균형 잡히지 않은 상태에 있다면, 고백과 함께 끝나버릴 수도 있다.

묘한 것은 유사연애관계인데, 여기에는 발화 시점을 통해 로맨스로 진입하는 과정이 존재하지 않는다. 즉, 이 관계는 케미스트리가 있는 것을 양방이 감지하고는 있지만 로맨스로 흘러가지 않는다는 것을 묵시적으로 합의한 상태에서 일어난다. 케미스트리가 없으면 관계랄 게 없으니 무언가 있긴 있는 게 확실한데 다음 단계로 넘어가지 않는 것이 고착된 상태인 것이다. 적어도 둘 중 한 사람에게 이미 다른 상대가 있어서 로맨스에 빠질 상태가 아니거나, 입대나 유학을 앞두고 있다거나, 경제적 문제가 있다거나 하여 연애를 시작할 수 없는 환경이거나, 상황 자체는 무리가 없지만 독신주의자라서 확실한 관계를 전제하고 싶어하지 않는 사람들끼리의 감정이다. 이 유사연애는 상대방의 배타적 헌신을 요구하지 않기 때문에 부담 없고, 마음이 가볍기 때문에 깔끔하지만 그렇다고 해도 케미스트리가 주는 오묘한 느낌에 마음이 설레게 되는 그런 관계다. 정기적으로 데이트를 하면서 영화도 보고 산책도 하고 쇼핑도 같이 하는 등 연애나 다름없지만 서로 사귀지는 않는다고 하는 관계.

유사연애관계 역시 쌍방이 관계를 동일하게 받아들이고 있다는 전제하에서 성립한다. 한쪽은 유사연애관계라고 인식하고 있는데, 다른 사람은 전연애단계라고 생각하고 있다면, 온갖 지저분한 연애사가 여기서 생겨난다. 오해를 준 쪽이 누구거나 간에 이런 경우, 종국에 쌍방 다 피곤한 사태를 맞게 된다. 따라서 유사연애는 둘 다 무책임하거나, 둘 다 성숙한 사람이거나 쌍방 모두에게 다른 상대가 있을 때 가지게 될 확률이 높다. 또한 묵약의 맹세를 깨서도 유지되지 않는다. 외표적으로 "너와 나는 유사연애관계잖아"라고 말해버리면 그 관계의 바닥에 감돌고 있던 케미스트리가 스르르 사라져버리게 된다. 이 경우에는 아예 서로 케미스트리가 없는 것처럼 행동해야만 한다. 두 사람 모두 굳건한 우정이나 인간적 매력으로 만남을 지속하고 있는 양 말하고 행동해야 한다. 또한 원래의 시작에서 벗어나 "나는 너를 좋아해"라고 말해도 안 된다. 로맨스로 이어지지 않는다는 관계의 본질을 흐리게 되기 때문이다.

유사연애관계는 어느 정도 선을 지킨다면 애정으로 번지지 않는 우정을 넘어선 감정 속에서 누구나 가질 수 있는 것이다. 그리고 어느 정도는 연애를 할 때와 마찬가지로 활력과 자기애를 다시 찾을 수도 있다. 그렇지만 유사연애관계의 가장 어려운 점은 이 상태가 전연애관계가 되지 않도록 하는 것. 어느 순간 '아, 이 관계가 로맨스로 되면 더 좋을 거야'라는 마음이 들게 되면 그때는 이미 깔끔하고 부담 없었던 우정의 관계는 사라진다. 해리와 샐리 같은 결말로 사라지게 된다. 유사연애의 가능한 예라면, 〈내 남자 친구의 결혼식〉의 줄리언과 조지의 관계 정도일까. 하지만 조지의 경우 여자를 성적 상대로 보지 않는 사람이었기에 절대적으로 연애가 불가능한 이유가 존재하고 있었다.

유사연애관계는 살다가 한 번 정도는 만나게 되는 것이기도 하지만, 고의적으로 그런 관계만 맺는 사람은 어찌 보면 약하거나 무책임한 사람인지도 모른다. 이런 사람과 그런 관계를 맺는 것은 또한 위험한 일일 수도 있다. 아무리 '사이비' 관계라지만, 그런 사람들은 감정에 책임을 지지 않으며 대부분 습관성이다.

이성간에 우정이 존재할 수 있는가, 하는 질문이 계속 나오는 것은 이 유사연애관계의 케미스트리 때문일지도 모른다. 유사연애관계가 전연애관계와 같지 않다는 점에서는 사랑 이외의 다른 감정도 존재할 수 있다고 믿는다. 그러나 이 관계가 우정이냐고 묻는다면 자신은 없다. 또한, 유사연애관계 외에 우정이라고 부를 수 있는 다른 관계가 존재하느냐는 것도 모호한 문제다. 그러나 중요한 것은, 레이블을 어찌 붙이든 간에, 장기적이고 배타적인 로맨스로 빠지지 않는 관계를 케미스트리가 있는 상대와 나눌 수 있다는 가능성은 매력적이다. 그러나 그만큼 또 가슴 한 켠이 아련해지는 얘기다. 어쩌면 '세번째는 아니 만나는 것이 좋았겠다' 싶은 인연으로 남을 수도 있으니까.

그냥 친구 사이야

애인이 아닌 남자 친구

따라서, 비관적이지만 실생활에서 애인이 아닌 남자 친구는 이렇게 정의할 수 있다.

1. (한 여성에게) 일정 정도 이상 흑심을 품었던, 흑심을 품고 있는, 흑심을 품게 될 남성 일반을 이르는 말.

2. (그 여자의 사교 범위 내에서) 애인인 남자 친구가 은근히 싫어하고 있거나 알게 모르게 무시하고 있는 남성 집단.

3. 사려 깊은 말투와 상대방을 이해해주는 능력을 가지고 있고, 같이 걸어가면 여자들이 간혹 쳐다볼 정도로 괜찮은 구석이 있지만 알고 보면 남자만 사귀는 친구.

(유의어) 정말 좋은 남자 선배, 부탁할 일 없는데 자꾸 전화를 걸어오거나, 자기가 돈 내면서 만나자고 하는 아는 남자 동생.

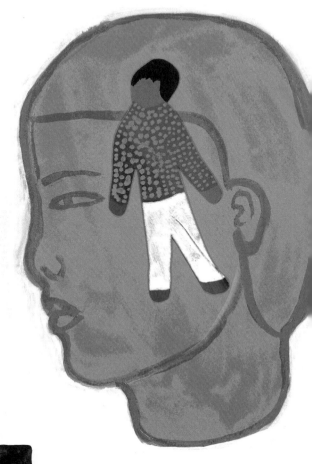

해복한고민
가 영화를
보여주기로해는
데나는고양이밥을
채겨주어야 한다

말 안하면 모르니? ☕
Read My Mind

　어렸을 때 책으로도 읽고, 만화로도 봤던 〈아라비안 나이트〉 중 '신밧드의 모험'에는 이런 얘기가 나온다. 여느 때와 다름없이 표류하던 신밧드는 우연히 호리병을 발견하고 열어본다. 그 순간, 봉인을 깨고 튀어나온 정령, 몇천 년 동안 갇혀 있던 걸 풀어주었다고 소원을 들어줄 줄 알았더니, 글쎄 화를 내며 죽이겠다고 하는 게 아닌가! 정령은 처음 몇천 년간은 '풀어주기만 하면, 세상의 온갖 금은보화를 다 줄 테야'라고 생각했었지만, 나중에는 너무 화가 나서 '풀어주기만 하면 죽일 테다'라며 미지의 대상에게 분노를 품게 되었던 것. 이 얘기는 정령을 초점으로 해서 보면 인간 심리를 날카롭게 파악한 심리물이다. 즉, 지나친 기대와 기다림은 결국 증오를 낳는다는 것. 그런데, 신밧드 입장에서 보면 '내가 네 생각을 어찌 알고?'라는 황당한 상황이다. 〈우리 사귈까?〉에서 말했던 것처럼 '말 안하면 모른다'는 가설은 항상 유효한데도 상대방은 왜 몰라주나고 화를 버럭 내는 골치 아픈 상황.

'말 안해도 알겠지'라고 미리 기대하는 상황은 인간 관계에서 특히 많이 일어난다. 게다가 '나를 좋아하면 좋아하는 만큼 나의 마음속의 소리에 민감할 거야'라는 환상, 즉 완전한 소통의 환상은 연애 관계에 있어서 더욱 빈번히 일어난다. 연애 초기에는 더더욱 내가 무엇을 원한다고 말하지 않아도, 내가 무엇을 좋아한다고 말하지 않아도 나를 사랑하는 사람은 알아차려줄 것이라는 기대가 마음속 깊은 곳에서 뭉게뭉게 피어오른다. 하지만, 신호에 민감한 사람이라도 모호한 기대가 안개처럼 피어오른 가운데서는 잘 파악하기가 힘들다. 그 몽환적인 기대의 강렬한 전파를 느껴본 사람은 그야말로 수능 시험의 수학 문제처럼 그 신호가 얼마나 받아내기 어려운지 알고 있을 것이다. 게다가 그 신호가 S파와 P파를 번갈아 가며 종횡무진, 알 수 없게 다가오면 더욱 더.

그래도 상대방이 뭔가 기대하고 있다는 기운이라도 알아차리는 사람은 연애민감지수 80퍼센트 이상의 섬세한 사람이다. 대부분의 무신경한 사람들은 그런 기운이 음험하게 피어올라 주위를 자욱하게 맴돌고 있다는 생각조차 못한다. 50퍼센트 이상 민감한 사람이라면 '뭔가 불편한 건 있구나'라고 깨달을 정도는 된다. 그렇지만 '소화가 안 되나?' 아니면 '상사에게 혼났나' 혹은 '그날인가' 정도로 넘어가고 말 것이다. 그동안 신호를 보냈던 쪽에서는 호리병 속의 정령처럼 '알아차려주면, 이렇게 해주어야지' 하고 잔뜩 선물을 준비했다가도 '이래도 못 알아차릴 거야?' 하며 점점 분노를 느끼는 쪽으로 변해간다.

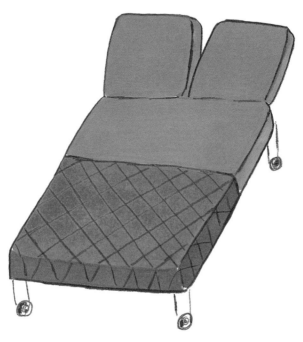

그거말고 다른 말을 해주었으면 좋을 것을.
그거말고 다른 말을...

결국 뒤늦게 알아차린 불쌍한 신밧드, 이렇게 저렇게 해주려고 해도 정령은 "이미 늦었어! 꼭 이렇게 말해야만 하는 거야?" 하고 쌩하니 화만 내고 돌아가버린다. 아니, 돌아가기만 하면 오히려 다행. 심지어는 죽음과 같은 신경질을 쏟아내기도 한다.

그럼 원하는 것을 말하면 되지, 왜 말을 하지 않고 기대만 하는 걸까? 여기에는 여러 가지 이유가 있다. 자존심이 강해서 무언가 바란다는 표시를 하기가 어렵거나, 은연중에 모든 게 이루어지는 상황을 즐거워하는 취향이기 때문일 수도 있다. 직접 말했다가 거절당하면 실망할까 싶어서일 수도 있고, 그저 나에게 더 관심을 가져주었으면 하기 때문일지도 모른다. 이 모든 게 다 이유가 될지도 모른다. 누군가 나를 진정으로 발견해주는 게 연애의 즐거움이라면 그걸 언제까지나 즐기고 싶기 때문일 수도 있고.

그렇지만 당신을 향한 기지국 100개를 세운다고 해도, 마음속의 모든 바람을 알 수는 없다. 호리병 속에 웅크려 들어앉아 있는 나의 생각을 상대는 알 수가 없다. 그러니 알아주지 않는다고 분노를 쏟아내는 건 서로 피곤한 일이다. 또한 기지국 100개를 세우면 그 비용은 누가 다 대나? 이는 소모적인 연애의 전형이다. 따라서 마음 읽어주기를 바라기보다는 필요한 것을 말하는 게 상생적인 해결책이다. 자존심이 상할 만큼 부끄러운 부탁이라면 하지도 않고 기대도 안하는 게 합리적이다. 그러다가 알아차려주면 더 기쁠 수도 있는 노릇이고. 무엇보다도 중요한 것은 '알아차려주지 않는 것이 관심 없음의 확증은 아니다'는 것을 아는 것. '모르니까 알아차려주지 않는 것'일 때도 있다는 것이다. 판단은 말한 후에 해도 늦지 않는다.

　'내 맘을 읽어봐'는 상대가 마음을 읽는 점쟁이일 때나 가능한 일. 영능력자가 아닌 평범한 사람에게는 '내 말을 들어봐'로 바꿔 줘야 할 듯.

이것은 우리끼리만
통하는 농담이야 ☕
라이트모티프를 기억한다는 것은

"내가 핸섬한 것은 내 탓이 아니야"라고 남편은 웃으면서 말한다. 늘 똑같은 반복이다. 그 농담은 우리 사이에서만 통용되는 것이다. 하지만 우리는 그런 농담을 주고 받으면서 사실을 확인하는 것이다. 우리가 이렇게 살아남아 있다는 사실을. 그것은 우리에게는 꽤나 중요한 의식이다.

　　―무라카미 하루키, 「잠」 중에서

　　K대 앞의 '행운 돈까스'는 내가 좋아하던 식당이다. Y와 나는 함께 그곳에 가곤 했었다. 접시를 다 비우자, Y는 정중한 태도로 수벅 고개를 숙이면서 "오늘 계산은 네가 하는 거지?"라고 말하고는 냅킨 꽂이에 꽂혀 있던 페이퍼 냅킨을 하나 꺼내서 건넸다. 하얀 냅킨 위에는 클로버 무늬 위에 초록색 글씨로 '감사합니다'라고 쓰여 있었다. Y는 천연덕스럽게 "이제부터 고맙다는 말을 직접

할 필요가 없는 거지, 이 냅킨을 건네면 되는 거야'라고 말했다. 사람을 처음 만나도 이 냅킨을 주고, 무슨 일을 해줘도 이 냅킨을 주고. 말없이 오가는 감사의 마음이라던가. 어이가 없었지만, 재미있기도 했다. 그후로 이런 냅킨을 만날 때마다 서로에게 계산하라는 의미로 아무 말 없이 건네주고는 했다. 빈 냅킨에 볼펜으로 감사합니다, 라고 적어서 주기도 했다.

우연히 시작되어 계속 반복되는 농담, 알랭 드 보통은 이를 『왜 나는 너를 사랑하는가Essays in Love』에서 '라이트모티프Leit-motiv'라고 이름 붙였다. 악극 중에 자주 사용되는 동기, 시도 동기를 뜻하는 이 음악 용어는 대화의 영역에서 '친밀성에 기초한 집안 언어'가 된다. 그 말의 기초를 이해하지 못하고, 그 말에 담긴 문장의 외적 의미를 알지 못하는 사람들은 Y가 냅킨을 건네주는 행위가 왜 웃긴지 이해하지 못할 것이다. 일회적으로 만나는 사람들 사이에는 라이트모티프가 없다. 라이트모티프는 정의상 '반복', '자주 출현'해야만 하는 것이다. 어떤 농담이 '라이트모티프'로 성립되기 위해서는 필연적으로 여러 번의 만남이 있어야 하고, 관계의 교류가 있어야 하며 상호 이해가 있어야 한다.

연인 사이가 아니라도 모든 지속적 관계에는 라이트모티프가 존재한다. 비의秘意의 언어를 갖는다는 것은 사람들 사이가 공고해진다는 것을 의미한다. 식당에서 옆 테이블 사람들이 깔깔대고 웃는 이야기를 들으면 한심하기 짝이 없으며, 전혀 웃기지도 않다. 하지만 어느 순간 나 또한 친구들과 그런 실없는 이야기를 하면서 즐거워하고 있다.

나는 큰 소리로 친구와 웃어대며 전화하는 사람들의 말소리가 들려오는 걸 싫어하는 편이다. 필연적으로 거기에는 라이트모티프가 존재하고 있으며, 소외당하는 청자의 입장에서 이해와 즐거움이 부재하는 이야기를, 그것도 한쪽의 시각에서만 계속 들어야 하기 때문이다. (만약 양쪽의 대화를 다 들을 수 있다면 적극적으로 엿들어서 라이트모티프를 해독해볼지도 모르겠지만. 라이트모티프의 해독 가능성은 우리가 남의 사생활을 엿볼 때 죄책감을 느끼면서도 즐거워할 수 있는 이유다.) 라이트모티프는 세상 다른 이들을 제외시켜 자기들끼리의 친밀함을 공고히 하는 언어다. 그 언어는 서사를 갖고 있는 언어로, 동기가 발생된 문맥과 확장과정을 담고 있다. 문맥을 벗어나 반복될 때 비틀리는 언어들은 그 자체로 유희가 된다.

　라이트모티프는 또한 친밀감을 발생시키는 장치가 되고, 원래 의미가 그러하듯이 그 관계 안에 있는 사람을 상징하게 된다. 라이트모티프가 없는 사이에서는 우정도 느끼기 어렵다. 서로 농담할 수 없거나, 언어를 넘어선 놀라움의 순간이 부재하는 관계에서 어떻게 친밀감을 느낄 수 있겠는가. 라이트모티프로 생각했던 비밀의 언어가, 관계하고 있던 모든 사람들에게 공통의 언어로 사용되었다는 걸 알면 친밀감이 증발하는 것도 마찬가지 이유에서다 (똑같은 농담을 반복했던 바람둥이들의 케이스를 생각해보라). 그래서 우리는 의미 있는 타인들을 라이트모티프로 기억하게 된다. 나에게도 이러한 라이트모티프들이 있다. '보람찬 릴레이션'으로 기억되는 H, '칼국수와 떡볶이'로 기억되는 L, '그 나물에 그 밥'으로 기억되는 또 다른 H, '서울대 문은 높더라'로 기억되

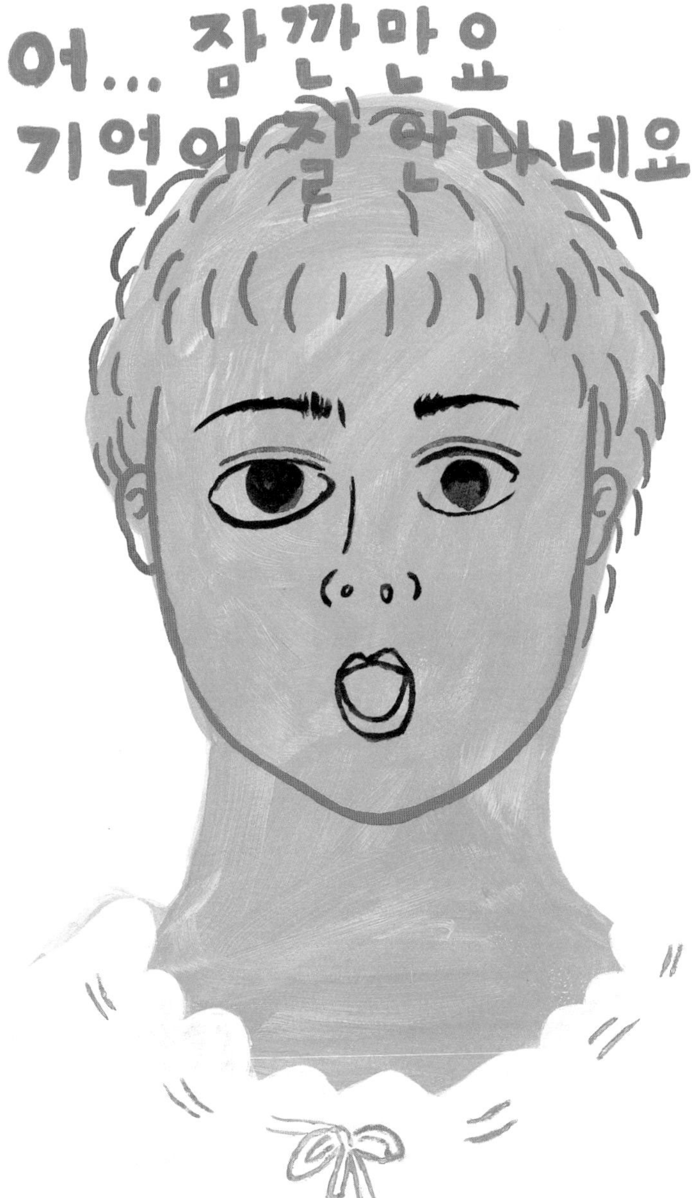
어... 잠깐만요
기억이 잘 안나네요

는 Y 등등. 이 글을 읽는 사람들은 무슨 말인지 알 수 없겠지만, 내게는 의미가 있는 농담들이다. 라이트모티프를 가진 모든 사람들과 지속적으로 친밀감을 갖는 것은 아니라 해도, 그 모티프가 반복되는 동안에는 분명 타인과 그들을 갈라내는 감정이 존재한다고 나는 믿는다. 얼굴도 모르는 사람들과 가지는 친밀감이 얼마나 크겠는가마는 만약 그런 사람들끼리라도 라이트모티프가 있었던 한 전혀 친밀감이 존재하지 않았다고 말할 수도 없으리라.

따라서 라이트모티프를 잊어버린다는 것은 둘 사이에 있었던 마술적 케미스트리가 사라져버렸거나 변색되었다는 의미가 된다. 변심한 연인은 더이상 반복되는 농담에 반응하거나 웃지 않고 "쓸데 없는 농담 그만해" "재미없어"라는 말로 여전히 라이트모티프를 기억하고 있는 상대에게 상처를 준다. 지속적인 만남이 뜸해진 사람과 오랜만에 만나 라이트모티프를 시도했는데 "그게 뭐?"라거나 "아, 그랬던가" 하고 반응한다면 약간 쓸쓸해지고 낯설어진다.

알랭 드 보통이 음악적 비유를 사용했듯이, 관계는 음악이다. 익숙한 모티프가 반복되고, 새로운 모티프가 등장하고 이들이 함께 변주되고, 가끔은 불협화음도 등장하지만 때로는 더없이 아름다운 하모니를 보여주는. 그러니 주요 인물에는 각각 그를 상징하는 모티프들이 존재하고 있다. 인생에서도 마찬가지. 얼마나 환상적인 라이트모티프들이 어우러지는가에 따라서 아름다운 악극, 아름다운 인생을 만나게 된다.

당신은 정말 특별해
Atopos 독창적 사랑의 대상

약간 서먹서먹한 사이인 Y와 같은 차를 타고 가게 되었을 때의
일이다. 고속도로에서의 지루한 시간을 견디다 못해, 우리는 그의
연애사에 대해서 이런저런 이야기를 나누기 시작했다. 얘기를 가
만히 들어보니 Y는 과거에 유사연애관계인지 전연애관계인지 모
를 상태에 있었던 것, 다만 Y는 전연애관계라고 생각했고, 상대방
은 유사연애관계인 것처럼 태연하게 행동했던 경우였다. Y는 무난
한 성격의 사람, 상대방은 조직 내에서 사교적이라는 평판과 더불
어 각종 방면에 능했던 사람, 왠지 두 사람의 관계는 드라마나 로맨
스 소설에 나오는 것처럼 공식에 맞는 점이 있었다. 한참 이야기를
주의 깊게 들으면서 "아, 그때 그 사람이 이렇게 말하지 않았어
요?" "그 다음에는 그렇게 행동하지 않았어요?"라고 추임새를 넣
어주니 "맞아요" 하면서 고개를 끄덕이던 Y의 기분이 점점 더 가
라앉는 게 느껴졌다. 하지만 한 번 예측이 맞아 들어간다 싶으면 제

동을 걸 수 없는 카산드라 콤플렉스에 사로잡혀 있던 나는 Y의 기분도 모르고 쐐기를 박는 말까지 해버렸다. "정말 전형적인 사람이잖아!"

타인의 연애에 대해서 함부로 말하지 말라는 금언은 당사자끼리의 일에 제3자가 관여하지 말라는 처세술의 법칙에서도 유추할 수 있지만, 무엇보다도 '연애'는 그 안에 빠져서 허우적대는 사람과 밖에서 바라보는 사람 사이의 시각에 가장 큰 차이가 있는 사건이기 때문이다. 다른 사람의 연애 이야기를 듣는 것은 아주 조그만 차이를 소중히 하는 사람이 아니라면 지루한 일이다. 대부분 반복적인 기승전결을 따라가고, 극적인 사건도 많지 않다. 그러니 온갖 연애상담서가 출판될 수 있고 팔려나가는 것이다. 연애는 어느 정도 패턴이기 때문에. 그렇지만 입장을 바꾸어보면 '너의 연애는 전형적'이라는 말은 쉽게 받아들여지지 않는다. 자신의 연애사는 언제나 거대하고 독특하다. 거기에다 자신이 마음을 품었던 사람이 전형적이라는 말은, 그 상대와 크게 싸우고 헤어져서 현재는 돌아보기도 싫은 사이가 아니라면, 더더욱 받아들이기가 어렵다. 남들과 비슷한 이유에서 그 사람을 좋아한 것이 아니며, 아니어야 한다.

사랑은 상대에게 '독창성을 부여하는 행위'다. 철학자 롤랑 바르트의 용어를 빌리면 이는 '아토포스atopos'가 된다. 『사랑의 단상』에서 바르트는 아토포스를 '분류할 수 없는, 이전에 일찍이 없었던 독창성'이라고 설명한다. 사랑의 대상은 분류할 수 없고, 언어의 묘사에서 벗어나 있다. 소위 '콩깍지가 씌었다'라는 표현처럼 상대방은 모든 비판과 논평에서 면제된다. 끝난 관계라고 해도

타인에 의해서 그의 독창성이 땅에 끌어내려져서는 안 된다. 상대의 독창성은 나의 욕망에서 비롯된 것이므로 그를 의심하는 행위는 그에게 품었던 마음을 의심하는 행위고 모든 관계를 상투성의 울타리 속으로 밀어넣게 된다. 그것은 결국 나 자신을 상투적 연극의 주인공으로 만들어버린다.

상대의 상투성을 부인하는 것은 연애의 시작 단계에 나타나는 증상, 그것은 사랑의 본질로 의도적으로 그렇게 되는 일이 아니다. 독창적인 인간을 발견하는 순간 사랑에 빠지거나, 사랑에 빠지면 모든 상투성은 사라진다. 하지만 상대에게 독창성을 부여하는 것은 나의 사랑, 나의 관계에 독창성을 부여하고자 하는 욕망이기도 하다. 사랑을 하게 되면, 상대방은 이해할 수 없거나 알 수 없는 존재로 물러난다.

반면, 나 자신은 내게 있어서 크게 신비로운 존재가 아니다. 나는 상대를 아토포스라고 칭하면서, 그와 동시에 나 또한 사랑하는 상대에게 아토포스로 불려지기를 마음 아플 정도로 간절히 바라게 된다. 그렇지만 '나 자신'은 이미 내게는 너무 명확한 존재로 이해되고—이는 오해다—나는 나의 독창성에 대해서 자신이 없다. 무엇보다도 나는 그(녀)가 나로 인해 상처받을 수 있기를, 우울해질 수 있기를 너무나도 절실히 바라기 때문에 내 사랑의 표정은 순진하지 않아진다. 순진함을 잃고 나는 독창성을 잃는다.

독창성에 자신이 없는 사람들이 범하는 대부분의 오류는 특별한 상대방을 만나면 관계가 독창적으로 변화할 것이라고 믿는 것이다. 관계가 진정성을 얻는다면 상투성의 굴레를 벗어나게 되지만 독창적인 이로부터 사랑받음으로써, 혹은 남과 다른 방식으로 사랑받음으로써 특수성을 얻을 수 있다고 생각한다면 오히려 상대방을 전형화하게 된다.

많은 로맨스의 주인공들이 비현실적일 정도로 특별하다. 특별히 돈이 많고, 특별히 유머 있고, 특별히 잘생겼다. 로맨스의 주인공이 되는 특별함은 아주 상투적인 요소들로부터 비롯된다. 현실의 로맨스에서도 사람들에게 인기를 얻게 되는 요소들이 있다. 하지만 남들과는 다른 이 특질들이 사랑의 관계에서 꼭 독창적이 되는 것은 아니다. 상대를 독창적으로 만드는 건 사랑 그 자체, 실체가 없는 사랑에서는 독창성은 추구되지 않고 공허만이 남는다. 따라서 관계는 상투적으로 실패하게 된다. 나 자신을 특별하게 만들기 위해서 나는 상대방을 규명하고, 분류하고, 특질들로 수식해서 특별한 상대로 만들어버리지만 이는 굉장히 전형적인 욕망이다.

그렇다고 해도 Y에게 '네가 좋아한 사람은 전형적이다' 라고 말해버린 건 무례한 행동이었다. 적어도 그가 상대에게 품었던 마음을 존중한다면 그 상대의 독창성을 약간은 믿는 척 동조라도 해야 했을 것. 제 3자가 남의 연애를 바라볼 때 할 수 있는 최선이다. '내 연인은 특별해' 를 믿는 사람에게 '무슨 소리!' 를 외치는 일은 타인의 역할이 아니다. 그의 마음은 아주 진부하지만 또한 아주 독창적인 것. 세상의 모든 진부한 연애들이 다 독창적이기도 한 것, 혹은 독창적인 모든 연애들이 다 진부하기도 하지만.

첫사랑과
닮으셨어요

우리는 어떻게 반하게 될까?

결혼상대를 고를 때 남자는 옛 애인을 닮은 배우자를, 여자는 아버지를 닮은 남성을 찾는 경향이 강한 것으로 조사됐다.

—《연합 뉴스》2006.1.15. 기사 중에서

인류학자적 관심으로 온갖 연애사를 관찰하는 나를 위해서 지인 K가 몇 가지 사례를 가져다주었다. 그중 하나는 자기 친구의 경험담으로 소개팅에서 만난 남자와 결혼하게 되었다는 평범한 사연이었지만, 이 이야기의 앞부분에 연구사례로 의미 있는 대목이 있었다. K의 친구 또한 소개팅에서 만난 사람에게 "첫사랑과 닮으셨어요"라는 말을 늘었고 그로부터 시작된 사이였다는 것.

"첫사랑과 닮으셨어요"는 내게 있어서 아직도 풀리지 않은 수수께끼 중의 하나다. 나도 소싯적에 "첫사랑과 닮으셨어요"와 그와 유사한 표현인 "과거에 알던 사람을 닮으셨어요"를 서너 번 들은 적이 있는데, 이 말이 단순히 진실의 표현인지, 아니면 뭔가 다른 의미를 전달하고 싶은 건지 항상 의심스러웠다. 즉, 이 언표가 a) '첫사랑'과 외모적 특질이 같다는 인상을 단순히 기술한 것뿐인지 아니면 b) 화자가 청자에게 갖는 감정에 대한 우회적 표현, 즉 '작업'이라는 행동을 포함하고 있는가 하는 의문이다. 많은 경우 이 표현은 a)를 포함, b)까지 의미하게 되는 경우가 많다고 인지되는 데―잠깐, 여기서 이 표현은 단지 a)일 뿐이오, 라고 생각하는 사람은 더이상 뒤를 읽을 필요가 없다―나는 사실 이런 인식 과정도 이해가 잘 안 되었다. 도대체 '첫사랑을 닮은 게 작업 기술의 발언'이 되는 근거란 무엇인가? 개인적으로 말하면, 이런 얘기를 들어도 덤덤하거나 별로 칭찬으로 받아들여지지 않았으며, 가끔은 '나를 닮은 사람이 이렇게 많단 말이야?' 하고 기분 나쁘기까지 했다. 그리고 어떤 때에는 a)와 b)를 넘어서 '도대체 왜 이런 이야기를 하는 것인가……' 하고 왠지 모를 안쓰러움을 느낀 경우도 있었다. 나는 어쩌면 '첫사랑'처럼 생긴 여자들이 있는지도 모른다고 생각하기도 했다. 즉, 첫사랑을 하게 되는 나이, 사춘기나 이른 청년기의 사람들이 호감을 가지는 외모적 특성이 따로 있을지도 모르는 것이다.

이에 대해서 얘기를 전달해준 K는 이렇게 말했다. "어쨌거나 그건 칭찬이지 않겠어요? 보통, 사람들은 첫사랑에 대해서는 좋은 인상을 가진 경우가 많잖아요. 단어 자체의 어감도 좋고. '이혼한 전처를 닮았다'보다는 느낌이 낫잖아요. 이혼은 서로 가슴 아픈 과정을 거쳐서 결별했다는 사실을 내포하고 있지만, 첫사랑에는 그런

느낌이 없으니까.'

　K의 말에는 상당히 설득력이 있었지만, 그런 말을 하는 당사자들의 심리를 정확하게 설명했는지는 확신이 없다. 이 표현이 전적으로 남자의 발화처럼 여겨지기 때문이다. 물론 내 데이터 소스가 주로 여자들에 국한되어 있다는 한계가 있기는 하지만, 소개팅 나가서 "제 첫사랑을 닮으셨어요"라는 말을 들었다는 남자는 별로 없는데, 여자는 의외로 많다. 따라서 '사람들이 첫사랑을 하는 시기에 좋아하는 외모가 있다'라는 가설은 반박된다. 이 가설을 유지하고 싶다면 다시 '여자들의 경우 첫사랑형 외모의 범주가 넓은 데 비해, 남자들은 그렇지 않다'라는 가설로 바꿔볼 수는 있다. 이 가설은 남자는 항상 첫사랑을 생각하고 여자는 마지막 사랑을 생각한다는 근거 없는 명제와도 어딘가 일치하는 면이 있다. 첫사랑을 하는 시기에 좋아하는 얼굴을 한 여자들이 많기 때문에 여자들은 남자들로부터 "첫사랑을 닮으셨어요"라는 말을 많이 듣고, 그 때문에 남자들은 항상 첫사랑을 생각하게 되는 것으로 여겨지는 것인지도 모른다. 물론 항상 사연이 있는 여자들만 좋아하는 P는 "제 첫사랑 남자 친구를 닮으셨어요"라는 이야기를 들은 적도 있다고 하지만, 피상적으로는 "첫사랑을 닮으셨어요"는 남자들이 흔히 하는 말처럼 느껴진다.

　이 문제에 대해 골똘히 생각하다가 때마침 관련 기사 하나를 읽게 되었다. 배우자 모델로 남자는 옛 애인, 여자는 아버지를 삼고 있다는 내용의 이 기사는 "첫사랑을 닮으셨어요"가 새로운 사람을 만났을 때 관계를 시작하자는 의미의 표현으로 쓰일 수 있는 문맥을 잘 설명하고 있다. (과거에 내가 이 사실을 알았다고 해도 달라질 건 없지만, 꽤나 때늦은 발견이긴 하다. 이제는 누구의 첫사랑을 닮기에는 무리가 있지 않겠나. "절 귀여워해주시던 막내 이모를 닮았어요"라면 모를까.) 결국 "첫사랑을 닮았어요"라는 말은 어찌되었건 호감의 표시라는 K의 말은 일리가 있는 것이다.

그런데 이 기사는 왜 그렇게 되었는지까지는 설명해주지 않는다. 그저 현상만 설명할 거라면 설문조사 안해도 대충 다 경험으로 알고 있다. 그렇지만 남자와 여자의 배우자 롤 모델이 이렇게 비대칭적인 것은 사회적 문맥 안에서 다시 파악해 볼 점이다. 재미있는 점은 '배우자 모델이 옛 애인'이라는 설명은 남자의 경우 결혼 이전의 연애 경험을 당연히 전제하고 있다는 점이다. 여자의 배우자 이상형이 '아버지'라는 점은 단지 설문조사에 대한 보수적인 답변을 인위적으로 조작한 것인지는 모르겠으나, '아버지 이외에 다른 남자는 몰라요'라는 보수 여성의 원형을 잘 이용하고 있다. 실제로 이런 답변 자체가 흔하고 많은 여자들이 이렇게 생각한다는 현상적 사실까지 반박하는 건 아니지만, 내 생각은 기존의 사회적인 관념이 실제로 사람들의 인식과 사고방식에 영향을 끼칠 수 있다는 쪽의 해석에 가깝다.

그렇다고 "첫사랑을 닮으셨어요"에 들어 있는 일말의 낭만적 감상까지 남성적 헤게모니의 사회구조로 몰아버리면 좀 야박하다. 이루어지지 못한 첫사랑이 있으면 가슴 아프고 아련한 법인데, 그 아련한 감상을 담아 전달하려는 의도의 언저리에 어떤 이데올로기가 있든, 함부로 폄하할 수는 없다. 그렇다고 해도, "첫사랑을 닮으

셨어요"라는 말을 듣고 썩 기분 좋을 것 같지 않은 건 '첫사랑'이라는 아름다운 단어 뒤에 숨겨진 칭찬이나 작업의 의도가 약간 감지되기 때문이다. 과거의 아름다운 기억을 새로운 대상에 투사하는 심리는 좋게 말하면 사랑의 예감이기도 하지만 어찌 보면 상대를 자신의 이상적 롤 모델에 맞추려는 자기 중심적 발화 같기도 하다. (하긴 사랑의 담화에서 자기중심적이 되지 않기란 얼마나 어려운가!) 여자가 "아버지를 닮으셨어요"라고 말할 때 남자들도 같은 심상을 느끼는지는 잘 모르겠지만, 그 말은 완전히 외적 특질만을 의미하는 건 아니다. 아니, 오히려 외적 특질과는 거리가 멀다는 걸 짐작할 수 있다.

어찌되었건, 나는 어떤 사람이라도 그들의 첫사랑과 닮고 싶지는 않았다.

첫눈에 알았다니까 ☕

'너는 내 운명'의 정원길

언젠가 일요일 오후 E와 함께 길을 걷고 있는데, 그가 내게 묻기를 "결혼할 사람들은 서로 운명인지 안다는데, 정말 그럴까?"라고 물었다. 글쎄, 우리는 이런 얘기들을 결혼한 사람들에게서 많이 듣는다. 수많은 사람들 중에서, 오직 그 사람만 눈에 들어왔다느니, 처음 커피숍에서 만나던 순간부터 예감이 왔다느니 등등. E는 자기 친구들 중에도 그런 사람들이 있다고 했다. 이런 문제에 대해서는 누구도 확실하게 말할 수 없는 법이지만, 보통 나의 입장은 '그렇기도 하겠지만 보통은 다 사건의 재구성이며, 운명에는 재분석이 따른다'는 것이다. E는 "그렇다면, 정원길 걷기 문장 Garden-Path sentence 같은 거군요"라고 말했다.

'정원길 걷기 문장'은 대충 이런 것이다. 우리 말에서 끝까지 들어봐야 안다는 말이 있는 것처럼, 해석을 잘못해 나가다가 끝에 가서야 해석이 잘못되었다는 것을 알고 다시 되돌아와서 재해석하는 언어처리 과정을 말한다. 예를 들어서 'The horse raced past the barn fell' 이라는 유명한 문장이 있는데, 처음 이 문장을 읽게 되면 십중팔구 '말이 달려서 마구간을 지난다' 처럼 자동형으로 해석을 하다가, 다시 나오는 동사 'fell' 에서 무슨 말인지 몰라 어리둥절하게 된다. 그럼 다시 되돌아가서 raced가 실은 말을 달리게 하다race라는 타동사의 과거분사형으로 쓰인 것을 알게 되고, '(사람이 몰아) 마구간 옆을 지나던 말이 넘어졌다' 라는 해석을 최종적으로 얻게 된다.

재미있는 문장이 많이 있는데, The girl told the story cried 라거나 The dog that I had really loved bones 같은 것들이 이에 속한다. '정원길 걷기 문장' 이라는 명칭은 이리저리 걷다가 샛길로 빠져서 길을 잃어버린 뒤 다시 걸어나와서 다른 길로 가야 맞는 목적지에 도달하게 되는 정원길 걷기에 대한 비유와 함께 '남을 속인다' 는 구어적 표현인 'lead someone up garden path' 라는 숙어에서 유래된 것이다.

언젠가 스치듯 지나가면서 본 연애설문 프로그램에서도 역시 유사한 질문에 대한 대답이 오가고 있었다. 주제는 '이 사람이 운명이라고 생각한 때는?' 이었고, 각 출연자들은 자신이 운명이라고 생각한 사람들에 대한 얘기를 하고 있었다. 여러 번 헤어졌다 다시 만났을 때, 우연이 겹쳤을 때, 기타 등등. 그런데 그 얘기를 들어보면 역시 '운명의 인지' 라는 건 언제나 사후에 재구성할 수밖에 없다는 생각이 든다. 우리에게는 예지력이 없기 때문이다.

운명의 상대에게 운명을 느끼는 것은 맞다. 하지만 이런 잠재적

우주에서 온 그 녀학은그

그들이 어느별에서 오는지는 모르겠지만
어쩌다가 이세계에서 살고있는 우리가
런만남을 갖게되는 것이다.
참으로 신기한 일이 아닐수 없다

운명의 끌림은 인생의 매순간 존재한다. 모든 끌림이 관계로 이어지지는 않고, 결국 끌림이 관계로 이어졌을 때만 우리는 이 끌림을 운명이라고 이름한다. 그러니까, 당연히 모든 운명의 상대에게는 운명적 순간이 있다. 그 순간이 없다면, 운명의 상대가 되지 않았을 테니까. 하지만 그 순간을 일으키는 일종의 전Pro-운명 순간이 있다. 이를 설렘, 끌림, 예감, 강렬한 느낌, 번쩍하고 떠오르는 황홀한 순간이라고 불러도 좋다. 그렇지만, 이 전운명이 운명화되지 못하고 사라져버리면, 이것은 단지 한순간 지나가는 감정에 지나지 않게 된다. 그러니 이무기가 용이 되어야 용이고 그렇지 못한 것은 언제나 이무기인 것처럼, 운명이 되어버린 순간은 '운명이 인지되던 바로 그 결정적인 찰나'로 영원히 남게 된다.

그러니까 어떤 운명은 길을 잘못 들지 않은 채 계속 흘러가기도 하지만, 많은 경우 우리의 운명은 정원길과 같다. 한쪽으로 흘러가다가 어떤 순간에 아니라는 것을 알고 도로 거슬러올라가 그 시점을 운명, 혹은 운명이 아니었던 것으로 새롭게 처리하는 것이다. 결국 끝에 이르러보아야 운명을 알 수 있다. 친구 H가 항상 주장하듯이 '우리 인생은 길다'. 그래서 좀더 가봐야 과거의 순간이 인생에 있어서 결정적이었는지 아니었는지 알 수가 있다. 잘못 만난 인연, 혹은 이 사람이 맞는지 아닌지 알쏭달쏭한 운명은 일단 가봐야 알 수 있기 때문에 운명의 정원길은 참으로 아슬아슬하다. 정원길 문장의 race에서 '말이 달리고 있다'고 생각했다가 fell을 만나다시 거슬러올라와서 해석하는 것처럼 우리는 '너는 내 운명' 하고 도장을 쾅 찍을 수도 있다. 그 반대일 수도 있다. 후에 다시 나타난

이별, 슬픔, 혐오의 순간이 없으면 운명적 순간은 운명으로 남고, 그렇지 않고 헤어지면 과거에 운명적일 수도 있었던 순간은 사라진다.

그러니, 결국 모든 만남은 운명적으로 남을 수 있다. 애당초 그럴 '운명'이었든, 다시 거슬러온 정원길이든, '너는 내 운명' 하고 말하는 분기점이 존재하고, 그 길로 또박또박 걸어가버리면 운명이 된다. 만약 운명이 아니면 도로 와서 다른 길을 걸어가면 되는 것이다. 그 끝에는 또 다른 운명의 만남이 있으니.

있는 그대로의
모습을 인정해줘
Miss Match와 Just the Way You Are

미국 NBC에서 방영했다가 첫 시즌도 제대로 방영 못하고 끝나 버린 〈미스 매치 Miss Match〉라는 드라마 시리즈를 한때 열렬히 시청했던 적이 있다. 이전의 미모를 어느 정도는 회복한 듯한 알리시아 실버스톤이 이혼전문 변호사와 매치메이커라는 그야말로 '미스 매치mismatch' 한 두 가지 역을 한 번에 해내는 드라마였다. 약간 순진한 이상주의로 가득 차 있기에 〈섹스 앤 더 시티〉나 〈위기의 주부들〉의 신랄한 유머를 즐기는 사람들의 마음에 들 만한 드라마는 아니지만 〈미스 매치〉는 아예 그런 낭만주의를 전면에 표방하는 걸로 승부를 걸고 있었다. 알리시아 실버스톤이 맡은 케이트 폭스는 졸업앨범의 설명에도 나와 있듯이 그야말로 '대책 없는 낭만주의자'. 그렇지만 케이트의 선의는 많은 만남들을 만들어내는 기초가 된다.

연애 커플링이라는 것은 근본적으로 소수의 사랑받는 집단과 다수의 사랑하는 집단이 존재하는 피라미드라서 엇갈리는 게 당연하다고 믿어온 나이지만 케이트의 신념에는 나름대로 감동적인 면이 있었다. 이 시리즈에서 제일 마음에 들었던 점은 케이트가 서로를 맺어주는 방법이 연애에 미숙한 사람들을 '개조'하는 것이 아니라, 될 때까지 몇 번이고 적당한 짝을 찾아준다는 것이었다. 기름 낀 머리에, 셔츠는 목까지 다 잠그고, 림프절 연구에 대해서만 30분 동안 혼자 말하는 남자. 그래도 케이트는 그가 독서와 음악을 즐기는 조용한 성격이고 개를 사랑하는 착한 남자라는 진실을 알아주고 그에게 어울리는 여자를 소개해준다. Food TV의 프로듀서로 남자를 고르는 데 깐깐한 로렐은 열정을 느낄 수 있는 상대를 만났지만, 그가 복숭아 농사를 짓는 농부라는 데 잠깐 망설인다. 케이트는 상대의 있는 그대로를 받아들여주도록 로렐을 격려해준다. 또한 변호사로서 케이트는 가능성 없는 드러머에다 일용직으로 생계를 이어가는 애런이 자신감을 가지고 부권을 찾을 수 있도록 도와준다. 교섭 약속도 잘 지키지 못하다가 마침내 면접권을 얻은 애런이 파란 페인트투성이로 나타나서 실은 아기의 방을 마련하기 위해서 그동안 열심히 일했었다고 밝히는 장면은 단순하기는 해도 가슴 뭉클한 데가 있었다.

〈미스 매치〉에서 사랑스러운 것은 이런 대책 없는 낭만성과 강요하시 않는 편안함이다. '미스 매치'는 좋은 상대를 만나기 위해서 나 자신을 바꾸라고 말하지 않고, 나를 알아주는 상대가 어딘가에 있을 것, 나 자신만으로도 충분히 훌륭하다고 말해준다. 또한 상대방의 모습도 있는 그대로 받아들일 수 있어야 한다고 말한다.

요새 유행하는 메이크오버 쇼처럼 옷도 바꿔, 머리도 바꿔, 집도 바꿔, 자기 자신도 바꾸라고 역설하지는 않는다.

빌리 조엘의 유명한 노래 〈있는 그대로 Just the Way You Are〉의 한 소절은 이러하다.

새로운 패션을 시도하지도 말고
Don't go trying some new fashion

머리를 다른 색으로 염색하지도 말아요
Don't change the color of your hair

입 밖에 내지는 않아도 나는 언제나 당신을 사랑해
You always have my unspoken passion

관심 없는 양 보인다 해도……
Although I might not seem to care

그러나 사실 상대방을 있는 그대로 받아들이는 태도는 말은 좋지만 실천하기는 어려운 일이다. 대다수의 사람들은 관심과 배려가 있다면 상대가 나를 위해서 변화할 수도 있는 게 아닌가 생각한다. 또한 변화는 상대를 위해서도 좋은 것, 그 자신의 자아를 더욱 발전시키는 향상이 아닌가 합리화한다. 따라서 모든 관계에서 중요한 것은 어디까지 바꾸고, 어디까지 그대로 놔둘지 그 선을 타협하는 데 달려 있다. 우리는 상대방이 있는 그대로의 나를 받아들여주기 바라지만, 또한 상대방을 위해서 더 나아지고 싶다고 생각한다. 또한 상대방의 있는 모습 그대로를 좋아하지만, 그 사람이 나를 위해서 바뀌었으면 하고 바라기도 한다.

현재 그대로의 모습을 유지하려면 최소한의 변화는 필연적이다. 집을 지어만 놓는다고 몇 년이 지나도록 계속 그 상태로 유지될 거라고 믿는 사람은 없다. 먼지가 끼지 않게 쓸고 닦고 보수도 하고, 시간이 지나면 증축은 아니라도 개축도 해야 한다(관리하지 않아도 집이 원래대로 유지되고 있다고 생각하는 사람은 가사노동을 꾸준히 처리해주시는 어머니나 동거인에게 감사해야 하리라). 그처럼 사람 또한 원래의 자기 모습을 유지하려면 시간의 흐름에 따라서 변화해야 한다. 시간이 흐르는데도 변화하지 않고 그대로 머무르면 고착이나 퇴행이라고 부를 수 있다.

가장 이상적으로 말해서, 성공적인 매치의 요인은 서로가 있는 그대로의 모습을 받아들이는 것으로 시작해서 함께 변화하는 것을 수용하는 태도가 아닐까. 그러니까, 서로의 모습을 받아들이는 그 자체가 이를테면 무언가 가질 수 없는 것을 요구하고 있었던 과거의 나 자신을 변화시키는 행동이다. 결국 '지금 모습 그대로'는 양쪽 모두에 해당된다. 서로의 모습을 받아들인 두 사람이 서서히 함께 변화해갈 수 있다면 회비 800만원의 프리미엄급 연애상담은 필요 없을 것이다.

좋은 사람이지만
좋아하지 않아 ☕

감정과 신념의 차이

가끔 TV에서 해주는 짝짓기 프로그램을 보고 있으면, 그 엇갈린 사랑의 작대기에 마음이 안타까울 때가 있다. 어떤 이에게도 선택받지 못하는 사람들을 보면 마음이 불편해지기까지 한다. 괜찮아 보이는 사람일 때는 더욱. 그럼에도 불구하고 나 또한 저 사람을 고를 것 같지 않다는 생각이 들 때는 더더욱.

어떤 사람들은 '선택받지 못한 자'의 문제가 비교우위의 문제라고 생각하기도 한다. 짝짓기 프로그램의 경우에는 비교우위가 작용하는 범위가 더욱 확실하다. 더 나은 후보자가 있기 때문에 선택받지 못한다. 그렇기도 할 것이다. 하지만 일상의 경우에는 몇몇 사람 중에서 선택해야만 하는 것도 아니고, 더 나은 후보자가 없는 경우도 있다. 그럼에도 불구하고, 좋은 사람을 좋아하지 않게 되는 상황은 빈번하다. "선배는 좋은 사람이지만 좋아하지는 않아요"라든가 "우리는 좋은 친구지만 널 여자로 보지는 않아"처럼 온갖 엇갈린 사랑의 비극을 간직하고 있는 말들이 있다. 이 말들은 반론의 여지가 없는 당연한 명제처럼 받아들여지지만, "전에 맞선 본 그 사람, 좋은 사람인데 왜 안 만나니"라며 자식을 타이르시는 어머니가 받아들일 만큼 당연하지는 않다. 사람들은 어쩌다가 좋은 사람을 좋아하지 않게 되었을까?

'좋다'와 '좋아한다'는 비슷한 뜻과 모양을 가졌지만 실제로는 두 가지 다른 영역을 지배하고 있다. 앞의 말은 좋고/나쁨을 가르는 신념과 판단의 영역, 다른 하나는 좋아함/싫어함을 가르는 감정의 영역. 간단하게 말해서 좋은 사람을 좋아하지 않는 건 이 두 가지 영역이 완전히 일치하지 않는다는 뜻이다. 또한 역설적이게도 '좋은 사람을 좋아하지 않는다'는 말이 의미가 있는 것은 일반적으로 '좋음'과 '좋아함'은 연관관계가 있다고 믿고 있기 때문이다. 좋은 걸 좋아하게 되는 일은 당연하다. '좋은 영화를 좋아한다' '좋은 집을 좋아한다' '좋은 옷을 좋아한다'처럼. 좋아하는 점을 갖고 있는 것들을 우리는 좋은 것들이라고 부르기 때문이다. 그럼에도 불구하고 좋은 사람을 좋아하지 않게 될 수도 있다.

따라서 '좋은 사람이지만 좋아하지 않아'는 크게 두 가지로 해석이 가능하다. 첫번째로, 거짓말까지는 아니라고 해도 완전히 사실이 아닐 때, 이 말은 성립한다. 좋은 사람이지만 내가 좋아할 정도만큼은 아니라거나, 어느 정도까지의 좋은 점은 있지만 더이상의 좋은 점은 없다거나, 그 사람이 가진 좋은 점은 일반적으로 판단하기에 좋은 점이지만 내가 가진 기준에 따르면 크게 점수를 줄 만한 점이 아니라거나 하는 판단을 내포하고 있다. 어떤 경우에는 좋다고 생각하지도 않으면서 면피용으로 좋다고 말할 때도 있을 것이다. 실제로 각종 드라마나 영화에서 '좋은 사람이지만 좋아하게 되지 않는 사람'은 '나쁜 사람이지만 좋아하는 사람'보다 뭔가 부족한 점을 지닌 인물로 그려진다. 좋은 사람이지만, 좋아하게 되지 않았던 역사적 인물 중의 가장 유명한 사람이 바로 시라노 드 벨주락이다. 유명한 극작가에 인기 있는 시인, 수많은 결투에서도 살아남은 검사였던 시라노는 그 커다란 코 때문에 록산느에게 사랑을 고백하지 못하고 대신 친구의 연애편지를 대필해주는 비극을 맞게 되지 않았던가(물론 시라노는 실존 인물이지만 그와 록산느의 이야기가 실화라는 근거는 없다고 한다). 본인의 소심함 때문이었는지, 실제로 그 외모 탓이었는지는 모르지만 '좋아하게 되지 않는 좋은 사람들'은 주로 이런 모습으로 그려진다. 외적인 조건은 좋지만 성격이 나쁜 사람, 성격은 좋지만 외적인 조건이 나쁜 사람, 외적인 조건도 성격도 좋지만 전혀 매력이 없는 사람. 결국 좋은 사람이라고 하기에는 2퍼센트 부족한 사람. 보이지 않는 더 나은 상대자를 기다리게 하는 사람.

연애담의 잊지 못할 조연들은 이런 안타까운 면을 품고 있다. "왜 안 좋아하는 거야?" 하고 정신이 바짝 들게 여자 주인공의 뒤통수를 크게 한 대 쳐주고 싶을 만큼 좋은 사람들이다. 단지 좋아하지 않기 때문이라는 동어반복으로밖에 설명할 수 없는 사랑의 비극이 여기 존재한다. 이렇게 감정과 믿음이 분리되는 것은 비록 사람이 어리석긴 하지만 또한 자유롭기 때문이다. 개조차도 좋은 사람과 나쁜 사람을 구분할 수 있다고 하는데, 사람은 그렇지 않으

니 참 어리석다. 하지만 돌보아주고 사랑해준다고 해서 애정과 충성을 바치지 않으니 인간은 자기 감정을 믿음에 지배당하지 않고 살아갈 수 있을 만큼 자유롭다.

가장 이상적인 연애, 사회에서 권장하는 연애는 좋은 사람을 좋아하는 관계다. 그렇지만 사랑은 좋아하는 사람을 가장 좋다고 판단하게 하기도 하고, 그 판단이 어긋난 틈바구니에서도 생겨날 수 있기에 더욱 극적이며 역동적이다. 오로지 지성에 의거한 판단이 아니기 때문에 사랑은 의미가 있다. 사람의 감정이 지성과는 다른 차원에서 작용한다는 것을 알게 해줌으로써, 인간은 더욱 인간답게 된다. 물론 그러다가 상처도 생기지만, 반드시 나쁘지만은 않은 것도 오로지 사랑의 경우일 때뿐이다. 게다가 놓쳐버린 좋은 사람은 나중에 돌이켜보면 얼마나 아름다운가? 그러니 좋은 사람을 좋아하지 않는다고 해도 죄책감을 느끼거나 아쉬움을 느낄 필요만은 없는 것, 그들은 끝까지 좋은 사람으로 남아 좋은 역할을 하게 될 테니.

나는 관심을
바라지 않아요

사랑받을 수 있는 가능성

　　오랜만에 친구 S를 만나서 나눴던 흥미로운 이야기 중의 하나
는 '여자는 자신이 예쁠지도 모른다고 생각하는 시점부터, 남자
는 자신이 멋있는 사람일지도 모른다고 생각하는 시점부터 인생
이 달라진다'는 것이었다. 열아홉 살 시절을 생각하여보라. '난
사실 예쁜 것 아닐까' 하는 의심을 가지게 되면 그렇지 않은 경우
와 어떻게 다른 길을 가게 되는지. 실제로 자신이 아름다울 수 없
다고 믿고 그 길을 간 여성들과 예쁠 수 있다는 믿음을 갖고 반대
쪽 길을 간 여성들의 외적인 미모는 크게 차이가 나는 것은 아닌
데, 그 의심과 믿음에 바탕하여 생활태도는 크게 달라지게 된다.
남자의 경우도 마찬가지다. 여기에 함축되어 있는 모든 정치적
불공정성과 지나친 일반화의 오류 정도는 약간 눈감으면 이렇게
환원하여 볼 수 있다. 예기치 않은 순간, 지나친 의도와 노력 없
이도 타인에게 사랑받을 수 있다는 가능성을 발견하게 되면 인생

이 달라진다고.

'사랑받을 수 있는 가능성'이 거의 모든 일의 동력처럼 보이기도 한다. 인터넷 문화가 양적, 질적인 측면에서 폭발적으로 증대할 수 있었던 것은 사람들이 그 안에서 '사랑받을 수 있는 가능성'을 발견했기 때문이다. 채팅, 미니홈피, 포토샵, 블로그, 덧글 등의 면면을 보면 이 가능성이 어떻게 확장되고 변화하여 왔는지를 알게 된다. 가능성을 믿는 순간 자신의 행동과 세계가 바뀌는 경험은 실제로 인터넷에, 그리고 특정 개인에게 국한되어 있는 게 아니라, 어느 정도 많은 사람들이 공유하고 있는 현실이기도 하다.

그런데 문제는 '사랑받을 수 있는 가능성'을 발견하게 해준 그 순간의 영감이 사랑받는 방법까지는 정확히 가르쳐주지 않는다는 데 있다. 어떤 사람이 나를 좋아할 수도 있다고 생각하고, 그 사람이 어떻게 하여 나를 좋아하게 되었는지 대략 짐작은 할 수 있지만 그 정확한 절차까지는 알지 못한다. '사랑받을 수 있는 가능성'의 최고 근인은 나의 자질이지만 '사랑받는 방법'은 타인의 습성에 달려 있기 때문이다. 물론 우리는 타인의 습성을 연구하고 탐구하여 '사랑받을 수 있는 가능성'을 늘리지만, 그 정확한 방법에는 다가갈 수가 없다. 거기에서 많은 오해가 발생한다. 또한 '사랑받을 수 있는 방법'을 알게 된다고 해도 그것은 '사랑받을 수 있는 가능성'의 범주에서 넘어선 경우도 있다('제시카 알바 같은 미인이 되시오' 같은 것). 그런 방법은 기각된다.

'사랑받을 수 있는 가능성'이 자신으로부터 우러나오는 것을 인식하게 된다면, 이것의 문제 또한 인식해야 한다. 결국 '사랑받을 수 있는 가능성'은 자신의 것일 뿐, 타인에게 이르러 조절할 수가 없다. 다시 말하면, 어떤 사람에게는 이 가능성을 인식하게 만들고 다른 사람에게는 이 가능성을 인식하지 못하게 만드는 것이 그렇게 자유자재로 되지 않는다. 거기서 모든 엇갈린 사랑의 작대기가 발생한다. 역설적이게도 이 '사랑받을 수 있는 가능성'이 질투, 오해, 애증, 혐오를 만들어낸다. 반갑지 않은 상대만 자석처럼 끌어모으면서 살아온 사람들이라면 이 말을 잘 이해할 수 있을 것이다.

이것은 B가 내게 이야기해준 경우와 유사하다. B는 사교적인 성격으로 처음 보는 사람들에게도 호의를 받는 특질을 가지고 있다. 그런데 그중의 어떤 사람은 별로 반갑지 않은 방식으로 B에게 호의를 표시한다. 별로 반갑지 않은 사람이 자신을 좋아한다고 느낄 때 사람들은 '내가 뭘 잘못했을까' '내가 너무 쉽게 보인 걸까' 하고 자책하기도 한다. 나의 '사랑받을 수 있는 가능성'이 반갑지 않은 사람들까지도 불러모으게 된다는 책망을 하게 되는 것이다. 그런데 이 말은 반쯤은 사실이고 반쯤은 사실이 아니다. 내게 있는 '가능성'에 그 사람이 혹한 것은 사실이지만, 결국 원하지 않는 방식의 호의를 주는 것은 그 사람의 습성이다. 내게 있는 가능성은 모든 이에게 동일하게 적용되기 때문에 달갑지 않은 방식으로 그 가능성을 실현해주는 사람이 있다고 해서 그것이 나의 책임이라고 말하기는 어렵다.

이는 범죄학적으로 확대하면 '스토킹을 하는 사람'과 '스토킹을 당하는 사람'의 책임 영역으로까지 이어진다. 범죄학자들은 '스토킹을 당하는 사람'에게 그럴 만한 이유가 있다고 하고, 실제로 피

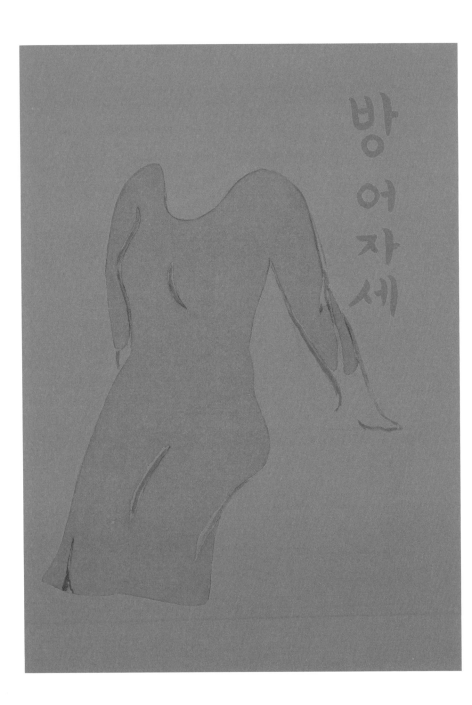

방어자세

해를 입은 사람들이 자책하는 경우도 많다. 하지만 그렇다고 해서 스토커가 범죄자가 아닌 것은 아니며, 당하는 사람에게 전적인 책임이 있는 것도 아니다. 어떤 사람이 가진 사랑받을 수 있는 가능성이 스토커를 불러모았다고 해도 결국 스토킹은 하는 자의 선택이며, 당하는 사람에게는 잘못이 없다. 많은 사람들은 스토킹을 미연에 방지할 수도 있었을 거라 말한다. 하지만, 우리가 끝까지 사랑받으려 노력하는 이상 사랑받을 수 있는 가능성은 원치 않는 관심의 위험을 유발한다. 특정한 사람으로부터 받는 관심을 줄이기 위해서는 전체적으로 사랑받을 수 있는 가능성을 줄일 수밖에 없다. 하지만 기꺼이 이 방법을 선택할 수 있을까?

'사랑받을 수 있는 가능성'에 지나치게 매달리는 것은 위험한 일이다. 하지만 또한 사랑받을 수 있는 가능성의 확대가 가져다주는 자기충족적 느낌의 중요성에 대해서도 이해할 수 있다. 따라서 우리에게 필요한 것은 그 가능성을 축소하거나 가능성을 실현할 수 있는 방식을 제도적으로 방지함으로써 원치 않는 관심을 피하려는 노력이 아니라, 타인의 가능성을 향유하는 방식에 대한 올바른 감각이다. 내 가능성을 펼치는 만큼, 타인의 가능성에 대해서도 적절하게 배려를 가져주는 것. 이걸 모른다면, 그 사람의 '사랑받을 수 있는 가능성'은 아주, 아주 낮다.

인기 있는
사람과의 연애 ☕

1퍼센트, 7퍼센트를 넘어서

국경과 인종, 나이를 비롯하여 어떤 차이도 뛰어넘을 수 있는 게 사랑이라지만 모든 연애가 구분에서 비롯된다는 것을 사람들은 고의로 모른 척하고 있을 뿐이다. 그만그만한 타인들로부터 특별히 다른 한 개인을 갈라내지 않는다면, 어떻게 연애가 시작될 수 있을까.

K는 항상 연애를 하고 싶고, 노력을 하는 데도 자신이 관심 갖는 사람은 자신에게 도로 관심을 보여주지 않는다고 한탄한 적이 있다. 그런데 그가 관심 가졌던 상대를 보면 왜 그런 패턴이 반복되는지 이해할 수 있을 것만 같다. K가 좋아하게 되는 상대는 딱 보면 누가 봐도 좋아할 만한 점이 있는 사람들이다. 그러면 그 인기 있는 사람을 둘러싸고 경쟁이 발생하게 된다. 그가 그 경쟁에서 이길 수 있을까? 만인에 대한 만인의 투쟁, 여러 명 중에서 오직 한 사람만이 이기고, 또 새로운 라운드를 찾아나서야 하는 게임에서

말이다.

　드물기는 하지만 세상에는 모든 면을 골고루 갖춘 지덕체의 인간이 정말로 존재하고 있다. 시쳇말로 엄마 친구의 아들딸들처럼 외모도 훌륭하고 지적이며 경제적으로 안정된 직업을 갖추고 있는 데다가 심성도 나쁘지 않으며 거기에다 인간적 매력도 있다. 이런 희귀종족들은 많은 이들로부터 사랑과 동경을 받는 사람들이다. 이런 사람들을 사랑하게 되기란 어렵지 않다. 이 사랑은 내 안에서 나오는 게 아니라, 그들의 특질이 끌어당겼을 때 생겨나는 감정이다. 이들은 실제로는 극히 적은 수를 차지하므로 편의상 세상의 1퍼센트라고 이름 붙이기로 하자. 이들은 선택하기가 쉽고, 서로 사랑하게 될 가능성도 아주 많다. 보통 선남선녀라고 불리는 사람들이다.

　그 다음으로는 역시 편의상 세상의 7퍼센트라고 이름 붙일 수 있는 사람들이 있다. 이들은 어느 공동체에나 한두 명쯤 존재할 법한 인기인들이다. 이들은 미팅에 나가면 사람들의 주목을 받고, 길에서 헌팅을 당하기도 하며, 모든 게 완벽한 건 아니지만, "걔, 정말 괜찮지"라는 평을 들으며 살아갈 수 있는 사람들이다. 이런 사람들은 일상에서 실제로 만날 수 있는 킹카, 퀸카들이다. 그러나 이 7퍼센트는 위의 1퍼센트처럼 절대적이지 않고 외적인 요소에 좌우되기 쉬우므로 집단에 따라 유동적으로 결정된다. 어떤 7퍼센트는 다른 곳에서는 7퍼센트가 아니며, 개인에 따라 약간은 다른 판단을 내릴 여지를 주는 사람들이다.

　그렇기 때문에 실제로는 7퍼센트의 인구에 할당될 뿐인 이 집단에 전체 인구의 30퍼센트 정도 되는 사람들이 스스로를 위치시킨다. 좀더 정확하게 말하면 30퍼센트 (역시 대략의 숫자) 정도 되는 사람들이 자신을 7퍼센트 안에 드는 사람이라고 믿고 있거나, 그런 말을 한 번 정도 들은 적이 있거나, 될 수 있다고 믿고 있다. 이 7퍼센트라는 인구는 마치 치즈로 완전히 굳기 전의 우유와 같아서 분명 7퍼센트에 넣을 수 있는 단단한 무엇이 있음에도 불구하고 그 경계는 언제나 액체처럼 유동적이다. 그렇기 때문에 모든 사람이 노력만 하면 7퍼센트의 인기인이 될 수 있다고 패션잡지와 광고들은 설파하지만, 결과적으로 세상은 그렇게 여유롭지가 않다. 어찌되었건 항상 그중에서도 더 나은 사람이 7퍼센트에 지정되는 것이다. 그러니 여기서 연애의 화살표가 엇갈릴 수밖에 없다. 불완전한 인기인 7퍼센트, 혹은 7퍼센트라고 믿고 있는 30퍼센트가 자신의 가치와 상대의 가치를 같이 놓고 볼 때, 화살표가 소수에게만 집중되는 상황이 일어난다. 이 지점에서 소위 '눈이 높다' 라는 표현은 여러 의미를 갖게 된다. 원래 인구가 적은 집단을 찾고 있다는 의미와, 자신의 자리를 잘 찾지 못하고 있다는 비판적 의미. 그래서 눈이 높은 사람은 매번 연애에 실패한다. 짚신도 제 짝이 있다지만, 꽃신 짝을 찾고 싶다. 내가 꽃신이기 때문에. 꽃신이 예쁘니까.

　연애의 계층화에 대한 결론은 꽤나 계급적이다. 사람들이 분개하며 내게 썩은 달걀과 푹 익은 토마토를 던진다고 해도 할 말 없다. '그렇다면, 나머지 70퍼센트들은 뭐란 말인가? 결국 끼리끼리 어울리는 사람만 만나라는 말인가?' 혹은 '사람 위에 사람 없고 사

람 밑에 사람 없다는 데 사람을 한 줄로 줄을 세우자는 말이냐' 하고 따질지도 모른다. 하지만 여기서 말하고 있는 건 당위가 아니라 현실이다. 우리가 타인을 만날 때, 외적 요소에 의해서 조건화되는 사랑과 호감의 감정이 전혀 없다고 말할 수 있을까?

이 질문들에 긍정의 답변을 해버리면 약간 우울하다. 나 또한 꽃신의 눈으로 보았을 때 짚신일 수도 있는 일. 100번에 이르는 딱지 맞는 과정을 설명하기 위해서 이 계층화 논리를 도입했다고 해도, 사람의 특성을 모두 점수화하는 결혼상담소의 기준표에 분개하듯 우리 마음속의 기준표에도 부당한 점이 느껴진다. 살짝 억울하다. 하지만 대부분의 사람들이 밀려난 위치에서 어쩔 수 없이 만족하는 건 아니다. 1퍼센트, 7퍼센트가 아니라고 해도 행복한 사람들이 있고, 멋진 연애가 있을 수 있다. 이 또한 현실을 관찰한 결과다. 이 모순은 또 어떻게 된 일일까?

어떤 사람들은 1퍼센트, 7퍼센트의 논리를 설명으로만 받아들이고 자신의 기준표로 삼는 것을 거부하기 때문에 여기서 자유로워질 수가 있다. 내가 보지 못한 1퍼센트의 대단한 사람들? 내가 보았지만 가까이 갈 수 없었던 7퍼센트의 사람들? 그런 사람들도 있겠지. 그렇게 살 수 있다면 나름대로 행복하겠지. 그런 사람들을 보고 마음이 끌리거나 찬탄을 할 수도 있고, 약간 침울해질지도 모르지. 정신을 바짝 차린다 해도, 자신 또한 그렇게 틀에 맞춰 받아들여질지도 모르지만 그렇다고 해도 어쩔 수 없다. 그렇지만 우리는 어깨 으쓱하면서 이 모든 기준을 털어버리고, 타인들이 만들어놓은 사다리를 자기도 모르게 오르고 있는 일을 경계할 수 있다.

사랑에 빠지면 좋아하는 이들을 찬찬히 바라보게 된다. 남들과 같은 눈으로, 그렇지만 동시에 나만이 가진 다른 눈으로. 반복되는 실패를 하고 있거나 연애로 인해 비참해지는 기분이 든다면, 내가 타인을 어떤 눈으로 바라보고 있는가를 점검해볼 필요가 있다. 사회에서 처방하고 있는 외모나 외적인 조건에 마음이 끌릴 수도 있다. TV에서 영화에서 책에서 더 사랑스럽고 더 괜찮은 사람들을 계속 스테레오타입으로 제시해주고 있으니까. 하지만 그 조건에 얽매여 내가 불행해진다면 다 무슨 소용일까? 그 조건 그대로만 받아들여진다면 또 얼마나 피상적일 것인가? 내가 과연 그 대상에서 무언가를 발견한 것인지, 아니면 내가 만나는 사람들 중에 가장 적합한 사람을 나의 기준표에 따라 그저 골라내게 되는지 생각해본다. 세상의 기준표대로 살아가는 것이 삶의 지침이 될 수도 있다. 하지만, 그를 거부함으로써 생기는 100퍼센트의 가능성, 현실로는 다 가능하지 않다고 해도 적어도 위, 아래, 옆 모두 바라보는 게 가능한 것처럼 생각할 수 있는 자세, 1퍼센트와 7퍼센트를 넘어서 100퍼센트의 사람들을 만나는 자세다. 그리고 그 가능성이 아름답다. 한쪽에서는 계단이 만들어져도, 한쪽에서는 허물 수 있는 것. 연애 아니면 무엇에 대해서 그렇게 할 수 있을까?

내 사랑은 세상에 있기는 한 걸까? ☕

타협하지 마세요

인생과 사랑과 관계에 대해서 항상 깊게 생각하는 S, 그런 그녀를 위해 내가 누누이 해주는 말은 "타협하지 마세요"다. 역설적인 것은 이상이 높은 사람일수록 타협하기를 싫어하면서도 쉽게 타협하게 된다는 것. 이상이 높은 만큼, 걸맞는 상대나 상황이 쉽게 나타나지 않기 때문이다. 그러다가 눈앞에 나타나는 가장 적당한 상대를 향해서 타협해버리고 만다.

보스턴을 배경으로 한 미국 드라마 시리즈 〈앨리 맥빌Ally Mcbeal〉에도 비슷한 상황에 대한 에피소드가 있었더랬다. 시즌 1의 에피소드 6인 'The Promise'에서 앨리는 우연히 심장마비를 일으켜 쓰러진 해리 피펜을 인공호흡으로 구해주게 된다. 해리 피펜은 앨리 몸무게의 세 배도 넘을 듯한 거구.

그날 해리의 약혼녀인 제니퍼가 앨리에게 감사 인사를 하러 찾아온다. 해리처럼 소박하고 소극적으로 보이는 제니퍼, 둘은 어렸을 때부터 친구였고 그주 금요일에 결혼식을 앞두고 있다. 그런데 다시 앨리를 찾아온 해리, 앨리에게 데이트 신청을 하는 게 아닌가! 제니퍼는 해리에게 유일한 상대였기 때문에 편안했고 결혼도 하게 되었지만 자신의 이상은 다른 데 있다고 말하는 해리. 앨리는 데이트는 거절하지만, '우리는 언젠가 원하는 사람을 만날 수 있다는 약속을 믿고 기다려야 한다'는 충고로 해리를 격려해준다. 그러니까, 상대가 없다고 포기하면 안 된다는 얘기였던 것. 그런데 그 후, 앨리를 찾아온 제니퍼는 해리가 갑자기 결혼식을 취소했다고 한다. 그리고 '우리 서로에게 도대체 어떤 다른 사람이 있을 수 있겠는가? 당신이 무책임하게 망쳐버렸다'고 말한다. 양심의 가책을 느낀 앨리는 다시 해리를 만나서 '당신은 제니퍼 외에는 누구도 만날 수 없다'고 확실히 말해준다. 결국 해리와 제니퍼는 결혼을 하고, 앨리는 자신의 이상과는 반대되는 이야기를 했지만, 그게 최선이었다고 생각한다.

내가 '타협하지 말라'고 S에게 말해줬을 때 S는 "그러면 결국 이상형이 안 나타나면 혼자 살아야 하나요?"라고 물었다. 나는 그렇다고 말해주었다. 타협하지 않는 것의 결과는 전적으로 우리가 감수해야 하는 것이다. 이상을 만족시킬 수도 있고, 그러지 못할 수도 있다. 위험을 감수할 마음이 없는 사람은 타협을 하게 되고 타협으로 인해 발생하는 결과 또한 감수해야 한다.

대학의 은사 한 분은 종종 '50점만 되면 만족'이라고 말씀하시곤 했다. '타협하지 말라'의 이상에 전적으로 대치되는 말씀이 아닐 수 없다. 하지만, 이 말씀에도 진실성이 있다고 믿는다. 타협하지 않고서는 역시 혼자 남는 경우를 각오해야만 한다. 타협하느냐 아니냐를 결정할 수 있는 요건은 한편 성향의 문제라고도 할 수 있다. 타협할 수 있는 사람이 있고, 없는 사람이 있다는 것. 그 기준은 바로 공감, 혹은 동정심이라고 생각한다. 즉, 타협할 수 없는 부분이 갑자기 표면 위로 떠올랐을 때 드는 환멸감을 어떻게 처리할 수 있는가의 문제. 그 환멸감을 끌어안을 수 있는 사람이라면 타협해도 좋다. 모든 인간에게는 약점이 있고, 나 또한 약점이 있으니 좋아하지 않는 부분도 끌어안을 수 있지 않겠나. 하지만 자신에게 있는 약점조차 버리고 더욱 더 올라가고 싶다고 생각하는 사람은 타협해선 안 된다. 이런 사람에게 있어서 타협은 주저앉히는 결과를 만들 뿐이고, 결국은 서로를 불행하게 만든다.

　결국 타협의 문제는 옆 사람이 볼 때는 자리매김을 정확히 하는 문제처럼 보이지만 실제로는 내적인 문제다. 남에게 충고를 할 때는 '네 주제를 파악해서 적당히 골라라'는 핀잔을 주거나 앨리 맥빌의 예처럼 '당신이 이상으로 생각하는 사랑은 실제로 찾아오지 않을 것'이라며 정확히 자신의 자리가 어딘지를 바라보라고 할 수도 있다. 스스로 바라본 자리가 잘못되었더라도 그 오류를 감수할 수 있는 사람은 타협하지 않고 이상형을 기다려도 좋다. 감수할 각오가 안 되어 있는 사람은 남들이 말하는 바대로 정확한 자리를 찾는 것이 좋겠다. 일등부터 꼴등이 일렬로 정해져 있고 그 사이에서 자기 순위를 찾아가라는 뜻이 아니라, 인생에는 다양한 우선 순위가 있으니 그중에서 무엇을 취할지 잘 파악하라는 뜻이다. 그런 의미에서 역시 타협은 의지의 문제로 귀결된다. 무언가를 하고 싶고,

갖고 싶은 성향과 그를 성취하고자 하는 의지를 연결해보고는 타협할 것인가, 하지 않을 것인가를 결정할 수 있다. 내가 갖고 싶은 게 다른 곳에 있고 그곳으로 달려갈 의지가 있다면 타협하지 않으면 된다. 그 와중에 넘어지거나 길을 잘못 든다고 해도 할 수 없다. 하지만 이만해도 괜찮다거나 더이상 달려가서 있을지 없을지 모르는 것을 찾고 싶지 않다면 눈앞에 있는 것을 가지면 된다. 그러니까 이것은 어떤 의미에서는 대상의 문제가 아니다. 에리히 프롬도 말하였듯이, 올바른 사랑은 대상의 문제가 아니라, 기술의 문제인 것처럼 세상에 하나뿐인 이상형이 나타났다고 할지라도, 내가 이미 다른 상대와 타협해버렸다면 아무 소용 없으니까 말이다.

아무리 의지가 강한 사람이라도 타협하고 싶을 때가 찾아온다. 타협하지 않는 길은 힘들고 외롭고, 그 끝이 안 보이니 타협하는 게 꼭 나쁜 일은 아니다. 나쁜 건 타협하고 나서 발뺌하거나 후회하는 것이다. 그렇게 되느니 타협하지 않는 쪽이 훨씬 인간적일 테다. 앨리는 해리에게 타협하지 말라고도 말했고, 타협하라고도 말했다. 그러니까 어떤 쪽이 행복한지는 사실 결론이 없는 문제로 해답은 오로지 자신만이 안다. 내게 동정을 할 만한 능력이 있는가? 노력할 의지가 있는가? 이 속에서 우리는 타협할 수도 있고 하지 않을 수도 있다. 하지만 그 결과에 대해서는 누구나 책임을 져야 하는 것이다.

보답을 바라지 않고
해주고 싶어 ☕

머릿속의 로맨스

나는 그다지 많은 사람들을 이해하고 있지 않지만, 가장 이해할 수 없는 사람은 헤어졌거나 혹은 전연애단계까지 갔다가 막상 연애단계에는 진입 못한 상대에게 과도한 선물을 보내는 사람들이다. 물론 이해하려고 들면 이해할 수는 있다. 서로간의 합의가 없는 상황에서의 선물은 전적으로 자기 만족적인 행위라고 생각해버리면 사실 논리는 간단하다. 선물이라는 이름이 붙은 증여행위 자체가 주는 사람의 의미 체계에 기인하고 있을 뿐, 상대방의 의미 체계를 이해하는 일은 드물기는 하다. 하지만 이는 이기적인 동기가 이타적으로 발현되는 전형적인 경우인 것이다.

내가 이해하지 못하는 것은 저런 자아도취적 연애 상태를 오래 유지하고자 하는 의도가 아니라, 그걸 행동으로 옮기는 과단성이다. 저 안에는 어떤 새로움도 없으며, 긍정적으로 볼 만한 점이라는 게 극히 적다. 물론 선물이 계기가 되어 관계가 새로 시작되는 경우가 전혀 없지도 않겠지만, 대부분의 경우는 다시 되살리기에는 너무 희미해져버린 불씨거나 애당초 피우지도 못한 모닥불이다. 상대방이 어떤 기분으로 받게 될지에 대해 나름대로 상상하는 장면이 있겠지만, 이 머릿속의 로맨스는 실제의 관계와는 사뭇 다르다. 이런 경우 머릿속에서 일어나는 프로세스는 이렇다. 필터 하나 낀 것처럼 희뿌연 배경, 상대방은 선물을 풀어보고 내가 보낸 것을 알게 되고 약간 아련한 기분으로 옛 추억에 잠긴다. 보낸 쪽에서는 '아, 그것만으로도 좋아' 라고 생각한다. 사실 그 이상이 되면 오히려 추억이 상할까봐 두려워진다.

사랑의 어리석음에는 또한 아름다운 면도 있기에 저런 심리 상태까지 비난하고자 하는 의도는 없다. 어차피 모든 로맨스의 시작은 머릿속이라는 것을 우리 모두가 알고 있다. 머릿속의 로맨스가 환상에 기반하고 있지만 그렇게 가볍게 볼 수 만은 없다는 것을 임순례 감독의 단편 영화 〈우중산책〉은 보여준다.

동네 재개봉관에서 표를 파는 매표원 정자는 무료하게 일상을 보낸다. 극장 안으로 몇몇 사람이 드나들기는 하지만, 정자가 기다리고 있던 맞선 상대는 아니다. 한참 무료한 와중 정자는 어떤 남자의 뒷모습에서 설레임을 느끼고 그의 뒤를 따라 빗속을 달려간다. 온몸이 흠뻑 젖은 채 극장으로 돌아온 정자를 기다리고 있는 사람은 비에 젖은 가발을 털고 있는 한 남자였다. 정자가 생각하고 있었던 머릿속의 로맨스와 현실 사이의 간극이 그 순간 눈앞에서 구체화된다.

어떤 이도 〈우중산책〉을 보고 화가 난다거나, 어리석다거나 하

지는 않을 것이다. 오히려 정자의 머릿속의 로맨스가 현실화되는 그 순간의 미묘한 느낌에 같이 전율할지언정. 하지만, 나는 추억의 상대에게 선물을 주는 경우에는 약간 마음이 불편해진다. 머릿속의 로맨스를 현실로 실현해버리는 행위는 지나치게 자기 중심적이고 퇴행적이며 양의 에너지가 하나도 발산되지 않기 때문이다.

설령 내가 그 일을 겪는 사람이 아닐지라도 나는 그렇게 보내진 선물이 불쾌하게 여겨지거나, 오히려 받은 사람의 자존심만 더 굳건하게 해주는 상황을 참을 수 없는지도 모른다. 나는 그런 선물이 '왜?' 라는 물음표로 존재를 의심받고 '역시!' 라는 느낌표를 더해주는 장신구로 격하되는 상황을 두려워한다. 그것은 내가 〈우중산책〉을 보고 가슴 아렸던 것과 같은 의미로, 보낸 사람의 행동이 순전히 자기 만족적이라고 해도, 그런 의도가 짓밟힐 수도 있다는 생각을 참지 못하는지도 모른다.

내가 잘 알고 있는 사람들이 과거의 사람, 혹은 자신에게 관심이 없어 보이는 사람들에게 선물을 보내려 할 때 나는 참견할 권리가 없기에 침묵을 지키는 편이지만 마음속에서는 '보내지 마, 보내지 마' 가 한가득 떠돈다. 하지만 그들의 머릿속에는 이미 옛 로맨스의 그림자가 꽉 차서 내 무언의 메시지가 들어찰 여지가 없다. 특히 깊은 연애에서의 좋은 경험이나 실제 로맨스의 경험이 적은 사람들이 이런 머릿속의 로맨스에 쉽게 경도된다. 좋은 보석처럼 소중히 아끼고 닦으며 가끔씩 꺼내보는 기억들, 여기에 가끔 기름칠을 할 일이 생기면 더 아름답게 남기는 한다.

머릿속의 로맨스, 남의 것이라면 말릴 수가 없다. 사실 말릴 이유도 권리도 없다. 건조한 나날에 내리는 비처럼, 앉아 있던 의자에서 일어나 나갔던 산책처럼 사람들의 마음을 적셔주고 달래주기도 하니까. 하지만 나는 이 로맨스의 많은 경우가 양방의 자기 만족적인 행위로 전락해버린다는 게 슬프다. 보내는 사람은 추억의 공유로, 받는 사람은 아직도 자신을 잊지 못하는 사람이 남아 있다는 도취감으로 서로 바라보지 않은 채로 각각 즐거워할 것이다. 둘 다 즐거워하니 세상에 즐거움이 하나 더 늘어나는 셈이지만, 이 교통하지 않은 상태는 서글프다. 머릿속에만 있는 게 더 아름다울 때도 있는데, 적어도 머릿속에서는 상대방이 내 마음을 알아주지 않나.

상처 있는 모습이 멋져 보여요 ☕

상처를 로맨스로 바꾸는 공식

내가 스무 살이었을 무렵, 이상형의 남자는 바로 상처喪妻한 홀아비였다. 아마 고등학교 때 감명 깊게 읽었던 한수산의 『바다로 간 목마』의 여파였을 수도 있고, 재미있게 봤던 〈기쁜 우리 젊은 날〉 같은 영화 때문이었을 수도 있겠다. 게다가 '아들 딸린 홀아비 치과의사'라는 상당히 구체적인 청사진까지 있었는데, 이는 아마 화장품 회사에서 무료로 나누어주던 사외보에 실린 연재소설 탓이었던 것도 같다. 나중에 이 '아들 딸린 홀아비 치과의사'는 〈닥터 봉〉이라는 상당히 낭만적이지 못한 형태로 영상화되었기에 곧 사라지고 말았지만.

물론 이 생각은 다른 사람들의 지지를 받지는 못했다. 일단 남의 불행을 전제로 삼는 게 아닌가. 나중에 아내가 죽으면 연락해보겠다, 라는 식으로 지지를 보여주는 남자 동기들도 있기는 했지만. 그렇다고 다른 여자의 요절을 기대할 만큼 절박하지도 않거니와

'홀아비' 만으로 모든 조건이 충족되는 것도 아니기 때문에 어쨌거나 나는 나름대로 꿋꿋했다. 잘 둘러보면 이런 식의 이상을 가졌던 사람은 나뿐만은 아니었던 것. 그도 그럴 것이 '아들 하나 딸린 홀아비' 와 '나름대로 마음에 상처가 있는 여성' 의 커플링은 갖은 로맨스의 소재로 흔히 사용되어 오지 않았나.

어렸을 때 명화극장에서 봤던 〈애상의 연인 Letting Go〉에서는 지금은 고인이 된 존 리터가 상처한 남자로 나왔더랬다. 그는 상실의 아픔을 극복하는 워크숍에서 애인에게 차인 여자를 만나서, 다시 사랑을 하게 된다. 노라 에프런의 〈시애틀의 잠 못 이루는 밤 Sleepless in Seattle〉이 이런 스토리의 대표격이라는 말은 할 필요도 없다. 상처한 남자, 잠 못 드는 남자. 그리고 그를 위로해주고 싶어하는 여인의 구도다. 만화에도 이런 멋진 홀아비 아빠는 많고도 많다. 진이와 신이, 아들 둘을 두고 있는 〈아기와 나〉의 아빠. 치세라는 예쁜 딸을 두고 있는 〈파파 톨드 미〉의 아빠.

'상처 있는 사람이 매력 있다' 는 건 여성에게만 국한된 상황은 아니다. 흠 하나 없이 곱게만 자라온 온실 속의 꽃을 좋아하는 사람도 있겠지만, 사연 있어 보이는 여자에게만 빠지는 사람도 있다. 우연을 넘어서 취향이라고 할 수 있을 만큼 굳어진 패턴이 된 상처입은 사람과의 사랑, 연애 서사에서 반복적으로 발생하는 클리세다.

그럼 왜 상처입은 사람들은 사랑스러운 걸까? 첫번째로 그들은 동정하고 연민하기가 쉽다. 우리는 어려운 상황에 빠져 있는 사람들을 더 사랑하게 되기 쉽다. 그들은 약하고 보호해야 할 존재이므로 몇 가지 단점 정도는 이해하고 넘길 수 있다. 단점을 보아도 상처입었으니까 용서하기가 쉽다. 자신보다 약하고 어려운 존재에 대해서는 더 너그러워질 수 있고 사랑을 주기도 쉽다.

또한 상처 있는 사람들은 순애의 능력이 있다는 것을 보여주는 사람이기도 하다. 그들이 깊게 상처받았으면 받았을수록 사랑 또한 깊었다는 걸 알 수가 있다. 상처입은 사람들에게 사랑을 느끼게 되는 건 그들의 사랑할 수 있는 능력에 대한 찬탄에서 오기도 한다. 순수한 마음을 다해 사랑했기 때문에 다음에도 그만큼, 아니 그보다도 더 사랑할 수 있는 잠재력을 가진 사람들이라는 것을 믿게 된다.

하지만 내가 스무 살 때 그러했듯이, 우리 모두가 사랑에 이타적인 태도로 임할 리가 없다. 자기 자신을 상처입은 사람을 구해주는 사람의 입장에 배치함으로써, 연애의 역학관계에서 상대적으로 유리한 입장을 차지하고 싶어하는 심리 또한 알게 모르게 작용한다. 내가 이상형의 예로써 열거한 사람들은 지적이고 가정에 성실하고 배려심이 깊어 '상처가 없어도' 사랑하게 될 수 있는 사람들이다. 게다가 젊은이에게 없는 중후한 매력을 가지고 있기도 하다.

그들에게 다가가고자 하는 이들은 구원의 천사 역할을 자처함으로써, 자존심 상하지 않고 그에게 가까이 갈 수 있는 정당성을 스스로에게 부여하게 된다. 상처받은 여자를 감싸안는 남자의 이야기도 마찬가지, 약혼자를 잃은 여자를 사랑하는 평범한 남자의 이야기를 다룬 〈101번째 프로포즈〉에서 볼 수 있듯이 가까이 갈 수 없었던 여자들에게 상처를 통해서 다가갈 수 있다. 상처입은 사람끼리 사랑에 빠진다고 해도 이들은 서로의 아픈 과거를 완충해주는 좋은 커플이 된다. 이렇게 상처를 감싸주고 핥아주는 아름다운 연애의 서사에도 자신의 위치를 상기시키는 결혼상담소 같은 논리가 파고들 여지가 있다.

따라서 상처는 있되 결핍이 없는 사람들이 오히려 더 어려운 존재다. 결핍 없는 사람이 있겠는가만은, 모자라고 부족한 부분이 있어야 채울 수가 있다. 이는 또한 자긍심의 문제로 이어진다. 사람들은 자신을 필요로 하는 사람에게 가고 싶다고 느끼기가 쉽다. 실제로 나는 〈시애틀의 잠 못 이루는 밤〉처럼 남편과 자식만 남겨놓고 부인이 떠나간 경우에 더 안타까움을 느꼈다. 이렇게 되면 여자의 손길이 필요한 가정이라는 식으로 쉽게 합리화할 수 있다. 그들은 내게 거부감이 적고, 나를 더 필요로 할 거야, 하고 마음대로 생각해버리기도 쉽다. 딸과 아빠의 관계를 그린 드라마가 타인의 접근에 배타적인 것도 이런 이유에서다. 물론 단지 이 모든 건 이론의 이야기일 뿐, 여자의 손길이 없어도 잘 사는 경우도 많다.

그러니까 철부지 이상형에도 계산기 두드리는 마음이 있었던 것이다. 내가 좋아하는 특질을 가진 사람에게 '상처'라는 특성을 부여해서 자기 길을 좀더 안전하게 닦아놓겠다는 속셈이 들어 있었는지도. 남의 아픈 마음을 감싸주고 사랑하겠다는 사람들까지도 도매금으로 묶어버리는 건 아니지만, 상처를 감싸주고 치유를 모색해나가는 커플의 이야기에서 공감을 느끼는 것도 자신의 입지를 안전하게 만들려는 마음이 있어서가 아닐까. 상처입고 싶지 않다는 마음. 상처를 가진 사람들의 극복을 바라보고 도와주면서 내가 입은 상처에서 벗어나고 싶고, 앞으로 입을 상처에서 안전해지고 싶은 마음이. 결국 어린 시절의 꿈에서 상처를 로맨스로 바꿀 수 있었던 동력은 앞으로 살면서 다가올 아픔과 상처를 바라지 않는 두려움이었는지도 모른다.

02

다른 눈길로 나를 바라봐주는 사람,
환상적인 순간에 나의 진실을 깨달아주는
사람, 오로지 나를 오해할 권리가 있는 사람,
우리는 그들 모두를 연인이라고 부른다.

사랑은 오해의 감기

Romantic Flu

언젠가 'Romantic Flu'라는 제목의 메일을 받은 적이 있다. 이 메일을 본 순간 나는 이 말이 가지고 있는 낭만적 감상에 가슴이 덜컥 내려앉을 만큼 전율을 느꼈다. 낭만적 독감이라니. 사랑은 감기와 같아서 예방주사를 맞아도 찾아오고 지독하리만큼 앓다가 씻은 듯이 나아 아무렇지도 않게 살다가 또 다시 걸리곤 하는 거라지. 그래, 이 'Romantic Flu'만큼 사랑의 정신을 집약해서 보여주는 말이 어디 있나? 나는 무슨 내용일까 궁금해하며 메일을 열었다.

그런데, 메일은 내가 품고 있던 이 모든 기대와는 맞지 않는 내용이었다. 단지 'Romantic Flute'라는 음반에 대한 내용이었던 것. 즉, 메일의 제목에서 'Romantic Flu'까지만 읽고는 내 마음대로 의미를 부여해버리고 사랑에 대한 해석을 덧붙여버렸던 것이다. 그런데 그 실체는 아주 사실적이고 단순하게도 플루트로 연주하는 로맨틱한 음악이라는 뜻일 뿐이라 한다. 여기에도 물론 낭만성이 존재하고 나는 기억한다.
뜨거웠던 햇빛,
시원한 바람, 푸른 나무들...
그 평화로움을.

있다. 서정적인 컴필레이션 음반이 갖는 정도의 서정성이. 하지만, 여기에는 해석의 모호성과 감정이 없다. 'Romantic Flu'가 가지고 있는 환상성은 없다. 나는 잠시 실망했다.

하지만, 돌이켜보면 그다지 실망할 일도 아니다. 후에 내가 그 실체를 발견했다고 해도 'Romantic Flu'는 존재하고 있었다. 내가 그 글자를 그렇게 바라본 순간, 평범한 것이 독특함을 얻게 되었다. 어찌 보면 'Romantic Flu'는 G.K. 체스터튼식 환상적 사실주의, Moor eeffoc의 다른 예다.

디킨즈는 세인트 마틴스 레인에서 살던 비참했던 시기에 자주 찾아들곤 했던 커피숍 중 하나에 대해서 이렇게 언급하고 있다.

'내가 기억할 수 있는 것은 그 커피숍이 교회 근처에 있었고, 문 안으로 들어가면 'COFFEE ROOM'이라고 쓰여진 타원형의 유리 간판이 거리 쪽을 향하여 걸려 있었다는 것이다. 지금도 그 커피숍과 전혀 다른 유형의 커피숍에 가게 되더라도, 글귀가 새겨진 유리창 반대편에서 'MOOR EEFFOC'라고 거꾸로 읽고 있노라면 (그때는 비참한 백일몽을 꾸듯이 종종 이렇게 하곤 했다), 갑자기 충격이 혈관 속을 타고 흐르는 듯했다. 이 무의미한 단어 'MOOR EEFFOC'는 모든 효율적인 사실주의의 모토이다. 이 단어는 좋은 사실주의 원칙의 명작으로, 이 원칙은 모든 것 중에 가장 환상적인 것은 종종 정확한 사실이라는 걸 의미한다.
　―G. K. 체스터튼, 『찰스 디킨즈』 중에서

이 'MOOR EEFFOC'에 대해서 T.R.R. 톨킨은 이렇게 설명하고 있다. '이는 환상적인 단어지만 실은 어디서나 볼 수 있는 것이다.' 새로운 시각에서 보면 진부했던 것이 갑자기 독특해지는 것이다. 일상의 새로운 발견, 사실을 환상적인 면에서 바라보게 되면 새로운 진실이 떠오른다. 디킨슨에게 'MOOR EEFFOC'라는 단어는 영국의 황무지moor적인 현실을 연상케 했다. 체스터튼은 그의 '브라운 신부' 시리즈 단편 중 하나에서 이 모티브를 응용하여 ALES를 SELA로 인식하는 오류 속에서 진실을 발견하는 얘기를 그리기도 했다.

나는 'Romantic Flu'에 대해서 생각해본다. 위의 예와 완전히 같지는 않지만, 나의 로맨틱 플루 또한 인식적 오류의 일환이다. 사물을 다르게 인식했을 때 거기서 환상적 사실이 드러난다. 나는 이것 또한 모든 낭만적 관계의 본질이리라고 생각한다. 내가 로맨틱 플루를 잘못 인식했으면서도 그대로 이해할 수 있었던 것은 그 안에 진실이 들어 있었기 때문. 이처럼, 연애는 우리가 오해 속에서 진실을 발견하는 과정이기도 하다. 아무렇지도 않았던 일들이 시각을 달리해서 보면 특별해지는 것처럼 연애는 아무렇지도 않았던 일상의 시각을 돌려보는 사건이다. 관계를 맺고 있는 상대를 올바로 보는 것은 중요하지만, 우리는 연인을 사랑이라는 오해에서만 오로지 바로 볼 수 있다.

'낭만적 감기'라는 추상적 개념은 낭만적으로 연주하는 플루트 음악의 오해였지만, 여기에도 연애의 현실이 들어가 있다. 잘못 바라봄으로써 바로 볼 수 있게 되었다. 그러니 세상의 모든 연애는 로맨틱 플루인 것. 1차적 의미에서는 감기처럼, 독감처럼 어느 순간 모르게 다가와서 우리 속에 깊이 스며드는 것이며, 2차적 의미에서는 새로운 시각의 발견을 뜻하기 때문이다. 다른 눈길로 나를 바라봐주는 사람, 환상적인 순간에 나의 진실을 깨달아주는 사람, 오로지 나를 오해할 권리가 있는 사람, 우리는 그들 모두를 연인이라고 부른다.

애인이 생기면
좋은 곳에 가보고 싶어 🍵
디너크루즈의 로망

〈슬로우댄스〉1화에서 뚱해 보이는 남자 친구를 사귀는 이사키 (후카츠 에리 분)는 애인이 생기면 가보고 싶었던 곳으로 유람선 식당, 일명 디너크루즈를 꼽는다. 하지만 프랑크푸르트로 전근하는 남자 친구와 어찌어찌 본의 아니게 헤어지는 이사키. 남자 친구는 그녀에게 마지막 선물로 티켓이 들어 있는 봉투를 남기고 떠난다. 비행기 티켓이라고 생각한 이사키는 운전교습을 하다 말고 강사 리이치(츠마부키 사토시 분)를 닦달해 공항으로 간다. 하지만 남자 친구를 태운 프랑크푸르트행 비행기는 먼저 떠나버리고 쓸쓸히 돌아온 이사키는 리이치와 함께 봉투를 열어보는데 그 속에 들어 있는 것은 탑승권이 아니라 바로 디너크루즈 티켓이었던 것!

연인들의 데이트 코스로 '디너크루즈'는 지나치게 고전적인 데 가 있다. 남산타워 회전식당보다 한 단계 높은 정도의 고전성을 지 닌 데이트 코스. 이런 범주에 속하는 것들이 몇 개 있다. 바다(혹은 강)가 내려다보이는 고급 카페, 악단이 테이블로 직접 와서 연주해 주는 식당, 영화 〈애수 Waterloo Bridge〉에 나오는 것 같은 촛불 클럽 등등. 아주 진부하긴 하지만 추상적인 의미로서의 데이트는 고전성이 생명인지라, 이러한 코스들은 그야말로 로맨스의 로망(기묘한 동어반복이지만, 사회적 의미로는 크게 차이가 있는 두 단어인지라)이 된다. 그러니까, 여학교 시절 친구네 집에서 밤을 새게 되는 날, 베개를 끌어안은 여학생들이 오순도순 모여서 할 만한 이야기다. "나중에 남자 친구가 생기면……"으로 시작하는 모든 얘기들.

동어반복적으로 얘기해보면, 이러한 장소들은 고의로 낭만적으로 꾸민 곳들이기에 낭만적인 데이트의 상징처럼 꼽히는 것도 당연하다. 풍치가 좋은 곳은 별 노력 없이도 대화를 이끌어나갈 수 있게 하여 분위기를 좋게 만든다. 악단이나 촛불 같은 장치도 마찬가지다. 이런 장치들은 배경을 인위적으로 현실에서 약간 어긋나게 만들어서 낭만적인 분위기를 조성한다. 음악은 사람의 마음을 부드럽게 만들지만 나만을 위한 BGM 같은 건 현실에서는 흘러주지 않고, 촛불은 빛을 은근하게 하여 사람의 윤곽을 부드럽게 만들어주지만 일상적 배경에서는 흔히 있을 수 없는 일이니까. 그러니까 이 모든 요소에는 낭만을 위한 고의적인 노력이 들어가 있고, 그 때문에 낭만적이 되는 것이다.

실제적으로 이러한 경험을 하지 않더라도 이곳들은 반복적으로 낭만과 결부되어 인식되어 왔기 때문에 이제는 어떠한 감각적 뒷받침 없이도 자연스레 연상이 된다. 떠가는 유람선을 보면서 "아아, 낭만적이야……"라고 자동적으로 인식하는 것처럼. 일종의 파블로

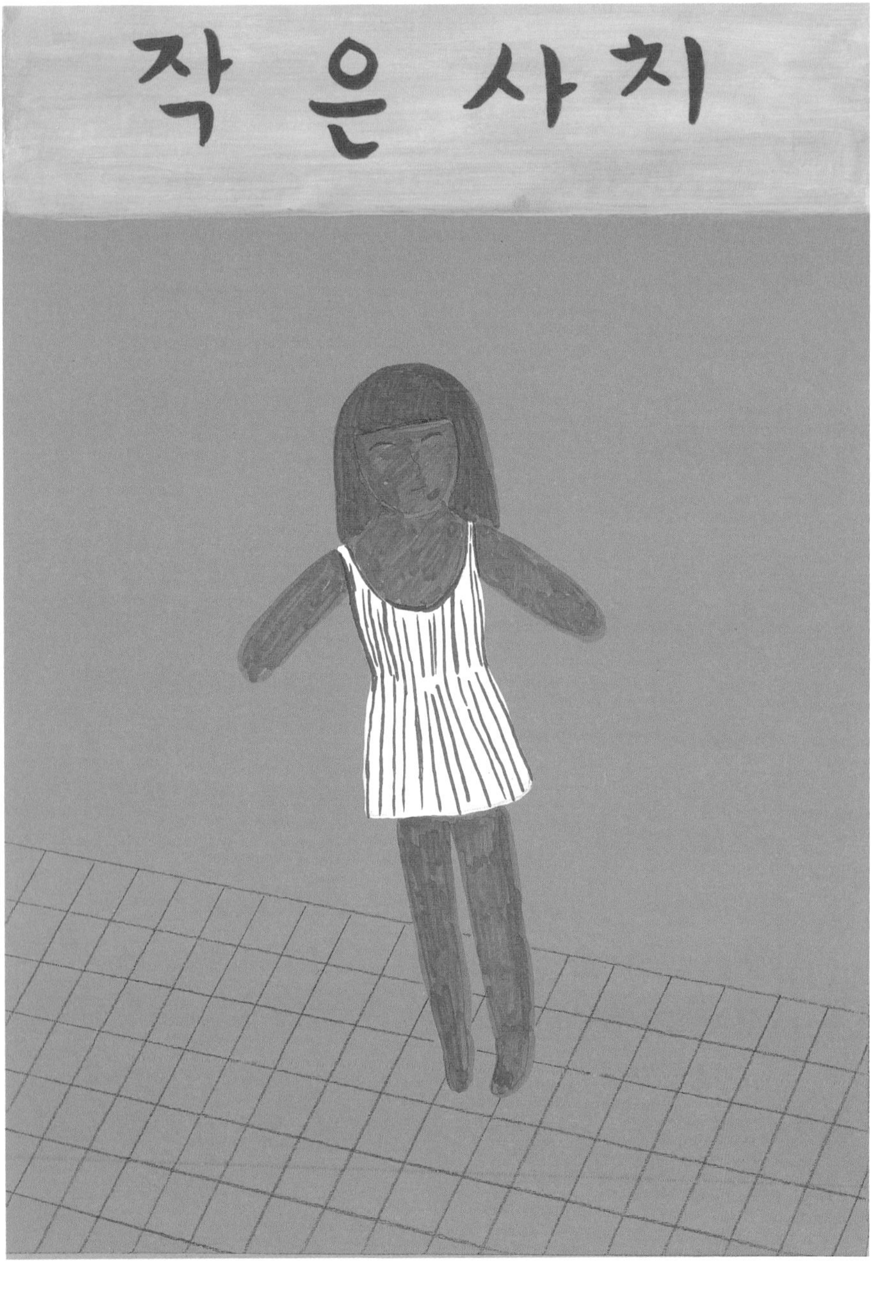
작 은 사 치

프의 개와 비슷한 상황이다. 그리하여 역설적이게도 사회 관습적으로 이런 곳들은 데이트 장소로 못박혀버리고, 데이트를 하지 않으면 경험할 수 없는 곳이 된다. 그러니 "남자 친구가 생기면……"이라는 대화를 할 때 가장 먼저 떠올리게 되는 것이다. 왜냐면 남자친구가 아니라면 갈 수 없으니까! 물론 '여자들끼리 의기투합해서 가자!' 라는 식으로 일반적 행태와는 달리 의도적인 규합을 할 수는 있겠으나, 평소 모임 장소로 쉽사리 정해지는 곳은 아니다.

이는 장소의 경제적 평가와도 관련이 있다. 데이트 장소로서 '특별한 의도'를 가진 곳이 되어버리니 가격이 적정가보다 비싸진다. 물론 음식 이외에도 다른 서비스를 제공하니까 가격이 비싸다고 해도 어느 정도 합리적인 정도 내에서는 이해할 수 있다. 하지만 낭만적으로 분위기를 조성해주는 서비스를 이용할 일이 없으면 그 가격은 비합리적으로 여겨진다. 그러니 일반적인 모임 장소로는 부적격, 데이트라고 해도 특별히 힘준 데이트에만 적격이 된다. 그러니 이러한 장소에서의 데이트야말로 데이트의 정수가 되어버린다.

그러니 '디너크루즈'에 가는 건 단지 하루 한끼 식사를 하는 것 이외에 다른 의미가 있는 것. 그 선상 식당이 특별하게 훌륭한 음식을 내놓지 않는 한 (보통은 별로 그렇지도 못하지만) 그곳은 실용적인 효과 하나 없이 단지 낭만이라는 것을 추구하기 위해서 노력하는 장소다. 그러니 언제까지 로망으로 남게 되기도 한다. 그런데 이런 장소들이 그 가격, 그 노력에 해당하는 충족을 주느냐는 것은 또한 별개의 문제다. 사실 저런 장소들이 크게 목적을 다하는 경우가 많지는 않다. 하지만 이 낭만의 장소들에 갔다 오게 되면 "그곳, 생각보다 별로였어"라고 말할 수 있는 자격이 생긴다. 이제 로망을 평가할 수 있는 자격을 갖추는 것이다. 그건 마치 해외여행이나 마찬가지, 가보지 않았으면 좋고 나쁨을 말할 수 없지만 경험해봤으니까 말할 수 있게 된다.

어떤 사람들은 말할 것이다. 그렇게 진부하게 클리셰로 사용되는 곳에서 정말 진정한 재미를 느낄 수 있느냐고. 사람들이 고의로 '좋아하도록 꾸며놓은 곳'을 좋아할 수도 있고 좋아하지 않을 수도 있지만, 이건 고의성이 있으니까 더 싫어! 라고 '고의'로 싫어하는 것도 인위적이기는 마찬가지 아닐까. 이런 게 바로 진부함의 힘이다. 로망은 연애나 데이트를 실체라기보다는 일종의 포맷으로 여기기 때문에 생겨나는 유아적 상상이기도 하지만 경험하지 않은 일에 대해서는 환상을 가질 수밖에 없다. 또한 데이트에 대한 소소한 사항들은 겪기 전에는 환상을 가질 수밖에 없는 것이기도 하지 않을까. 그러니, 늦게까지 현실에서 연애를 안해본 사람들이 "언니, 전 남자 친구가 생기면 꼭 디너크루즈에 갈 거예요"라고 말해도 귀엽다.

그러니까 언제나 로망으로 남는다, 디너크루즈는. 번쩍대면서, 강 위를 막 떠다니겠지. 그리고 그 불빛에 미혹되는 소녀들이 강둑에 저만큼이나 있을 거고. 갔다 와서는 코를 살짝 치켜들고 "그곳, 기대만은 못했어"라고 다른 소녀들에게 의기양양하게 말해주는 아가씨들도 그만큼이나 있을 거고.

그는 왜 전화를
하지 않을까?
전화를 기다리는 여자

　마리는 컴퓨터를 켜고 구글 검색창에다 '그는 왜 전화를 안하는 걸까?'라고 칩니다. 앗, 그랬더니 이게 웬일입니까? 검색결과가 뜬 것입니다. 세상에! 이런 검색문구를 두드린 게 '내'가 처음은 아니었던 것입니다…….

　언젠가 신문의 북 섹션을 읽다가 『파울, 네가 뭔데』라는 책 리뷰가 눈에 띄었다. 전체의 분위기나 일러스트로 보아 독일판 『브리짓 존스의 일기』로 짐작되는 20대 여성의 연애담이었다. 사실 '브리짓 존스' 이전에도 이런 책은 있었고, 앞으로도 있을 것이므로 '독일판 무엇'이라고 말해버리는 것은 읽지도 않은 이 책에 대해서 너무 불공정한 것인지도 모르지만, '전화를 안하는 남자'를 생각하는 여자의 이야기는 쉽게 발견할 수 있다는 점에서 그렇게 새롭지 않다. 신문을 넘기면서 나는 "세상에! 이런 문구를 쓴 것이 '네'가 처음은 아닐 것이다!"라는 말을 중얼거렸다.

심지어 이미 독일어로 된 유사한 내용의 소설이 있었다. 일디코 폰 퀴르티의 『여자, 전화』는 남자의 전화를 기다리는 여자의 독백을 시, 분, 초별로 상세하게 적은 책이다.

그리고 또 한 가지 일이 갑자기 생각났는데, 그가 전화를 할지 그 사실 역시 전혀 중요하지 않았다. 분명히 그랬다. 여성의 품위가 중요했다. 전화를 하든 하지 않든 상관없었다. 나는 태연했고 내적으로 강인했다. 하지만 심술궂게 00으로 표시된 자동응답기가 집에서 나를 맞이했을 때 나는 풀이 죽었다.

서른셋, 코라 휩시는 다니엘 호프만이라고 하는 멋진 의사와 첫 데이트를 한 후, 그의 전화를 기다린다. 그는 좀체 전화를 걸어오지 않고 코라는 그가 언제 전화를 걸어와도 받을 수 있도록 전화기를 가까이에 놓고 온갖 망상을 한다.

이런 책들은 '현대 여성의 생활을 위트와 유머로 풀어나간 책' 정도의 카피가 붙어서 팔려나간다. 하지만, 실은 거의 70년 전인 1930년대에도 전화벨 소리를 기다리는 여자의 기다림은 한결같았다.

"다섯 시에 전화할게, 자기."

"그럼 안녕, 자기."

그는 바빴다. 급한 일이 있는 데다가 옆에 사람들도 있었다. 그런데도 나를 '자기'라고 두 번이나 불렀다. 나를 그렇게 부른 거지. 그게

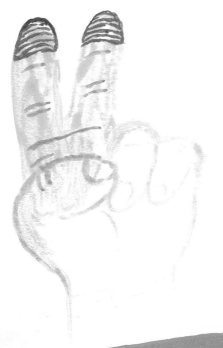

건조한 입술에 꽃 한 송이

나라고. 그러니 다시는 그를 만나지 못한다고 해도 나를 다정하게 부를 정도로 마음은 있는 거다. 아니, 이건 너무 별 거 아니잖아. 그것만으로는 충분하지 않다고. 그를 다시 만나지 못한다면 뭔들 충분하겠어. 제발 그 사람을 다시 만날 수 있게 해주세요. 제발. 하느님, 그 사람을 너무나 간절히 원한다고요. 간절히 원해요. 앞으로는 착하게 살게요. 더 좋은 사람이 되도록 노력할게요. 다시 한번 만나게만 해주시면 꼭 그럴게요. 그 사람이 저한테 전화를 걸게만 해주시면요. 오, 그 사람이 지금 전화 좀 걸게 해주세요.

도로시 파커의 「전화벨」은 전화를 기다리는 여성의 심리를 독백체로 묘사하고 있는 단편이다. 그러니까 세기가 바뀌었어도, 여자는 여전히 전화를 기다리고, 남자들은 재깍재깍 전화하지 않아서 여자들의 애를 태운다.

그러면, 여기서 '왜 그는 전화를 하지 않는 것일까?' 라는 질문이 다시 등장하게 된다. 여자들이 이렇게 기다리고 있음에도 불구하고 그들은 왜 전화를 하지 않는 것일까? 하지만 이렇게도 물을 수 있다. '그렇다면, 그녀들은 왜 전화를 하지 않는 것일까?'

첫번째 질문에 대해서는 여러 가지 답이 있는 것처럼 보인다. 그는 너무 바쁘고, 잠시도 전화할 짬을 내지 못한다. 일터에서 사적인 전화를 하는 것을 꺼리는 남자들도 있다. 그의 핸드폰은 배터리가 잘 나간다. 그는 어쩌면 아침에 차문에 손가락이 끼어, 손가락이 부러졌는지도 모른다. 그렇지만, 많은 연애 상담서들은 단언하여 말하기를, 그가 전화하지 않는 이유는 실은 하나라고 말한다.

그는 그저 당신에게 그만큼 (전화를 할 만큼은) 반하지 않은 것이다
He's just not that into you.

　재미있게도 이 대답은 여자들이 전화하지 않는 이유에 대해서도
답이 될 수 있다. 여자들은, 전화하지 않는 남자들은 자신에게 반하
지 않았다고 생각하기 때문에 자신도 전화를 하지 않는다. 즉, 거절
당하는 게 두렵고 전화를 먼저 함으로써 남자는 반하지 않았는데
자신만이 반하고 있다는 사실을 확인할 수 있는 가능성이 두려운
것이다. 그것은 연애의 시작에 있어서 불리한 입장에 몰리고 싶지
않고, 오직 연애의 초기에만 누릴 수 있는 즐거움—구애를 받는 기
쁨—을 포기할 수 없다는 얘기와 다름없다.

　여자들은 남자들도 이런 두려움을 갖고 있을 거라는 생각은 쉽
게 하지 않는다. 또한 역학 관계에 있어서 남자도 이만큼의 계산은
하고 있다는 사실을 애써 생각하지 않는다. (과연 그럴까?) 이런 이
야기들이 암묵적으로 전제하는 것은, 여자 주인공들이 기다리고
있는 남자는 전화를 하지 못할 만큼 소심한 남자가 아니어야 하며,
설사 그렇게 소심하다면 전화를 기다리며 애태울 만큼 멋진 남자
는 아닐 것이라는 데에 있다. 또한, 타산적인 애정을 가지고 있는
남자는 로맨스의 주인공이 되기 힘들다. 일반적인 로맨스의 공식
에서 이런 남자들은 그럴 만한 가치가 없다고 여겨진다.

　이런 불균형한 성역할 개념이 '전화를 기다리는 여자' 이야기에
는 존재하고 있다. 이건 단순히 '여자도 먼저 전화를 할 수 있다'는
결말로 해결할 수 있는 문제가 아니다. 모든 사람들이 갑자기 어느
날 아침 일어나서 '거절의 두려움은 남녀를 가리지 않고 존재한다'

는 사실을 동시에 깨닫지 않는 한, 언제까지나 변할 수 없을 것처럼 보인다. 여자는 항상 전화를 기다리고 남자는 언제나 전화를 하지 않는 것처럼 느껴진다. 아마 이런 기다림은 전화가 다른 매체로 대체된다 해도—그 대안이 뭔지는 잘 알 수 없지만. 쌍방향 텔레파시 정도?—지속될 것이다.

그렇지만, 또한 기다려 본 사람은—대부분의 사람들에게 기다림의 경험이 있다—안다. 마음을 조이는 기다림이 또한 얼마나 향기로운 것인가를. 언제 울리게 될지 모르는 전화벨에 대한 기대, 그 기대가 실망으로 바뀌는 오묘한 순간, 실망이 끝나면 다시 시작되는 중독 같은 기다림. 절망이 짙어지면 가슴에 무겁게 쿵 내려앉는 돌덩이의 무게가 더 감미롭다. 반했으면서도 전화를 하지 않는 혹은 못하는 여자들, 그리고 정치적 올바름을 새로 나온 브랜드 상품처럼 걸치는 현대에서는 심하게 불합리하다고 여겨지는 이유를 가진 여자들에게만 정당화될 수 있는 달콤한 독이다. 그래서 이런 이야기들은 잊어버릴 만하면 다시 찾아드는 인기 상품이 된다.

오래 전에 잊어버린 기억 같은 것, 끝없이 기다리게 되는 전화벨 소리, 손톱을 물어뜯게 되는 주말, 나는 너를 가질 수 없어도 좋아, 죽음 같은 사랑…….

　—배수아, 『부수의한 사랑』 중에서

때로는 이런 기다림이 습관이 되어버리고 체념이 되어버리곤 한다. '전화에 대한 기다림'은 전화를 쓸 수 있었던 시대의 여자들

마음속에 어느덧 태초의 기억처럼 새겨지게 된다. 이제 사람들은 특정한 인물을 생각하지 않고, 전화벨 소리를 별로 의식하지도 않은 채 기다리기도 한다. 하지만 이런 체념적 기다림으로 다들 물러나버리지는 않는 것, 사람들은 또 한편으로는 발랄한 기대 또한 버리지 않고 있다.

그렇기 때문에 세상에는 울리는 전화벨만큼이나 울리지 않는 전화벨이 많은 것이다. 대부분 말하지 않는 것들은 침묵한다고 여겨지지만, 울리지 않는 전화벨에는 수많은 이야기가 담겨 있다.

열렬하지 않은 건
사랑하지 않기 때문 ●
마음의 불과 연애의 온도

J의 이전 남자 친구는 참 무심한 사람이었다. J의 말로는 그러했다. 한참 연상이어서 그렇기도 했겠지만, 뭐 하나 열성적인 구석이 없었다고 한다. 자주 만나자고 하는 법도 없고, 전화를 자주 하지도 않고 그렇다고 애정 표현이 적극적이기를 하나, 소위 말하는 이벤트가 있나, 그야말로 담담한 연인이었다. 종종 전화 통화를 할 때마다 J는 이런 불평과 불안을 늘어놓고는 했다. "그 사람은 날 진정으로 좋아하지 않는 걸까?" J는 쓸쓸하게 말하고는 했다. 그 때문만은 아니었지만, 두 사람은 결국 헤어졌다.

8년여 넘게 사귀어온 남자 친구가 있는 A, 오래된 연인들이 다 그러하듯 이제는 좀 담담해지기도 할 테지만 두 사람은 처음부터 그렇게 불타오르는 사이라고 말하기는 어려웠다. 그 기간 중 반은 떨어져서 지내기도 했고, 서로의 친구들과 어울리는 일도 별로 없었다. 따라서 A에게 남자 친구가 있다는 사정을 모르는 주변 사람들도 많았다. 속사정을 모르는 사람들은 소개팅을 해주겠다는 제안을 하기도 하고, 사정을 아는 친구들도 "그렇게 심각한 사이는 아니지?"라고 묻는다거나 "진짜 사귀는 사람이 있기는 한 거냐? 혹시 가짜로 꾸며댄 것 아냐?"라고 의심을 하기도 했다. 사람들은 A 앞에서는 "그렇게 오래 사귀다니 참 놀라운 일이야" 하고 감탄하기도 했지만, 뒤에서는 "진짜 그렇게 좋아하는 건 아닌 것 같지?" 하고 수근대기도 했다.

사랑은 불이다. 열렬히 타오르고 쉽게 꺼지는 불꽃 같은 사랑 Flame of Love. 사람이 강하게 바라고 원하는 것은 근본적으로 불의 이미지다. 열망熱望이라는 한자에서도 볼 수 있듯이, 바라는 마음은 뜨겁다. 이 욕망과 불의 은유적 결합을 가장 극명하게 보여주는 이야기는 야채가게 오시치(入百屋 お七)에 대한 민담일 것이다. 만화 〈유리가면〉에서 기타자야 마야가 '불'의 주제를 실현할 때 보여주었던 것이 바로 이 오시치의 이야기다. 이 이야기의 판본에는 여러 가지가 있는데, 그중 가장 널리 알려진 내용은 다음과 같다. 에도의 야채가게 아가씨 오시치는 1682년, 집에 화재가 났을 때 절에 피난했다가 그 절의 동승 기치자를 보고 반하여 정을 나누었다. 집으로 돌아오면서 기치자를 못보게 되자, 오시치는 그를 다시 보고픈 마음에 직접 화재를 일으키고 결국 그 죄로 인해 1683년 사형당하게 된다. 멀지 않은 우리 나라 이야기로 상사병으로 죽은 자귀에 대한 민담은 사랑의 불이 잘 타오르지 못했을 때 그 염이 남아 불귀신이 된다는 이야기를 통해 불과 사랑에 대한 근본적 결합을 다시 한번 보여준다.

아직 멈추고 싶지 않아요
사랑스럽게 어루만져주세요

사람들이 바라고 열망하는 모든 것 중에 가장 궁극의 형태가 사랑이다. 사랑에는 불에 대한 은유가 가장 많이 따라온다. 열렬한 사랑은 열애라는 단어로 형상화된다. 사랑은 숨길 수 없는 마음의 불이며, 가끔 사람을 태우기도 하고 삼키기도 한다. 사랑을 하면 마음이 뜨거워지고, 온몸의 온도가 조금씩 올라간다. 사람을 뜨겁게 하는 사랑, 불이 아닐 수 없다.

따라서 사람들은 사랑을 의심할 때 이 불의 유무를 따지게 되었다. 태도에 불이 없으면 미적지근한 태도, 열의 없는 말투, 열렬하지 않은 눈길이라고 간주된다. 그는 냉담한 연인, 아이스 프린세스, 차가운 사람이 된다. 불이 없는 자리에는 회의가 찾아온다. "이 사람은 정말 나를 사랑하는 걸까?"

어떤 연애서들은 그 대답으로 '그 사람은 진정으로 당신을 사랑하지 않는 것'이라고 한다. 연애의 가슴앓이를 지나 결혼이라는 안정적 단계에 접어든 어떤 선배들은 '그런 사람도 저런 사람도 있으며 사람마다 다르다'고 말한다. 결국 불이 없는 자리에 대한 해답은 크게 두 가지로 나뉜다. 관계의 밀도와 기질의 차이로. 즉, 어떤 사람은 관계가 깊지 않아서 불이 없다고 말하고 또 어떤 사람은 사람마다 기질이 다르기 때문에 표현하는 정도가 다르다고 말한다. 관계밀도설을 주장하는 사람들은 그 근거로 냉담한 사람이 진정한 연인을 만나서 열렬하게 된 케이스를 제시한다. 〈유리가면〉을 다시 예로 들면, 냉혹하기 그지 없는 사업가 마스미 사장이 천재소녀 마야에게만은 불 같은 정열을 품고 있는 정도가 되겠다. 나이 마흔이 되도록 담담하게 살던 선배가 늦게 연인을 만나더니 사람이 확 달라지더라는 관찰 경우도 있다. 관계밀도설은 프로메테우스처럼 불을 가져다주는 사람이 있다고 믿는다. 그런 사람을 만날 때 불이 확 타오른다는 말이다.

기질차이설 옹호론자들은 겉으로는 냉담한 듯 보여도 안정적으로 유지되는 사랑도 있는 법이며 그렇게 사랑하는 관계들을 제시한다. 주로 부모님이나 친척분들을 비롯한 나이 지긋한 분들에게서 이런 얘기를 많이 들을 수 있다. 불 같은 사랑만이 사랑이 아니라고. 사람마다 기질이 다르기 때문에 어떤 사람은 마음에 불씨를 안고 있지만 어떤 사람은 가지고 있지 않거나 가지고 있어도 아주 약하게 가지고 있다. 불씨를 안은 사람은 누구든지 태워버릴 만큼 강렬한 사랑을 하고, 작은 불씨를 가진 사람들끼리는 조용하게 사랑을 한다.

어느 쪽이 되었든 질문은 남는다. 관계밀도설은 사랑을 대상에 국한시킨다는 한계가 있다. 관계밀도설이 사실이라면, 나를 타오르게 하는 대상을 평생 만나지 못하면 미적지근한 상태로 생을 마쳐야 한다는 말인가? 주위를 보면 한번 불타올랐던 사람들은 다른 사람을 만나도 또 불타오르는 반복적인 습성을 가지고 있던데 이걸 성향의 문제가 아니라 말할 수 있을까? 자신을 소진하는 연애를 하는 사람들은 다음 번에도 그런 연애를 하지 않던가 말이다. 기질차이설의 문제는 기질의 변화를 설명할 수가 없다는 데 있다. 분명히 냉담한 기질이었는데 변화한 사람들이 있다. 이 사람들은 어째서 변했나? 그럼 이 변화를 어떻게 예측할 수 있을까?

결과적으로 양비론자가 된 나는 어느 한쪽의 답도 수긍하지 않는다. 다만 나는 모든 사람의 마음속에는 불이 있다고 생각한다. 그리고 사랑하는 모든 이들은 아궁이의 여신처럼, 모닥불의 신처럼 불을 가져온다. "사랑해"라고 말했을 때 마음속에서 무언가 따뜻한 것이 확 퍼져가는 느낌을 받은 적이 있는 사람은 알게 된다. 다만 사람마다 그 불씨의 크기가 다를 뿐. 그리고 이 불을 키워주는 사람이 있을 수도 있고 없을 수도 있다. 불씨가 작은 사람은 키워주는 사람을 만나도 크게 타오르지 않는다. 하지만 온화하게 따뜻해진다. 불씨가 큰 사람은 어떤 상대를 만나도 불장난을 할 수 있다. 그렇지만 같이 타오를 수 있는 사람을 만난다면 더 아름다운 불꽃을 키울 수 있을 것이다.

불이 꺼지거나 너무 커져 모두를 집어삼키지 않는다면 따뜻한 온기나 아름다운 불꽃이나 나쁘지 않다. 결국 열렬함이 사랑의 크기를 증명해주지는 않는다는 걸 우리 모두는 깨닫고 있다. 초등학교 시절 자주 들었던 불조심 표어처럼 '불은 쓰기 나름입니다'는 연애에도 적용된다. 커다란 불꽃을 원한다면 피우라. 적당한 온기가 오래가기를 원한다면 그 불씨를 소중히 하라. 자나깨나 불조심, 잘못했다가는 초가삼간 다 태울지 모르니까. 꺼진 불도 다시 보자, 그 안에 사랑이 남아 있다가 피어오를지도 모르니까. 선호하는 방 안 온도가 저마다 다르듯, 연애의 온도도 사람마다 관계마다 다르다. 다만 한 가지 원칙이 있다면 모두 그 안에서는 따뜻해야 한다는 것.

어쩌다 그 사람을
사귀게 되었을까?

그 나물에 그 밥

이 질문은 친구 H로부터 시작되었다. 그와의 인연은 교생 실습을 나갔던 학교에서 우연히 만나면서 시작되었다. 우리 두 사람은 햇빛이 따사로운 4월, 예쁜 여학생들이 한가로이 피구를 하는 운동장에 마주앉아 이런저런 소문을 나누면서 우정을 쌓았으니, 이 책은 그 당시에 이미 태동되었다고 해도 과언이 아니다.

당시 우리가 고찰했던 사람들의 스펙트럼은 참으로 넓고도 넓었다. 연예인으로부터 시작하여 친구의 동창의 언니, 엄마 친구의 아들, 사촌의 학교 동문까지 각종 인간 관계를 망라하고 있었다. 그런데 항상 우리를 찾아오는 본질적인 질문은 '어쩌다 A는 B를 만나게 되었나!' 하는 것이었다.

우리가 항상 궁금해했던 수수께끼는 이러했다. '학교 다닐 때 또랑또랑하기로 소문났던 여자들이 왜 남자들에게는 잘 속을까?' 라거나 여성스러운 외모를 좋아할 것이 확실한 남자가 왜 털털한 여자와 사는가?' 라는 것 등. 아내 쪽은 외모로나 인성으로나 좋은 사람인데, 그 남편은 그만한 평판을 받지 못하고 있는 커플들에 대한 미스터리는 사실 실생활에서 흔한 예이기도 하다. 심지어 이러한 질문은 '왜 맞고 살게 될 걸 알면서도 그 사람과 결혼하는가?' 하는 사회적 문제로까지 확대되기도 했다.

결국 우리가 내린 결론은 '그 나물에 그 밥' 이라는 것이었다. 이것으로 대부분 연애에서의 실패와 성공의 가능성을 설명할 수 있다. 이 결론에는 긍정적인 해석과 부정적인 해석, 두 가지가 가능하다.

먼저 긍정적으로 보면, 타인이 보기에 가위표를 짝짝 그어버릴 것 같은 사람에게도 보이지 않는 장점이 있고, 그와 커플이 되는 사람들은 그 장점을 높이 사는 가치 기준을 세우고 있다는 뜻으로 해석할 수 있다. 즉, 재미없는 사람은 대신 성실하다거나 냉소적인 사람은 날카로운 유머를 잘 구사하는 등 그 단점을 보충할 만한 점이 있어서 그에 상응하는 장점을 가진 사람과 절충하면서 살아간다.

그런데 이 말을 잘 뒤집어보면 부정적인 해석이 나온다. 두 사람 가운데서 장점을 가진 것처럼 보이는 사람들에게는 나쁜 성향을 가진 사람들을 좋아하는 치명적인 단점이 있다는 것이다. 물론, 그 나쁜 성향 때문에 좋아하는 것은 아니지만 이러이러한 장점을 가진 사람들은 저러저러한 성향을 좋아하는 경향이 있는데, 저러저러한 성향은 그 상대방이 가질 수 있는 잠재적인 단점과 상관관계가 높다는 뜻이다. 좋은 성향과 단점은 서로 인과관계는 아니지만 필연적으로 연관을 갖는다.

우리가 가진 데이터베이스에는 누구보다도 앞가림을 잘하고, 사회적으로 똑똑하다고 인정받는 여자들이 남자들에게는 배신당한 경우가 있었는데, 이때 남자들은 조직에서 열성적으로 활동하거나 사교성이 뛰어나 평판이 좋은 경우가 많았다. 특히 동지적 애정으로 만났다가 어이없이 이용당했다는 여자들이 꽤 많았더랬다. 약간 이해하기 어려운 일이었다. 사회적으로 인간 관계가 좋고 높은 의식 수준을 가진 사람이라면 더욱 이타적이고 지적인 게 아닌가? 그런 사람들이 왜 자신의 파트너에게는 충실하지 못할까?

　이런 경우, 사회적인 활동을 열심히 한다는 것과 상대방을 이용한다는 것 사이에는 상관관계가 있을 수는 있어도 인과관계가 있다고 말할 수는 없다. 즉, 사회 활동을 활발히 하는 사람 중에 여자를 이용하는 사람이 많았다고 해도 활동을 열심히 하기 때문에 여자를 이용하는 것이라고 한다면 틀린 해석이다. 혹은 여자를 이용하기 때문에 활동을 열심히 한다고 말할 수도 없다. 하지만 또랑또랑하다고 하는 여성들은 상대방 남성의 높은 사회 의식(처럼 보이는 말과 행동), 지도력과 사교성에 감동하기가 쉬운데, 이런 사회성과 지도력을 가진 사람 중 다른 사람을 제치고 높은 자리까지 가는 사람에게는 사실 권력적 욕망과 꾸준하게 활동을 가능하게 하는 추진력으로서의 테스토스테론이 내재되어 있는 경우가 종종 엿보인다. 사실 정치적 의노 없이 어떤 조직에서 상단에 신다는 깃은 열정만 가지고는 어려운 일이다. 따라서 권력에 대한 욕망을 가진 사람들은 남녀 관계에 있어서도 자기 중심적인 태도로 나가기도 한다. 따라서 사회나 조직에서 주도적 위치와 자기 중심적인 태도 사이에 상관관계가 포착된다. 그 중간의 매개 원인은 권력 욕망이 된다.

또한, 자기가 좋아하는 여자들은 왜 다 명품을 좋아하고 사치스러운지 모르겠다고 한탄한 남자도 있었다. 그 사람이 좋아하는 여자의 일반적인 취향과 명품을 좋아하는 취향에 인과관계가 있는 것은 아니다. 다만, 상관관계는 존재한다. 그는 우아하고 고상한 스타일을 가진 여자를 좋아했는데, 그가 정의하고 있는 우아하고 고상한 스타일 자체가 명품을 의미했기 때문이다.

다른 예를 들자면, 한두 대씩 손이 올라가는 남자들을 꾸준히 사귀는 여자들이 있다. 이것도 잘 때리는 성향에 상응하는 여자들이 좋아할 만한 속성, 감정적이라서 잘해줄 때는 아주 잘해준다거나 남성답다거나 결단력 있다거나 하는 점에 현혹되는 취향의 여성들이 있기 때문이다. 연애할 때 손을 댔으면, 결혼하고서도 손을 댄다는 예상치가 높아진다. 하지만 그럼에도 불구하고 그의 다른 장점 때문에 눈을 감게 된다.

즉, 나는 왜 생활력 없는 남자만 만날까라고 생각한다면 내게 생활력 없는 남자들이 유사하게 가지는 상관적인 장점—잡다한 지식을 알고 있다, 노는 법을 알고 있다. 생활력이 없으니 여자라도 즐겁게 해주는 데 익숙하다 등등—을 좋아하는 성향이 있다는 것을 인식해야 한다. 나는 왜 사치스러운 여자만 만나게 될까, 고민하고 있다면 내게 사치스러운 여자들이 유사하게 가지는 장점—외모에 있어서는 열심히 노력한다, 마음가짐이 여유롭다—를 좋아하는 성향이 있다는 것을 반드시 알고 있어야 한다.

따라서 실패하는 모든 관계에는 '그 나물에 그 밥'이 반복되는 패턴으로 나타난다. 내가 취향을 바꾸지 않는 한, 그 취향에 상관관계가 있는 단점을 가진 사람을 반복적으로 만날 가능성이 있다. 운이 좋다면, 좋아하는 대상이 단점을 가지지 않는 경우도 있다. 반대로 상관관계가 없는 단점을 가지고 있는 예외적인 경우도 있다. 그렇지만 많은 경우 단점과 장점은 동전의 양면처럼 서로 연결되어 있고 그 때문에 그 사람을 좋아하게 되지만 그 때문에 그 사람을 견뎌내지 못하게도 되는 것이다. 이걸 '그 나물에 그 밥'이라고 말하는 이유는 실패한 연애에 대해 사람들은 단점은 적고 장점이 많은 상대를 못 만났기 때문이라며 상대의 탓으로 돌리지만, 결국 그런 사람을 만나는 건 나 자신의 성향에도 달려 있기 때문이다.

'그 나물에 그 밥'은 여러모로 오차 범위도 있는 얘기지만, 우리가 인정하기 싫어하는 관계의 속성을 요약하고 있는 말이기도 하다. 둘 사이의 실패한 관계에 있어서 나는 아무런 잘못을 저지르지 않았다고 하더라도 결국 잘못을 저지르게 되는 상대를 골라낸 자신에게도 잘못이 없다고는 할 수 없는 것이다. 『오만과 편견』이나 『브리짓 존스의 다이어리』에서 초반에 연애의 실패가 다가온 이유를 생각해보라. 아직 완전한 연인 사이가 되지 않은 내게 친절한 사람은 다른 여자에게도 친절할 수 있다는 상관관계를 무시했기 때문. 단점과 장점 사이의 인과관계는 알 수 없어서 바꿀 수 없고, 상관관계는 본질적으로 등을 맞대고 있어서 바꿀 수가 없다. 따라서 반복적으로 연애에 실패하는 사람에게는 '사슬을 끊어라'고 간단하게 충고해줄 수 있다. '그 나물에 그 밥'의 최고의 장점은 '나는

취
향

왜 나를 좋아하지 않는 사람만 좋아하게 되나'의 문제를 자기 성찰로 파악할 수 있게 된다는 점이다.

하지만, 역시 이 논리에도 상관적으로 따라다니는 단점이 있는데, 본인의 성향은 쉽게 바꿀 수가 없다는 점이다. 이 단점은 자기를 잘 들여다보기 전에는 파악되지 않고 해결되지도 않는다.

그래도 그 사람을
좋아하는걸 🎾

좋아하는, 싫어하는 사람과
싫어하는, 좋아하는 사람

세상에 당혹스러운 일은 많고도 많지만, 그중에 대구를 이루는 두 가지가 있다. 좋아하는 (혹은 좋게 생각했던) 사람에게서 참을 수 없이 싫어하는 점을 발견하게 될 때, 싫어하는 (나쁘게 생각했던) 사람에게서, 평소에 좋게 생각했던 점을 발견하게 될 때. 이는 모든 사람은 복합적인 인성의 구성체이고 세상에는 완전한 선인도 악인도 없듯이, 내가 싫어하는 모든 점을 한몸에 체현하고 있는 사람이란 없으며, 완벽한 이상형 또한 없다는 말과도 통하는 의미일 것이다. 즉, 내가 너무나도 싫어하는 모든 취향을 갖고 있는 사람이 대통령 선거에서 나와 같은 후보자를 지지한다는 것을 알았을 때라거나, 마음에 드는 사람이 대통령 선거에서 내가 생각할 때 너무 어이없는 선택을 한다거나 할 때의 일이다.

사실, 좋아하는 점이 있는 싫은 사람의 경우는 크게 문제가 되지 않는다. 아마 사람들은 그에게서 좋은 점을 발견한다고 해도 그 사람을 계속 싫어할 것이다. 단지 단점과 장점의 대차대조를 일일이 따져서, 단점이 더 많기 때문에 싫어하게 된다는 계산법 때문이 아니라, 보통 싫어하는 힘이 좋아하는 힘보다 강하고 한 번 결정된 마음이 바뀌기란 쉽지 않기 때문이다. 하지만 내 관찰이 틀렸다고 해도 이 경우에는 크게 문제가 되지 않는다. 싫은 사람에게서 좋아하는 점을 발견해서 좋아하게 된다면 상당히 고무적인 일이다. 감정적으로 좋아하지 않더라도 그 좋은 점을 인정해주면 된다. 싫지만 그 정도로 공정한 태도를 가질 수 있도록 노력한다면 본인에게도 더 나은 발전이 되니까, 이도 역시 문제는 없다. 싫어하는 사람에게서 좋아하는 점을 발견해보라는 것은 인간관계를 연구하는 모든 사람들의 기본적인 가르침이다. 종교에서도, 연애 심리학에서도 똑같은 충고를 해준다. 하지만, 좋아하는 사람에게서 싫어하는 점을 발견했을 때는 약간 문제가 된다. 나는 그 사람의 단점을 이해는 하겠지만, 그 점이 내 감정에 전혀 해를 끼치지 않도록 할 수 있을지는 모르겠다. 물론 여기에는 쉽게 생각할 수 있는 변수 두 가지가 있는데, 하나는 그 사람과 내가 맺고 있는 관계의 밀도고, 다른 하나는 그 단점의 심각성이다. 가족은 단점이 있어도 좋아할 수 있는 많은 관계 중에서 가장 강력한 관계고, 범죄는 단점 중에서 가장 큰 단점이다. 이렇게 판단을 흐리는 두 가지 경우를 제외하고 남는 관계에서 단점을 발견하게 된다면 감정은 어떻게 변할까?

이전에 L은 내게 이런 질문을 한 적이 있다. "사랑이 뭐라고 생각하세요?" 너무나 유명한 데다가 해답도 수천 가지가 나올 수 있는 질문이었다. 나는 약간 당황한 데다가 다른 일을 하고 있던 중이어서 순간 제대로 대답을 할 수가 없었다. 그때 L은 "저는 '그럼에도 불구하고'라고 생각해요"라고 말했다. 요지는 사랑은 '그리하여 therefore'가 아니라 '그럼에도 불구하고nevertheless'라는 것이다.

이 말에는 부분 공감하고 있다. 이는 위에서 내가 말한 '싫은 점이 있는 좋은 사람'과 같은 뜻이다. 나도 좋아하는 사람에게서 발견되는 싫은 점을 L처럼 너그럽게는 아니지만, 받아들이고 있다. 어떻게 생각하면 우리의 모든 감정은 '그럼에도 불구하고'가 더 진실한지도 모른다고 L은 생각하고 있는 것 같다. 단점에도 불구하고 그 사람을 좋아한다. 장점에도 불구하고 그 사람은 아니다.

물론 이 정의 또한 사람에 따라 다르다. 이 '그럼에도 불구하고'에는 상대방의 단점까지도 다 이해한다는 뜻에서 이해와 관용의 정신이 들어 있다. 나는 이런 점을 존경한다. 하지만 '그럼에도 불구하고'는 '그리하여'와 사실 동전의 양면과 같은 관계다. 우리는 '단점에도 불구하고' 그 사람을 좋아하지만 사실은 다른 장점으로 인해서, '그리하여' 그 사람을 좋아하게 되는 것이다. 또한 우리는 '장점에도 불구하고' 그 사람을 싫어하지만, 사실은 그 사람의 커다란 단점이 '그리하여' 싫은 것이다. 싫은 경우에는 단점이 부각되므로 '그리하여'가 명확하지만 좋은 경우에는 '단점에도 불구하고'를 상당히 신비화하는 경향이 있다. 싫은 경우에는 장점이 있다고 해도 별로 좋아지지 않으므로 '그럼에도 불구하고'가 희미해지고, 좋아하는 경우에는 좋아하는 점을 굳이 '그리하여'라는 인과관계로 따지기보다는 '그저 좋다'라는 말로 표현한다.

이는 '좋다'와 '싫다'의 본질적 차이기도 하다. 나는 '좋아'에서

네가 선택한 게
옳은 거야

는 '그리하여'를 '싫어'에서는 '그럼에도 불구하고'를 보통 이상으로 더 명확하게 볼 필요가 있다고 생각한다. 반대의 경우는 어차피 다들 잘 알고 있는 법. 좋아하는 경우 '그럼에도 불구하고'의 심사를 악용하는 사람들이 있고, 그리하여 결국 '그 나물에 그 밥'이 무수히 반복되거나 드라마틱하게 말하면, '나쁜 남자'에 무한정으로 끌려다니는 일도 생긴다. 싫은 사람의 장점을 잘 평가하는 것은 정말 중요하다. 그 사람의 장점과 내가 싫어하는 감정의 비교를 통해서 나의 가치관과 태도를 다시 평가할 수 있기 때문이다. 장점에도 불구하고 그 사람을 찬성할 수 없는 감정을 평가하면 내가 왜 화가 났는지, 내가 어떤 가치를 중요하게 생각하는지, 내 잘못된 점은 뭔지 알 수 있게 된다.

감정이 개입되어 있는 한, '그럼에도 불구하고'와 '그리하여'를 옳게 따지기가 힘들다. 또한 나는 언제나 나의 불합리하고 천박한 점을 바로 보지 않으려고 한다. 어찌되었거나 스스로를 평가하기란 힘든 일이다. 하지만, 좋아하는 사람에 대해 '그리하여' 좋아하는 점을 많이 말할 수 있고 좋은 점이 많음에도 '불구하고' 싫은 점을 명확하게 평가할 수 있다는 것은 얼마나 중요한가? 싫은 점을 설명할 수 없다면, 그 순간부터 좋아하도록 노력할 수도 있을 것이다. 매순간 우리는 이런 갈등에 처하지만, 그 갈등을 내적으로 해결하면서 자신이 생각하는 중요한 관계를 만들어갈 수 있게 된다. 관계에서는 '그리하여' 다음에 '그럼에도 불구하고'가 온다. '그리하여'가 없는 '그럼에도 불구하고'는 자기 변명이고, '그럼에도 불구하고'가 없는 '그리하여'는 맹목적이다.

나는 왜
나쁜 남자만 만날까?

상처받은 왕자와 보모

뉴질랜드 폭력 남편의 담화 연구에 대한 논문을 읽다가 '상처받은 왕자wounded prince'와 '보모nurturer'라는 재미있는 표현을 발견했다. 그 논문은 폭력 남편들이 자신들의 폭력에 대해서 침묵하는 담화 책략에 대해서 분석하고 있었는데, 지킬과 하이드형, 다정한 남편형과 더불어 이런 유형도 있었다.

이 논문에서 설명한 바에 따르면, 어떤 유형의 남성들은 폭력성의 원인을 아내의 관심이나 애정 부족으로 돌리는 경우가 있다고 한다. 그러니까, 자신이 상처입은 것은 아내가 잘 돌봐주지 못해서라고 비난하는 태도다. 자신의 상처는 아내의 잘못이고 그렇기 때문에 처벌을 받아야 한다는 시각에서 폭력이 발생한다는 분석이었다. 왕자가 뜰에서 놀다가 옥체에 손상이라도 가면, 그 보모가 책임지고 처벌을 받듯이 말이다.

재미있는 사실은 이러한 역할 배분은 일반적인 남녀의 만남과 이별에서도 흔히 볼 수 있다는 것. 이 '상처받은 왕자와 보모'를 현실에 맞게 변형시켜 보면 '인정받지 못한 예술가와 후원자' 형이나 '좌절한 혁명가와 동지' 형이라고나 할까. 전자와 후자는 상당히 상반된 성격을 지니고 있으면서도 그 양상에 있어서 비슷한 점을 보인다는 면에서 같은 부류로 묶을 수 있을 것 같다.

먼저 '인정받지 못한 예술가와 후원자' 형의 관계는 이렇다.

남자는 자신의 재능이 사회에서 완전히 발휘되지 못하고 있다고 느끼는데, 그것은 자신의 게으름이나 능력 부족보다는 타고난 환경이 열악하거나 대중이 무지하기 때문이라고 생각한다. 따라서 이 두 남녀의 관계는 남자의 재능에 여자가 충분히 감탄하면서부터 시작된다. 보통 남자는 흔히 예술로 묶을 수 있는 음악, 미술, 영화, 문학 방면에 얼마간 재능을 가지고 있다. 남자는 자신의 재능을 알아봐주는 식견을 지닌 진정한 후원자를 만난 셈이라고 생각하고, 여자는 자신의 주위에 일찍이 없었던 독특하고도 섬세한 대상을 만난 것이라고 생각한다. 그리하여 이 두 사람의 만남은 처음에는 감정적으로 풍요로우며 여자가 남자에게 영감을 불어넣어주는 관계로 전개된다. 그러니까 여자가 남자를 어느 정도 돌봐주는 형태로 진행된다. 감정적으로 북돋아주고 위로해주며, 같이 취미를 공유하고, 그가 지도해주고 가르쳐주면 눈을 반짝반짝 빛내며 들어주고.

그런데 어느 정도 시간이 지나다보면 밝혀지는 것이지만 처음부터 인정받지 못하는 천재는 언제까지나 인정 못 받는 경우가 많다. 대부분 일상의 천재들은 남들보다 좀더 특별하긴 하지만, 성공할 수 있을 정도로 특출한 재능은 못 가진 경우가 많다. 그러면 여자는 지쳐가고 남자는 초조해지기 시작한다. 비운의 천재는 사회가 불평등하고 공정하지 않다고 생각하게 되고, 여자는 점점 그 말이 핑계라고 생각하게 된다. 그 즈음에 이르면 남자는 여자가 자신보다 예술적 식견이 모자란 것이 짜증스러워지고, 여자가 뮤즈로서 역할을 하지 못하는 것까지 불만스러워진다. 여자는 남자가 현실을 제대로 인식하지 못해서 짜증도 나는 판에 무시까지 당하니 더이상 참을 수 없어져 허생의 부인처럼 남자를 들들 볶게 된다. 그러니 결국에 닥쳐오는 건 파국뿐. 남자는 진정한 재능을 알아보는 사람이 어딘가에 있을 거라 생각하며 젊은 예술가처럼 밤거리를 배회할 테고(요즘 같으면 인터넷을 뒤지던가). 이런 사람 중에 정말 나중에 성공하는 경우도 간혹 있긴 한데, 그래도 그동안의 과정을 생각해보면 별로 아쉬울 것도 없다.

'좌절한 혁명가와 동지' 형은 이와 같은 관계가 조직 안에서 구현되는 경우에 해당된다.

이 경우, 남자는 푸르디푸른 사회 개혁에의 맑은 정신으로 단체의 일선에서 활동하는 경우가 많고, 여자는 그를 뒷받침해주는 위치에 있는 상황. 두 사람은 가열찬 활동 속에서 서로의 동지애를 확인하고 사회 개혁에 열렬히 동참한다. 그리고 밝은 조국의 앞날과 미래를 위해서 서로 매진하기로 굳게 약속한다. 남자는 점점 야심을 불태우게 되고, 여자는 그를 위해서 헌신한다. 그러나 또한 혁명가로 살기란 어려운 것. 끝까지 초심을 잃지 않고 살아가는 사람들도 있지만 많은 이들이 현실에 부딪히게 된다. 그러다가 어느새 원래의 취지가 변질되는 경우도 있고 군대나 졸업, 돈벌이로서

의 취업 때문에 조직에서 나올 수밖에 없는 상황에 맞닥뜨리게 되면, 두 사람 사이의 갈등은 점점 심화된다. 여자가 먼저 후원자로서의 역할을 포기하고 떠나는 경우도 있지만, 여자는 끊임없이 헌신하는데도 남자 쪽에서 부담스러워하는 경우도 발생한다. 그러면, 역시 이쪽도 파국. 그나마 좋게 끝나면 다행이다. 군대에 간 뒤 부분기억상실증에 걸려 여자에 대한 부분만 까맣게 잊어버렸다고 오리발을 내미는 경우도 있고, 여자가 들어놓은 적금만 들고 도망간다거나, 여자가 써놓은 작품으로 몰래 응모, 당선되어서 작가 선생님 소리를 들으면서 산다거나 하는 경우도 들어봤다.

이들은 몇몇 소수이기는 하지만, 유형화할 수 있을 정도로 빈번하게 출현한다. 이런 유형화에서 우리는 '그러니 진정한 천재만 북돋아줄 수 있도록 사람 보는 눈을 키워야 한다'와 함께 '자의식이 강한 사람에게 너무 압도되지는 말 것'이라는 교훈을 끌어낼 수 있다. 물론 자의식이 강한 사람 중에 나중에 크게 되는 경우도 많지만, 자신을 항상 과대평가하는 쪽은 상대에 대한 배려가 부족하기 마련. 이런 사람들이 발전하면 논문에 등장하는 폭력 남편이 되기도 한다. 이런 유형들도 '그 나물에 그 밥'으로 설명할 수는 있지만, '상처받은 왕자와 보모'는 분명 한쪽이 더 이기적인 경우니 사람을 잘 볼 줄 모르는 자신을 책망해서는 안 된다. 연인이 성공하지 못한 건 내가 엄마처럼 잘 뒷바라지 못해서가 아니고, 그냥 그가 보통 사람이었던 따름이다.

키워주는 사랑이
좋은 거잖아 🌑

키다리 아저씨의 양지와 음지

P가 대학 졸업반 때 혹은 졸업 직후에 겪은 일이다. 그녀는 어느 날 저녁, 듣도 보도 못한 남자에게서 전화를 받았다. 소위 말하는 '폰팅'으로 의심되는 사건이었다. 그 사람은 스스로를 케이블 방송국의 PD라고 밝혔지만 어디서 전화번호를 알게 되었는지, P와의 접점은 무엇인지 본인도 모른다고 했다. 단지 전화번호가 수첩에 적혀 있길래 궁금해서 전화했다는 말뿐. 처음의 무의미한 통화 후, 그는 한번 더 전화를 걸어왔는데 P가 아직 학생이라는 것을 알고서는 혹시 방송에 관심 있느냐고 물었다. 그러고는 이렇게 말했다.

"제가 제일 좋아하는 영화가 바로 〈업클로즈 앤 퍼스널〉이에요. 그 영화 아시죠, 로버트 레드포드가 PD로 나오고 아나운서인 미셸 파이퍼를 키워주는 내용이잖아요. 저는 그런 관계를 상당히 의미 있다고 생각합니다. 남자가 여자를 키워줄 수 있다면요."

글쎄, 이 사람의 진심은 무엇이었을까? 일명 오디션 사기? 이런 말을 하는 걸 보니 분명 자신의 얼굴을 모르는 사람임이 확실했지만 어떤 자신감에서 자기를 키워줄 수 있다고 말하는 건지 몰라서 불쾌했다고 P는 말했다. 게다가 설령 이 모든 말이 사실이라고 해도 타인에게 맡겨져서 키워진다는 생각도 유쾌한 일은 아니었다고. 근처에 오게 되면 한번 만나자는 남자에게 결국 불쾌감과 경계심이 생긴 P는 '모르는 사람과 만나거나 전화 통화하는 것 불편하니 앞으로는 삼가해주십사' 말하고 전화를 끊어버렸다고 한다.

여자가 자신의 꿈을 펼칠 수 있도록 능력 있는 남자가 지원해주는 이야기, 그렇게 낯설지 않다. 일명 키다리 아저씨 신드롬이라고 할 수 있다. 주디 애봇과 저비스 아저씨가 아니라도, 캔디와 앨버트 아저씨가 아니라도 여자 주인공이 쑥쑥 커가게 도와주는 남자들은 많고도 많다. 수많은 실장님, 사장님, 선생님 등등. 게다가 그들은 앞뒤에서 물심양면으로 도와준다. 그러니 그 사람들이 젊고 잘생기고 유머가 없다고 한들 어찌 사랑하지 않겠나? 내가 어리고 아무것도 없을 때부터 나의 재능을 알아주고 애정을 준다는데. 사심, 흑심이 아니라 진정으로 나를 인정해준다는데. 이런 키다리 아저씨 스토리가 인기 있는 것도 놀라운 일이 아니다.

그런데 이제 순진한 시기를 다 거쳐와서 오히려 키다리 아저씨의 나이가 되어버린 나는 '키워주는 사랑'을 곧이곧대로 받아들일 수만은 없게 되었다. 주는 사랑, 이런 어구기 하나도 어색하지는 않지만, 사랑이란 한 사람은 무작정 주고 한 사람은 무작정 받는 관계만은 아닌 것, 한쪽에서만 주는 사랑, 과연 성립하는 것일까?

물론 성립하지 않는다. 적어도 '물'이 가면 '심'이 오는 사이는 되어야 이루어지는 법. 결국 키다리 아저씨의 스토리에 사랑이 개입되는 건, 아저씨가 베풀어준 유형 무형의 애정을 합리적으로, 동시에 감정적으로 보답하여 평형을 이루게 되는 방식의 표현이다. 만약 내게 모든 사랑을 베풀어주는 키다리 아저씨를 사랑하지 않는다고 하자. 그럼 그 은혜를 어떻게 갚을 수 있을까? 20년 상환 대출로? 아저씨가 보은을 요구하지 않는다고 해도 마찬가지. 물질적인 도움을 받고도 나 몰라라 하는 여성은 현대의 '자립여성' 이미지에 어긋나거니와, 전통적 교환의 등가법칙을 무시하는 일도 된다. 좋아하지 않는 남자에게서 호의를 계속 받는다는 것 또한 찜찜하기 그지없다. 그 사람이 얼굴 없는 후견인이라고 해도 다를 바가 없다. 차라리 아주 연세라도 많으시면 수양딸이 되어 아버지처럼 모실게요, 라고 넙죽 절하고 호의를 받으면 되는데 아버지로 삼기에는 키다리 아저씨는 또한 어중간한 나이. 그런데 이 후견인을 사랑하게 되면 모든 마음과 재화의 부채가 한꺼번에 해결된다. 물론, 이 사랑은 나를 도와줬기 때문이 아니라 자상하게 대해주었기 때문에 전적으로 자발적으로 우러난 것이다(도와준 것과 자상하게 대해준 것의 차이가 무언지는 묻지 마시기를). 여자의 입장에서는 남자의 도움을 받아 성장했다고 해도 이제 더이상 껄끄러워할 필요가 없다. 이 사람이 나를 도와주기는 했시만, 나에게는 그에 걸맞은 자질이 있었기 때문. 그는 이런 나의 자질로 인해 사랑에 빠지고, 나 또한 그의 재산이나 후견 때문이 아니라 그의 자질을 사랑하게 되었으니 감정의 채무관계 없이 모든 게 긍정적으로 해결된다.

그런데 현실에서는 키다리 아저씨의 숨겨진 선행이 긍정적으로
보이기만 할까? 캔디의 앨버트 아저씨나 주디의 저비스 아저씨처
럼 20대 후반, 30대 초반의 남자가 집에 돈이 있었는지 자기가 직
접 어디 가서 돈을 벌었는지는 몰라도 중학생이나 고등학생 여자
아이를 후원한다고 생각해보자(주변의 친구나 오빠, 선배를 떠올려
보자). 이렇게 몇년 동안 꾸준히 후원한 끝에 아이는 이제 대학에
진학하고 여성이 된다. 한편, 현실의 키다리 아저씨는 그 아이를 계
속 후원하면서도 그 사실을 밝히지 않은 채 가끔 나타나서 여자아
이와 데이트 유사한 만남을 가지거나 그 아이가 만나는 남자애들
을 적당히 견제하거나 한다. 여자아이가 감사의 편지를 보내면, 아
이가 원하는 것을 알아서 딱딱 선물해주기도 하고.

이런 성격의 남자, 과연 남에게 추천해주고 싶은가? 좋게 말하면
왼손이 하는 일, 오른손 모르게 실천하니 아름다운 미담처럼 들리
기도 한데, 정체를 숨기고 만나는 대목에 이르면 왠지 '음침한 인
간'이라는 생각이 든다. 여학생이 보내온 편지를 진지하게 읽고 짐
짓 모르는 체 그 애와 만나는 남자를 알게 된다면 어릴 적에 트라우
마가 있었던 것은 아닌지 의심하게 될지도 모른다(실제로 캔디의
앨버트 아저씨는 어려서부터 시스터 콤플렉스라는 정신적 강박증이
있기는 했다). 가족이나 친구가 이런 행동을 하고 있다면? 주위의
따뜻한 관심이 필요하겠다.

여기서 키다리 아저씨의 딜레마가 발생한다. 이 험하고 거친 세
상, 자기 힘으로 살아가기만은 어렵다. 그 와중에 이끌어주고 밀어
주는 사람이 있다면, 하는 마음 누군들 쉽게 떨쳐내기 쉬울까. 하지

만 대놓고 밀어주는 행위는 반칙이고, 남들 모르게 밀어주는 행위는 음침하다. 남자의 도움을 받아 쑥쑥 성장하는 여성상에 대해서 일말의 회의를 가져볼 정도의 모럴이 존재한다면, 이 모럴의 굴레에서 벗어날 수 있는 유일한 방법은 오로지 '그 사람을 사랑하는 것' 뿐이다. 게다가 이 '부채 갚는 사랑'에는 조건이 따른다. 이 조건은 역설적이게도 그 사랑에는 조건이 없어야 한다는 것. 따라서, 이 사랑은 상대적인 우위를 보여줌으로써 절대성을 증명할 수 있다. 예를 들자면 더 젊고 유망한 청년, 지미 맥브라이드를 버리고 아저씨를 찾아가야 한다(이때 키다리 아저씨가 더 부자라는 사실 같은 건 중요하지 않다). 혹은 키다리 아저씨가 내게 베풀어준 은혜를 알기 전에 이미 사랑에 빠졌다는 증거가 필요하다. 어릴 적 만났던 동산 위의 왕자님을 기다렸던 캔디처럼.

키워주고 밀어주는 사랑, 참 이상적이다. 무조건적인 사랑이라는 건 모호한 개념, 우리는 타인의 재능에, 혹은 타인의 배려에 반한다. 그러니 그 장점을 서로 키워준다고 해서 뭐 나쁘겠는가마는, 처음부터 턱 하니 '키워줄게요' 혹은 '키워주세요'라고 시작하는 관계는 동화나 영화 속에서만큼 아름답지 못하다. 아니, 미학적 문제를 떠나서 키다리 아저씨는 자발적으로 몰래 와야지, 다들 알도록 나타나서는 안 될 것, 아저씨가 팡파르와 함께 도착할 때 이미 자상함으로 키워주는 사랑과는 서너 발짝 떨어져 있다. 그러니, 세상에서 오해받고 있는 수많은 순수하고 음침한 키다리 아저씨들에게는 미안하지만, 그런 아저씨들을 혹여나 만나게 된다면 한번 물어보고 싶다. "아저씨들, 정말 아무 뜻도 없었나요?"

보살펴주면
사랑해줄게 ●
'너는 펫'과 평형의 사랑

    언젠가 한 TV 시사프로그램에서 '재벌'과 결혼하기 위해서 불나방처럼 모든 것을 불사르는 젊은 여자들을 보여주었다. 그들은 너무나 굳건하고 어떤 의견에도 흔들림이 없었으며, 할 수 있다는 자신감으로 가득 차 있었다. 그들의 신념은 간단한 동기에서 비롯된다. 험난한 일생에서 남보다 한 발짝 앞서나가서 시작하고 싶다는 것이다. 평생 기댈 수 있는 사람을 찾고 싶은데, 변할 수도 있고 눈에 보이지도 않는 마음보다는 확실히 보이는 물질적 여유에서 행복을 찾겠다는 그네들의 의지는 매혹적일 만큼 강렬했으나 한편 안쓰러웠다. 기댈 수 있는 어깨를 내어주는 대가로 그들은 무엇을 제공할 수 있을까? 곧 시들어버릴 아름다움? (프로그램 내에서는 아가씨들의 얼굴이 모자이크로 처리되어서 어느 정도 미인이어야 저런 야심을 가질 수 있는지 눈으로 확인할 수는 없었다.) 언제까지나 헌신하는 마음? 그러나 물질적으로 풍요로운 사람을 찾는 것은 근

본적으로 자기 몸을 생각하는 욕구에서 비롯된 행위이므로 이런 사람이 그 대가로 언제까지나 헌신할 수 있다고 믿기란 어렵다.

정도는 다르지만, 누구나 기대고 싶은 사람을 동반자로 찾고 싶어하는 것은 당연할 것이다. 이는 앞장에서 말한 키다리 아저씨를 기다리는 마음과 다를 바가 없다. 다만 은근히 기다리는 정도를 넘어서 대놓고 찾아 나설 정도로 솔직하다는 점이 다르다. 하지만 입장을 바꾸어보면, 내가 기대고 싶어하는 사람 또한 어딘가에서 기댈 곳을 구하는 것 또한 당연하지 않은가. 결국 서로가 서로에게 내어줄 수 있는 것은 각자의 어깨뿐일지도 모른다. 그러니까, 내가 애정을 주고 일방적으로 보살펴주는 애완동물이라도 결국 나는 그에게서 위안을 구한다. 그 대상이 애정을 주는 사람이라면 말할 것도 없다.

드라마로 만들어지기도 한 인기 만화 〈너는 펫〉은 이런 가정에서 시작한다. 하버드 출신에 미인인 스미레는 오히려 그 때문에 남자들에게 차이기도 하는 여자다. 어느 날 스미레는 길에서 소년 이상 남자 이하의 사람을 하나 주워오는데, 갈 곳이 없어 보이는 그에게 강아지 이름 '모모'를 붙여주고 집에서 기른다. 먹여주고 입혀주고 씻겨주는 대가로 모모는 그녀의 개처럼 옆에서 이야기를 들어주고 슬퍼하면 안아주고 머리를 쓰다듬게 놓아둔다.

펫이 주인을 선택할 능력이 없는 한, 펫과 주인의 관계는 불평등하게 이루어진다. 주인은 펫에게 먹을 것과 거처할 곳을 제공한다. 펫은 그 대가로 인간에게 애정을 준다. 펫이 자기를 돌보지 않는 인간을 좋아하는 경우가 얼마나 되는지는 잘 모르겠지만 '애완' 이라고 할 때는 비평등한 호혜성이 강조된다. 한쪽은 외적 생존 조건을 제시하고, 다른 한쪽은 그 대가로 애정을 준다.

　스폰서를 구하는 아가씨들에게는 안타까운 일이지만 인간들 사이에서는 주인과 펫의 관계가 원만히 이루어지기 힘들다. 사람은 펫이 아니기 때문에 주는 걸 얌전하게 받아먹지 않으며 까탈스러운 펫의 수준을 넘어 자기 주장을 한다. 그리고 인간이 동류의 인간에게 구해야 하는 것은 보살핌의 대가로 주는 애정이 아닌, 자발적인 애정이다. 수많은 로맨스 책이 뭐라고 말하든 간에, 제목만큼 로맨틱하지 않은 D.H. 로렌스의 『사랑에 빠진 여인들』에서는 이렇게 말한다. '사랑은 평형equilibrium'이라고. 조건에 좌우되지 않는 사랑이 무조건적인 사랑을 의미하지는 않는다. 사람 이전에 전제된 조건으로 촉발되는 관계를 경계해야 한다고 말할 뿐이다. 우리 모두가 각자의 생각으로, 혼자 설 수 있는 인간이기 때문이다. 다만 가끔 다른 이에게 기대어 쉬었다가 다시 걸어가고 싶을 뿐.

　만화 〈너는 펫〉에서도 그런 수순을 밟게 된다. 결국 스미레와 모모는 주인과 펫의 관계로 남지 않는다. 우리가 서로에게 감정적 위안을 줄 수 있다면, 그 관계는 펫 이상을 넘어서게 되고 펫으로 남아서도 안 된다. 인생은 짧지만 기복을 여러 번 겪고도 남을 만큼 길다. 부잣집에 시집 가고 남편 따라 유학 가서 편하게 살 줄만 알았던 이들이 시댁의 사업 실패로 온갖 궂은 일을 해서 생활비 대야 하는 처지에 놓이게 되었다는 얘기도 들어봤다. 보이지 않는 마음이 변할 수 있다면, 보이는 조건 또한 언제든지 변할 수 있다. 둘 중 어느 쪽에 더 안정성을 둘지에 대해서는 사람마다 다른 결정을 내릴 수도 있겠지만, 예쁘고 귀여워서 들인 강아지가 미워졌을 때 버리기도 쉽다.

만물유전, 불확실한 미래에 대한 경고를 제쳐두고서라도 '인간은 펫으로 살면 안 된다'와 같은 윤리가 우리를 머뭇거리게 한다. 이 윤리는 약간 귀찮기도 하다. 왜 나를 편안하게 해주는 사람을 먼저 정하고, 나중에 사랑하면 안 될까? 나를 보살펴주는 사람만 좋아하면 되는데. 여기서 인간으로서의 특징, 자율의지가 대두된다. 내가 운명을 결정하는 건 귀찮지만 남의 손에 운명을 맡겨도 좋다고 생각하는 사람은 없다. 결국 원하는 인생을 살기 위해서는 그만큼의 노동이 필요하다. 인간 관계에 대해 누구보다 통찰력이 있었을 마르크스와 엥겔스는 『독일 이데올로기』에서 이렇게 말한 적이 있다. "관계가 존재한다면 나를 위해서 존재하는 것이다 : 동물은 어떤 것과도 '관계'에 진입하지 않는다. 동물은 어떤 관계에도 진입하지 않는다. 동물에게 있어서 관계는 관계로 존재하지 않기 때문이다." 인간을 동물과 구분하게 만드는 건 자신과 사회를 둘러싼 인식이고, 항상 자신을 잊지 않는 마음이다.

애완동물의 개성을 인정하고 가족처럼 데리고 사는 사람들에게 이 말은 쉽게 수긍하기 어렵겠지만, 인간에게 주어진 노동과 자기존중의 의무를 생각해보면 사람의 개별성은 더욱 뚜렷하다. 자신과 자신의 관계를 위해 노동하도록 운명지워진 인간은 펫이 될 수 없다. 비록 사랑이 Give & Take라고 해도, '네가 내게 안정을 주면, 나는 네게 애정을 줄게'와 같은 키다리 아저씨 스토리가 성립하기 어려운 것은 애정이라는 화폐는 다른 종류의 재화들과 쉽게 교환

할 수 없어서이다. 애정은 애정으로만 살 수 있고 갚을 수 있다는 당연한 명제 때문만이 아니다. 애정은 고정환율이 아니라서 교환 가치를 확실히 상정할 수 없을 뿐 아니라, 사람은 스스로를 사랑하기 때문에 자기가 가진 사랑을 완전히 남에게 줄 수가 없고 자기 자신의 몫을 늘 남겨놓기 때문이다. 따라서, 애정은 애정으로만 바꿀 때 비로소 사랑의 거래가 평형이 된다. 그러니 인간은 피곤하더라도 스스로의 몫을 위해서 일하고, 애정을 밥벌이의 수단으로 사용하지 않는다. 밥벌이가 고단해도 오로지 그만을 위해 쓰이지 않는 게 있다는 믿음만이 인간을 펫의 수준에서 벗어나게 만드는 것, 인간으로서 서로 기대고 서는 기본이다. 상대방의 무게가 힘들기도 하고, 내 자신의 무게가 힘들기도 하지만, 어쩔 수 있나, 인간인데.

이건 당신에게만
털어놓는 말이야

옛날 이야기를 하는 남자

사랑하는 사람들에게 있어서 의심의 여지 없이 사랑을 증명해주는 확실한 표지들 중 하나는 자신들의 유년기—그것은, 요컨대 꿈에 대한 속내 이야기와 더불어 가장 소화되기 어려운 이야기인데—를 환기시킴으로써, 그들의 마음을 사로잡은 사람들의 삶을 즉각적으로 길게 늘이는 데 느끼는 강렬한 기쁨과 관련된다고 읽은 적이 있다.

　—파스칼 키냐르, 『은밀한 생』 중에서

2005년 큰 인기를 끌었던 〈내 이름은 김삼순〉의 한 회에는 이런 장면이 나온다. 여주인공 삼순이는 옛 애인이 돌아왔다고 쌩 돌아서버린 진헌 때문에 마음앓이를 하는데, 무엇보다도 삼순을 속상하게 하는 건 그가 어느 정도 자신에게 마음을 주었다고 믿어버린 순간에 진헌이 다시 노선을 바꿨다는 사실에 있었다. 즉, 분명히 신호를 주어서 이미 진입로에 들어섰는데 신호를 잘못 봤으니 유턴

해서 나가라고 하는 상황 때문에 더 괴로운 것이다. 이런 건 도로 교통법에 의거, 엄중한 벌에 처해도 시원찮을 노릇이다. 하지만 연애의 레이스에서 주어지는 신호는 교통 신호등처럼 빨강색, 초록색 명확하지 않고 헷갈리기 쉬운 기호로 되어 있다는 것이 바로 문제점. 게다가 어디 꼭 붙어 있는 것도 아니니, 그런 적 없다고 발뺌하면 그만인 것이다. 그렇다고는 해도 몇 가지 신호는 아주 관습적으로 이용되어 왔는데, 삼순이도 말했듯이 '나만'이라고 하는 한정적 조사의 사용 (영어라면 only) 같은 것으로 배타적 관계를 확연히 하는 것도 있겠으나, 보통 확증적 증거라고 사람들이 믿어버리는 것은 '어릴 적 이야기' 혹은 '지나간 옛 이야기' '괴로운 이야기'를 하는 것이다.

이런 '고백 성사' 행위는 본질적으로 의미가 모호한데도 불구하고 '눈물 흘리며 옛 이야기를 털어놓는 남자'의 이미지는 관습으로 굳어질 만큼 아주 일반적이다. 과거 이야기를 하는 것은 관계에 있어서 두 가지 역할을 해낸다. 하나는 상대의 비밀을 공유함으로써 두 사람만의 은밀한 영역을 구축해주는 역할이고, 다른 하나는 자신이 모르는 상대의 삶을 확장하여 그 사람을 알아간다는 기쁨으로 관계를 가속화하는 역할이다. 두 가지 역할은 결국 하나로 귀결되는데 사랑은 상대방 영혼의 딱딱한 속씨에 닿을 수 있다는 믿음을 준다. 이 클리셰는 성에 관계없이 다 유효하지만, 담화 특성상 여성보다 남성은 개인사에 대한 얘기를 적게 한다는 것이 일반적 인식이므로 남성이 개인사를 털어놓을 때는 더욱 무게를 지니는 행동으로 여겨지게 된다.

그러니, 얼마나 사랑스러운가. 딱딱한 껍질을 벗고 자기 속내를 보여주는 남자들이란. 온갖 로맨스의 수많은 남자 주인공들을 보면, 어느 순간 그들은 마음에 드는 여자들에게 자기 이야기를 털어놓고 있다. 그들은 때로 웃고, 울며, 과거를 회상하고 괴로웠던 과거, 즐거웠던 과거를 그녀들에게 나누어준다. 그리하여 그들은 자신의 인생으로 그녀들을 초대한다.

이것이 바로 전형적 '옛날 이야기를 하는 남자'의 클리셰다. 그리고 이런 클리셰는 자존심 강한 남자가 등장하는 모든 드라마나 영화에서 즐겨 사용된다.

그런데 우리가 보통 '전형'이나 '경향'이라고 얘기할 때는 그게 일반적이라는 사실을 알고 행하는 주체가 있다는 것을 잊지 말아야 한다. 즉, 어떤 경향이 적절한 기호로 해석될 수 있을 만큼 보편성을 획득하게 되면, 또한 이 기호를 사용하는 사람들은 상대방이 어떻게 해석하리라는 것을 미리 짐작할 수 있게 된다. 여기서 우리는 두 가지 인간형을 발견할 수 있는데 상대방이 어떻게 해석할지 알건 모르건 정직하게 기호를 사용하는 사람과 모호하게 기호를 사용하면서도 자신이 그런 짓을 하고 있다는 사실을 전혀 깨닫지 못하거나 일말의 양심의 가책을 느끼지 않는 사람이 그들이다. 전자는 주인공 자질이고 후자는 평범한 인간 자질이라고 보면 된다. 즉, 언제나 기호를 명확하게 알고 있거나, 혹은 모르지만 정직하게 사용하는 사람은 로맨스 판타지에서밖에 등장하지 않는 것이다.

기호의 혼돈 속에서 헤매이는 삼순이에게 언니 이영은 따끔한 어쩌지?
너의 거짓말이
들려...

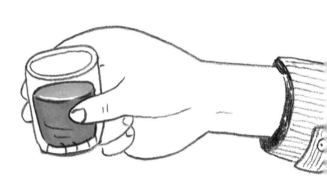

예를 들어준다. 즉, 여자를 만날 때마다 어려웠던 유년 시절 얘기를 하면서 울어대는 남자 '선수'에 대한 날카로운 통찰이다. 좀더 생각해보면 삼순이도 맞고, 이영이도 맞다. '옛날 이야기를 하는 남자'의 인간형은 실제로 진실할 때도 있다. 하지만 습관적으로 자기 옛날 이야기를 무차별적으로 살포하는 인간도 있다는 것 또한 진실인 것이다. 그러니, 냉정하게 말해서 '옛날 이야기를 하는 남자'는 아무런 지표가 못된다. '진실일 때도 있고, 아닐 때도 있다' 같은 불확실한 기호는 예측지표로서 받아들일 수 없다.

하지만, 나의 예측지표는 따로 있다. 그런 슬프고 괴로운 과거 얘기를 3회 이상 3명 이상의 인간에게 반복하는 습관이 있거나, 말해놓고 잊어버린 듯 쌩 돌아서버리는 사람은 그게 진실이건 아니건 동생에게 권해줄 만큼 바람직한 사람은 못된다는 것이다. 불특정 다수의 많은 사람들에게 자신의 가련한 삶을 이해받기 원하거나, 자기의 확장된 삶으로 초대해놓고서도 언제 그랬냐 싶은 사람은 그때 그 말이 진실이건 아니건 좋지 않다. 내가 언니라면, 동생을 마음 아프게 한 남자를 두 대 때린 것 가지고는 쉽게 보내주기 어렵겠다.

윗 인용구에 이어지는 파스칼 키냐르의 다음 문장은 이러하다.

'그건 거짓이다.'

맥락은 다르지만, 과거를 동정하지 않고도 사랑하는 사람을 충분히 이해할 수 있다는 면에서 나는 이 문장이 사실이라고 믿는다. 과거의 슬픔, 아픔, 기쁨을 공유하는 것은 사랑하는 사람의 특권이지만, 사랑하는 이들에게 전해주어야 할 것은 과거가 아닌 현재인 것. 과거를 이해받으려 하지 말고 현재를 이해받아 미래로 이어질 수 있는 사람이 되려는 노력이 과거를 공유하는 것보다 그 사람을 더 잘 말해주는 지표일 것이다.

나를 이렇게 취급하는 건
당신뿐이야

혼나니까 좋아?

드라마 〈봄날〉을 보고 있는데, 은섭(조인성 분)이 정은(고현정 분)에게 본격적으로 애정을 느끼게 되는 장면이 등장했다. 응급실에 들어온 환자를 두려워하며 옥상으로 도망가는 은섭을 정은이 찾아내서 끌고 내려오는 장면이었다. 울고불고하면서 이런저런 변명을 하는 은섭에게 정은은 냉정하게 "남의 사정 몰라줘서 미안해요. 하지만 그럴 거면 가운부터 벗어요. 의사인줄 오해하니까" 하면서 돌아선다. 그렇게 혼나고 나서 은섭은 정신을 차리고, 나름대로 의사 역할을 해낸 뒤 점차 정은에게 끌리게 된다.

별로 새로울 것도 없는 장면이다. 많은 드라마나 소설, 영화에서도 유사한 장면을 볼 수 있다. 조인성은 〈발리에서 생긴 일〉에서도 혼난 적이 있고 에릭도 〈불새〉에서 뺨 맞으면서 시작했다. 〈파리의 연인〉에서 박신양은 비교적 바르게 살고 있었지만 사람을 막 대한다고 조금 혼났고 〈궁〉에 나오는 진짜 왕자님 신은 말 한번 싹퉁머리 없이 했다가 심지어 손을 깨물렀다. 모두들 나름대로 사연이야 있겠지만, 마음 약하고 '순수해서 방탕하게 사는' (순수한데 왜 방탕하게 사는지는 잘 모르겠다) 왕자님들은 꼭 한 번씩 혼내주는 여자들에게 애정을 느낀다. 이 왕자님들은 뺨을 한 대 얻어맞거나, 욕을 얻어 먹거나 해야 사랑을 느끼는 마조히스트들이다. "인기 연예인을 사귀고 싶으면 다가가서 뺨을 한 대 때려라. 그러면 이런 여자는 네가 처음이야, 하고 무릎을 꿇을 거다"라는 우스갯소리까지도 공공연하게 돌고 있다.

실제로는 절대 이렇게 한 대 얻어맞고 정신차리지 않는다. 오히려 한 대 때렸다가 두 대 맞기 십상이다. 매서운 말 한마디 듣거나, 뺨 한 대 맞고 개심할 인간 같았으면, 이미 무서운 아버지들에게 (이런 왕자님들에게는 꼭 무서운 아버지가 있다. 골프채를 휘두르거나, 무조건 약혼을 시키거나 하는 아버지들) 혼날 때 정신 바짝 차렸을 것. 그러면 왜 이런 상황이 빈번하게 연출되는 걸까?

먼저, 흔히 생각하는 것처럼 '혼을 내는 것'을 차별화의 일환으로 볼 수 있겠다. 방탕하게 사는 왕자님의 곁을 따르는 수많은 여자들과는 달리, 인간 됨됨이를 중시하는 여주인공의 맑고 고운 마음을 보여줄 수 있기 때문이다. 자신이 어떤 짓을 해도 무사통과인 다른 여자들과 다르기 때문에 왕자님은 그렇게 혼나고도 오히려 좋아하게 된다(라고 드라마에서 보여준다). 오오, 저 여자는 나의 이 멋진 외모와 엄청난 재산에도 굴하지 않는 심지 굳은 여인이로구나, 하면서 그 매력에 빠진다는 줄거리. 이 여인은 결국 왕자님을 방탕의 구렁텅이에서 건져주는 구원의 여신이 되기까지

한다.

두번째로는 '혼을 내는 것은 긍정적 관심의 표현'이라는 일반적인 믿음에서 비롯된다. 적어도 혼나는 쪽에서는 그렇게 믿는다. 그러니까 이제껏 버림받던 내 인생에 이처럼 관심을 가져주는 사람은 없다고 생각하는 것. 이런 왕자님은 주위에 사람들이 있어도 항상 20퍼센트 정도 외롭다. 이는 권력에 굴복하여 앞에서는 굽실대면서도 뒤에서는 진정한 애정을 준 사람은 없었다는 성찰에서 비롯된다. 하지만 정말 그럴까? 다른 사람이 혼내면 화를 내거나 마음대로 자기를 조종하지 말라고 하면서 마음에 드는 여자가 혼내면 '관심의 표현'이라고 제멋대로 생각해버린다. 꾸중이나 비난이 격려성 질타로 받아들여지는 건 두 사람이 친밀하거나 호감이 있는 관계일 때뿐. 좋은 사람은 뭘 하든 좋게, 나쁜 사람은 뭘 하든 나쁘게 받아들여진다.

세번째로는, 왕자님은 겉으로는 방탕하게 살지만 속으로는 제대로 된 궤도에 올라가기를 바라고 있다는 것이다. 즉, 착하고 따뜻하게 살고 싶은 욕망은 있되 의지가 없는, 겉으로는 싹수 노랗게 굴어도 속은 영 따뜻하고 순수하다는 '주인공다움'을 알리는 방법으로 혼나는 장면이 등장한다. 그러니까 이 버릇없는 왕자님도 사실은 인간적인 매력이 있고, 사랑받을 만한 자격이 있다는 것이 혼나는 사건을 계기로 밝혀진다.

네번째 이유는 결과적으로 혼쭐을 내서라도 개심을 시키지 않으면 데리고 살 수가 없기 때문이다. 연인은 서로를 타락시킬 수 있다. 팜므 파탈이나 옴므 파탈이 순수한 남녀를 타락시키는 이야기들도 존재하고 종국에는 대부분 비극으로 끝난다. 그런데 타락해서 둘이 방탕하게 행복하게 잘 살았다, 라는 얘기는 현실에서 흔치 않기도 하거니와 별로 교육적이지도 않다(만들 순 있겠지만 프라임 타임 TV에서 방영하지는 않는다). 게다가 철학적으로 타락, 방탕은 행복과 별로 어울리는 결합이 아니기도 하다. 무엇보다도 실용적인 측면에서 볼 때, 방탕한 인간을 데리고 살 수가 있을까? 여자 문제에 돈 문제에 사고 치고, 일 안하고. 먹고 사는 일이야 야무진 여자가 해낸다고 해도 줄줄이 문제를 만들어내면 뼈빠지게 벌어도 그 뒤치다꺼리 하느라 바쁘다. 그러니까 혼내서라도 일단 개심을 시켜놓아야 나중에 후환이 없다. 개심하지 않는 왕자님과의 결합은 별로 매력적이지 않은 법, 고생길이 노란 벽돌길처럼 죽 깔려 있는 게 보인다. 여성 포털의 '남편' 게시판만 봐도 그런 사연은 수도 없이 많다.

혼내기 클리셰에도 어느 정도 진실은 있다. 진정 어린 충고가 아니면 받아들여지지 않는다는 것. 어느 경우에나 올곧게 살아야 한다는 이데올로기와 더불어, 돈과 미모보다도 더 중요한 건 진심이라는 뻔한 진리를 알게 모르게 설파하기도 한다. 그러니까 이런 상황은 계속, 계속 반복해서 사용된다. 나름대로 사회 안정화 규칙, 다들 열심히 자기 몫을 다하라는 뜻이다.

현실에서는 이런 방법이 어느 정도 효과가 있을지 모르겠다. 사실상 저런 응석받이 왕자님 자체가 흔하지도 않거니와, 위에서도 말했지만 사람은 저렇게 말 한마디로 개심하지 않으니까. 잘못하다가는 싸움 나기가 십상이니 함부로 교화하려고 덤비지 말자. 무

푸대접을 받으면
기분이 안좋아요.

엇보다도 나라면 저런 사람들에게는 진심 어린 충고가 별로 안 나올 것 같기는 하다. '배부르고 등 따습지만 외롭다고!'를 외치는 왕자님들의 응석을 배고프고 등 차가운 사람들이 받아줘야 하는 걸까? '나는 마음이 부자'를 외치면서?

혼나기 싫어하는 나로서는 영 회의적일 뿐. 나 같으면 뺨 맞았다가는 좋아했던 사람도 싫어지겠다.

웃는 얼굴이 좋아요
칭찬의 기술

내 감히 그대를 여름날에 비하리까,

그대는 더 아름답고 우아한 것을

—셰익스피어, 「소네트 18」 중에서

　사랑은 칭찬에서 온다. 찬사까지는 아니라도 나에 대한 긍정적인 평가, 여기서 사랑과 관계가 시작된다. 나를 좋게 생각하지 않는 사람과 장기적 관계에 돌입할 수 있을까? 물론 사랑은 일방향으로도 성립될 수 있는 사이, 즉 짝사랑까지 포함하므로 이론적으로는 나를 벌레 보듯 하는 사람이라도 좋아할 수는 있다. 하지만 관계가 이루어지려면 서로에 대한 긍정적인 확인이 있어야 한다. 찬탄의 눈빛이라도, 사랑스럽다는 손길이라도, 그리고 무엇보다도 칭찬의 말이. 사랑을 하는 사람은 자연히 찬사의 시인이 된다.

　상대방에 대한 긍정적인 평가를 전달하는 칭찬은 순전히 말로써

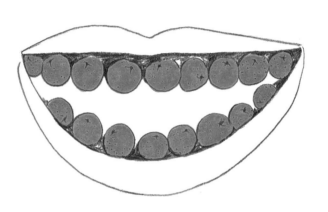

이루어지는 행위다. 칭찬은 그 의미도 중요하지만, 그 말을 행한다는 자체가 중요하다. 칭찬을 한다는 것은 호감의 표시, 상대방을 존중하고 있다는 의미다. 거기에 한 단계 더 올라가 파악하면, 칭찬을 해서 상대방에게 호감을 보여주고 다시 그 호감을 돌려받고자 하는 의미도 된다. 따라서, 칭찬에는 두 가지 중요한 기술이 필요하다. 내가 갖고 있는 감정을 긍정적으로 보여주는 기술과 상대방이 도로 호감을 돌려주고 싶은 마음이 들게 하는 기술. 이 두 기술은 동일한 것 같지만 사실은 다른 차원을 지칭하고 있기도 하다. 즉, 상대방의 체면을 살려주는 동시에, 내 체면도 상하지 않게 해야 한다. 그러니 관계의 초기에서 칭찬이 얼마나 중요한 역할을 하게 되는지, 사랑에 빠진 연인들은 다 돌이켜보라. 상대의 어떤 말이 자석처럼 당신을 끌어당겼는지. 외모에 대한 찬탄, 재능에 대한 감사, 배려에 대한 대답 등. 이 모든 말들은 나의 존재에 대한 깊은 이해와 존중으로 다가온다.

따라서 사랑하는 모든 대상이 독창적이니만큼 그에 대한 찬탄도 독특해야 한다. 물론 칭찬은 참으로 관습적인 영역, 사랑하는 사이에 주고받을 수 있는 몇 가지 칭찬은 클리셰로 반복된다. "아름다운 눈이에요" "착하고 다정해요" "당신은 내 눈에 제일 가는 미인" 등등. 아무리 클리셰인지 알아도 기쁜 것이 칭찬이기는 하지만, 칭찬이 개별적 의미를 가지게 되면 그 사랑은 비로소 유일성을 획득한다. 사랑하는 이의 고운 점을 매일 새롭게 발견해줘야 하는 것이 연애 초기에서는 연인의 의무가 된다.

그리하여 사람들은 마음속에 '나만을 향했던 말들의 목록'을 가지고 있다. 이 목록은 사실 알고 보면 다른 사람들과 겹치기도 할 테지만 그래도 그중에서는 나의 알맹이에 와닿았다고 느껴지는 말이 있다. 그중의 하나가 바로 "웃는 얼굴이 예뻐요"다.

"웃는 얼굴이 예뻐요"가 궁극의 칭찬 중의 하나가 될 수 있는 이유 중 하나는 이 말이 그 자체로는 아무런 외적 참조를 지니지 않을 수 있기 때문이다. 즉, 누구도 아니라고 쉽게 반박할 수 없는 칭찬이다. 아름답고, 똑똑하고, 능력 있는 사람이라는 칭찬은 외적 가치에 의해서 언제든지 기각될 수 있다. 하지만 "웃는 얼굴이 예뻐요"처럼 모든 이에게 적용되면서도 오로지 나에게만 해당되는 칭찬은 많지 않다. 웃는 얼굴은 나의 표정, 나만이 가지고 있는 자질이다. 아름다움이나 지성, 능력은 객관적 기준에 의해서 판단될 수 있지만 웃는 얼굴의 표정에는 그런 기준이 없다. 또한 공부를 잘하거나, 돈이 많거나, 얼굴이 예쁘거나 하는 특질은 시간의 흐름에 따라, 순간의 판단에 따라 언제라도 없어지거나 변화할 수 있지만 웃는 얼굴은 모두가 언제나 가질 수 있다. 웃음의 가치를 감정할 수 있는 건 호감이 바탕이 될 때만 가능하기도 하다. 혹은 웃음은 호감을 불러온다.

이 웃음에 대한 최고의 상찬은 밀란 쿤데라의 『불멸』 첫 장에 묘사되어 있다.

그렇게 우리 모두는 우리 자신의 어떤 일부를 통해서 시간을 초월하여 살기도 한다. 어쩌면 우리는 대부분의 시간을 나이 없이 살면서 어떤 이례적인 순간들에만 우리의 나이를 의식하는 것이리라.

어쨌든 그녀는 몸을 돌려 미소 띤 얼굴로 수영 선생에게 손짓을 보낸 그 순간에는 자신의 나이를 까맣게 잊고 있었다. 촌각의 공간 속에 던져진 그 손짓 덕택에, 시간에 속박당하지 않는 그녀의 매력의 정수는 스스로를 활짝 펼치면서 나를 사로잡아버렸다. 나는 이상하리만치 감동했다.

이렇게 '매력의 정수'로 표현되는 '웃음'은 누구에게나 있지만, 오로지 애정이 있는 사람만이 발견할 수 있는 것. 노래 가사에서처럼 웃는 여자는 다 이쁘고 온 세상이 아름답게 보이게 하지만, 세상의 모든 웃음은 또한 개별성을 지니고 있다. 그러니, 시간을 넘어선 순간에 우리를 살게 하는 웃음을 만나면 이렇게 얘기해야 할 것. "웃는 얼굴이 참 예뻐요" 하고.

원거리 연애는
왜 실패하는 걸까?
존재의 긴장감

그는 계속해서 자신의 삶을 응시해 줄 어떤 환상적인 눈을 필사적
으로 필요로 했기 때문에 이따금 그녀에게 긴 편지를 썼다.
　　—밀란 쿤데라, 『참을 수 없는 존재의 가벼움』 중에서

한번은 친구들과 '원거리 연애의 난점과 그 해결책'이라는 주제
로 이야기를 한 적이 있었다. 그때 나는 원거리 연애는 '존재의 긴
장감tension of existence or existential tension'을 유지하기가 어려운
데, 존재의 긴장감에서 벗어난 연애를 할 수 있는 사람은 흔치 않
고 연애의 지속을 위해서는 끊임없는 '오버'가 필요하므로 오래
가기 어려운 것이라는 결론을 내렸다.

이 '존재의 긴장감'은 타인의 존재에 대한 의식과 그 타인이 나
를 응시하고 있다는 자각에서 비롯된다. 이런 의식과 자각은 실지
로 타인이 존재하고 있으며 그가 나를 응시하고 있는가와 같은 '사

실'과 반드시 직접적인 연관을 갖고 있지는 않지만, 실제로 뭔가 손에 잡힐 수 있는 존재가 근처에 있다는 인식에 바탕하는 경우가 많고, 그로부터 현실을 만들어낸다. 그렇기 때문에 긴장감이 없는 사람에게는 뭔가 리얼리티가 결여되어 있다. 존재는 타인의 시선 하에서 만들어진다.

이 긴장감, 혹은 존재의 자극이 연애를 하고 배신을 하고, 새로운 사람을 만나고, 자신을 가꾸는 행동적 동기를 제공한다. 어떤 사람은 이 존재의 긴장감을 느끼지 않고서는 살 수가 없다. 많은 사람들이 이 감정의 짜릿함을 익히 알고 있으며, 그 감정을 유지하고 싶어한다. 이 '존재의 긴장감'을 구하는 방법은 사람의 수만큼 많으며, 형태 또한 다양하지만 소위 말하는 '재미있는 삶'에는 필수가 된다.

꼭 연애의 경험에 국한된 것은 아니지만, 긴장감이 떨어지는 예로 외국에 사는 경험을 들 수가 있다. 사람마다 다르기는 하겠지만, 외국에 사는 것은 이 '존재의 긴장감'을 느슨하게 하는 하나의 원인이 되기도 한다. '외지성(外地性, foreignness)'이라는 느낌은 존재의 이음매를 헐겁게 한다. 타인으로서의 사람들과 풍경의 존재는 그다지 강렬하지 않다. 외국은 내가 응시해야 할 대상이지 나를 응시하는 대상이 못된다. 심리적, 인지적 거리로 인해 외국인은 나와 같이 상호작용하는 존재라기보다는 풍경이나 대상의 일부로 여겨진다. 관광객이 되었을 때 경험을 생각해보라. 현지인들이 이상한 눈초리로 쳐다보는 걸 염려하면서는 관광을 하지 못한다. 그 외에도 우울한 날씨, 변함없는 시골의 정경, 패턴화된 일상의 반복은 긴장감을 확 떨어뜨린다.

물질적 예로, 추레한 옷차림으로 서울과 같은 대도시의 다운타운에 나가는 것과 시골의 장터에 나가는 것을 비교해볼 수 있다. 전자라면 심리적으로 괴롭거나 당황하게 되기도 할 것이며, (그렇게 되는 건 실제로 상상하는 것조차도 좀 괴롭다) 실제로 많은 경우 그런 일이 일어나도록 방치하게 되지도 않을 것이다. 준비의 결과야 어떻든 최소한의 긴장감을 갖고 있게 마련이니까. 하지만 외국의 시골이라면 전혀 아무렇지도 않다. 사람이 적고 배경이 화려하지 않은 곳에서는 긴장감의 수준이 바닥에 가까워진다.

결국 존재가 긴장될 때는 누군가 나를 응시하고 있다는 인식이 느껴질 때이다. 사람들이 흔히 '애인이 생기면 풀어진다'고 말하는 것도 이 시선을 요구하는 정도가 사람마다 다르기 때문이다. 고정적 상대가 없는 싱글일 때는 불특정 다수의 시선에 노출되고 여기에 미래의 잠재적 관계가 들어 있다. 애인의 시선으로 자기의 존재를 인식할 수 있는 사람은 타인에게 무관심해질 수도 있다. 시선을 인식하고 긴장감을 느낀다는 것은 귀찮은 일이기도 하고 그에 따르는 노력을 요구하는 일이기도 하지만 자신이 존재하고 있다는 확실한 느낌을 준다. 흔히 예쁘게 차려입는 사람들의 습성에 대해 타인에게 보여주기 위해서라고 하는데, 이 말은 맞고도 틀리다. 항상 긴장을 늦추지 않는 사람들은 타인의 시선에 의해서 건설되는 자기 인식을 원한다. 특정 신체 부위에 집중되는 노골적 시선 때문만은 아니다.

다시 원래의 화제로 돌아와서 긴장감과 관객의 관계를 이해하면

원거리 연애가 잘되지 않는 이유도 깨닫게 된다. 원거리 연애는 아무리 전화와 메일로 서로의 존재를 확인한다고 해도 결국 끊임없는 시선이 부재하는 관계다. 존재의 긴장감을 필요로 하는 정도는 사람에 따라 다르다. 그렇지만 아무리 최소한이라도 누구든 필요로 한다. 누구나 자기 자신을 자각하고 다시 한번 긴장하는 느낌을 즐긴다. 사람을 만나는 것, 경험을 하는 것에서 존재의 긴장감은 얻어진다. 그 사람과의 경험이 새로울수록 긴장감은 더 커진다. 존재의 긴장감을 많이 요구하는 사람은 원거리 연애에서 성공하기 어렵다. 자기가 인식되고 있다는 느낌이 사라졌을 때의 공허를 참지 못한다. 참아낼 수 없는 사람은 결국 가까운 곳에서 관계를 찾아나서는 편이 자기에게 더 맞는다는 걸 깨닫게 된다. 아니면 멀리 떨어져 있어도 서로를 계속 응시할 수 있는 방법들을 찾아나선다.

연애는 이 긴장감의 필요가 같거나 그 진도가 유사한 사람들 사이에서 이루어지는 것이다. 이런 긴장감에의 압박이 큰 사람들은 중독자처럼 새로운 자극을 찾아다닌다. 상대를 계속 바꾸거나 연애를 오래 지속하지 못하는 사람들 중에 이런 경우가 많다. 존재의 긴장감은 연애의 초기에 가장 강하기 때문이다. 하지만 인간으로서의 최소한의 기율을 위해서 역시 최소한의 긴장감은 있어야 한다. 원하는 수준의 긴장감을 얻는 것, 쉬운 일이 아니다. 결국 자신의 긴장감에의 욕구를 이해하고 인정하는 것이 성숙한 관계의 첫걸음이 될 것이다. 이런 욕구를 부인하는 많은 사람들이 거짓말쟁이가 되거나 남을 상처입히게 된다.

가장 이상적인 의미의 긴장감을 얻기 위해서는 '응시하는 타자'

를 신과 같은 초자연적 존재, 그러나 항상 어디에나 산재해 있는 존재에 두거나 자신과 함께 있을 수 있는 내적 규율에 두는 편이 옳을 것이다. 그렇다면 긴장감의 부재에 괴로워하거나, 실제로 부재하는 일을 겪지도 않게 될 테니. 그러나 인간은 외적으로 정의되는 존재의 부분을 떼어낼 수는 없는 것이다.

• 존재의 긴장감이 특수화된 것으로 성적 긴장감sexual tension이라는 게 있기는 한데, 이는 존재의 긴장감보다도 훨씬 미묘하게 느껴진다. 하지만 존재의 긴장감과 성적 긴장감이 공존하고 있어야, 애정 관계가 이루어지는 듯싶다.

• 인터넷에서 많은 사람이 볼 수 있는 글을 쓰는 것 또한 '존재의 긴장감'의 체험을 만들어준다는 면에서, 앞다투어 미니홈페이지나 블로그를 하는 것도 이해할 수 있을 듯.

눈에서 멀어지면
마음도 멀어진다

거기 몇 시죠?

여기, 거기, 지금, 그때와 같은 말들을 가리키는 표현인 지사(指詞, indexicals)에 대한 글을 읽으면서 그런 생각을 했다. 우리가 같은 공간, 같은 시간을 사는 것 같아도 나의 여기는 너의 여기와 다르고, 나의 지금은 너의 지금과 다르다. 그렇게 타인과 타인 사이에는 필연적인 거리가 있다. 아무도 나와 같은 지점에 살고 있지 않다. 실례로 우리는 같은 공간 안에서 이렇게 만났지만, 내가 글을 쓰고 있는 지금과 글을 읽는 지금은 다르다. 내가 있다고 느끼는 여기와 이 책 안에서 내가 존재하고 있는 여기는 다르다.

실존주의적으로 말하지 않더라도 인간이 존재하고 있다고 느낄 수 있는 것은 시간과 공간을 홀로 느끼기 때문이다. 시간과 공간을 자기 혼자서 느낄 수 있는 사람만이 개체로서 설 수 있다. 그러나 그로 인해 사람은 고독해진다. 누구도 나와 시공간을 함께 할 수 없다는 생각은 아무와도 연결이 되지 않은 채로 혼자라고 느끼게 한다. 그래서 우리는 소통을 원한다. 누군가 나와 함께 시간과 공간을 함께 해줄 것을 원한다. 그리고 시간과 공간 감각을 공유할 수 있는 그 하나의 대상을 사랑하게 된다.

연인이 함께 있지 않아도, 끊임없이 전화나 메일로 자신의 감각을 전달하는 것은 그렇게 시간과 공간을 함께 할 수 있다고 믿기 때문이다. 'Out of Sight, Out of Mind' 가 많은 연인들 사이에 일어나는 것은 대상이 멀리 있어서 만지거나 볼 수 없기 때문만이 아니라, 시간과 공간을 함께 할 수 없기 때문이다. 공간이 멀어지면 시차가 발생하는 법. 따라서 공간과 시간은 연결되어 있고 멀리 떨어져 있는 사람들은 똑같은 시간 안에 있지 않다. 그리고 누구나 알다시피 시간은 되돌릴 수가 없다. 멀어진 시간은 환원될 수 없다.

신카이 마코토의 애니메이션 〈별의 목소리 ほしのこえ〉는 이런 비극을 내포하고 있다. 2047년 지구는 우주 전쟁중이다. 지구 연합군이 되어 리시테아 함대를 타고 태양계 외곽으로 떠나야 하는 열다섯 살의 미카코. 그리고 지구에 남아 고등학생으로 진학하는 노보루. 그들은 휴대 전화의 메일을 통해 서로 연락을 주고받지만 리시테아 함이 공간이동을 거듭함에 따라 그들의 시간과 공간은 점점 멀어진다. 며칠, 몇 달, 몇 년. 결국 여전히 15세인 미카코가 보내는 메일은 8년 6개월 뒤, 24세가 된 노보루에게 도착한다. 시간과 공간을 건너 도착한 메일은 점점 그 간격이 멀어진다. 그래도 미카코는 마지막 메일에서 함께 느끼고 싶다고, "우리는 굉장히 멀리 떨어져 있지만, 마음만은 시간과 거리를 초월할 수 있을지도 모른다"고, "나는 여기에 있어" 라고 말한다.

너는 지금
어디에 있니?

이전에 만나던 이의 속마음을 잘 알 수가 없어서 그를 잊기가 쉽지 않다고 하는 친구에게 나는 물었다. 그가 네가 살고 있는 시간을 알고 있느냐고. 그가 한 번이라도 "거기는 몇 시니?" 대신에 "지금은 밤 한 시 반이겠구나"라고 말한 적이 있느냐고. 자기가 살고 있는 '지금' 뿐 아니라 너의 '지금'을 기억해준 적이 있느냐고. 가까운 사람들도 기억해주기란 쉽지 않다. 자신의 시간과 공간을 떨치는 것은 어려운 일이다. 오로지 소통에 대한 강렬한 의지가 있는 사람에게만 가능한 것이다. 친구는 "없다"고 말했고 나는 "그 사람은 너와 소통할 의지가 없던 것이니 잊어도 좋다"고 말해주었다. 안타까운 것은 그 친구에게도 기억해주는 사람이 있었다는 것이다. 오로지 자신의 '지금'을 상대의 '지금'으로 대해준 사람이.

근원적으로 관계에 대한 의지는 나의 시간과 공간이 내 감각만으로 이루어진 것이며 혼자 살아야 한다는 고독에서 비롯되는 것이다. 그렇지만 그런 고독을 떨치기 위해 '나의 지금, 나의 여기'로 누군가 와주기를 바라는 것은 불완전하다. 우리가 만나는 곳은 '나의 지금, 나의 여기'를 넘어서고 '너의 지금, 너의 여기'를 넘어선 또 다른 세계. 정신만으로 만날 수 있는 다른 세계. 그곳에서는 아무도 "거기 몇 시죠?"라고 묻지 않는다.

사랑은 미안하다고
하지 않는 거예요

사랑은 미안하다고 말할 필요가 있는 것

　나는 비교적 남에게 폐 끼치는 걸 싫어하는 편이라고 자기 정의를 하고 있지만, 실은 가까운 사람에게는 종종, 그것도 다양한 방식으로 폐를 끼치는 일종의 '민폐쟁이'다. 내가 민폐를 끼치는 방식 중의 하나는 "미안해"라는 말을 할 때까지 사소한 일로 집요하게 상대를 괴롭히는 것. 왜 내가 전화한 줄 알면서 빨리 전화하지 않는 거야? 일정이 바뀌었는데 왜 말하지 않은 거야? 왜 어디 가는지 말하지 않아서 궁금하게 하는 거야? 어떤 사람은 쉽게 미안하다고 하고, 어떤 사람은 절대 말하지 않는다. 사실 아무도 잘못하지 않았으니까 사과할 필요는 없는 일이다. "미안해"라는 말은 사람의 성격이나 습성에 크게 좌우된다. 같은 상황에서도 어떤 사람은 사과하고, 어떤 이는 하지 않는다. 모든 일이 다 그렇지만, 항상 개인차라는 것이 존재한다. 관계차라는 것 또한 존재한다. 즉, 똑같은 일도 어떤 사람에게는 미안하고, 어떤 사람에게는 미안하지 않다.

세어보지는 않았지만, 연인 관계에서 "사랑해"보다 "미안해"가 더 빈번하게 등장하는 말이 아닐까 싶다. 쑥스러워서 하지 못하는 "사랑해" 대신 "미안해"를 말할 수 있는 관계가 연인 사이다. 일주일에 하루 전화를 빼먹는다고 해서 보통 관계에서는 절대 미안하지 않다. 말 안하고 사라졌다고 해서 사과할 까닭이 없다. 하지만 일일이 다 충족시킬 수 없는 기대가 많고 그로 인해 사과할 일이 많아지는 관계가 있다.

영화 〈러브 스토리〉의 유명한 대사 "사랑은 미안하다고 하지 않는 거예요 Love means never having to say you're sorry"는 용서와 관용이 밑바닥에 흐르는 사랑의 정수를 보여주는 말로 꼽히고 있다. 모든 말은 양가적이지만, 이 말은 잘 뜯어보면 더욱 묘하다. 소설 속에서 제니가 이 말을 하게 되는 상황은 이렇다. 올리버는 이태리계 빵집 주인 딸 제니와 결혼하면서 재벌가인 자기 가족과 절연을 하게 된다. 시간이 지나자 올리버의 아버지는 화해의 손짓을 보내지만, 그는 완강하게 거절을 한다. 가족간의 따뜻한 정을 잘 알고 있는 제니는 올리버의 마음을 돌리려고 하지만, 올리버의 고집 때문에 두 사람은 싸우게 되고, 집을 뛰쳐나가는 제니. 제니를 찾으러 나간 올리버, 울고 있는 제니를 발견하고서는 "미안해 I'm sorry"라고 말한다. 그러자 그때 제니가 바로 이 말을 하는 것. "사랑은 미안하다고 하지 않는 거예요."

제니의 이런 말은 '비단결같이 곱고 너그러우며, 이해하는 사랑의 정신을 표상하고 있다'고 하자. 그러나 연애 심리학의 관점에서 보면 저렇게 자기 성질 다 부린 다음에 사과도 안하는 남자랑 살 수 있겠나? 이건 일종의 생활 예절과 관련된 인성의 문제라고 역설할 연애 상담자들도 있을 것이다. 물론 이런저런 점을 감안하고 이해한다고 해도, 사랑은 미안하다고 할 필요가 없는 것이지만, 잘못한 사람은 "미안해"라고 하는 편이 좋다. 즉, 이 말에는 번역상의 오묘한 차이가 내포되어 있다. '~하지 않는 것'은 단정이지만 '~할 필요가 없다'에는 '해도 되지만 필요는 없다'라는 의미가 들어 있다. 할 필요가 없다고 말한 것은 말 안해도 미안해하는지 알기 때문일 수도 있고, 군이 사과를 하는 격식이 필요 없다는 의미이기도 하다. 하지만 이건 이해심을 보여주는 수용자의 입장이다. 잘못을 한 사람은 "미안해"라고 말할 필요가 있다. 사소한 일에도 미안해지는 게 사랑이기 때문이다.

반대 입장에서 "미안해"를 얻어내고자 하는 마음에는 사랑하는 사람의 마음을 컨트롤하려는 의지 약간에 애정도를 테스트해보고 싶은 심리 조금이 혼합되어 있다. '이런 작은 일에도 내게 미안해할까? 그렇다면 이 사람은 나를 좋아하는 거야.' 이런 심리는 전혀 근거 없는 건 아닌데, 예를 들어 '매일매일 전화하는 걸 빼먹다니 나에게 소홀해진 것이다'라는 추정은 오로지 연인이 서로에게 신경을 쓰고 있다는 전제하에서만 성립하게 되니 말이다. 나는 설탕 둘만 넣는 커피를 좋아하는데, 상대가 알면서도 일부러 설탕 하나에 크림 하나를 넣는다면 불화가 있거나 불만이 있다는 표시인 것처럼. 이제 더이상 그런 일에 미안해하지 않는다는 건 익숙해져서 무뎌졌거나 마음이 멀어진 탓이라고 민감한 연인은 주장한다.

이 모든걸 용서해주진
않는다구

제니 카발레리의 너그러운 마음으로 말하자면, 이런 테스트가 다 내적 타당도를 지니는 건 아니다. 처음에 말한 것처럼 개인차도 있고, 관계에 따라 "미안해" 없이도 사랑이 변하지 않는 관계도 어딘가에는 있으니. 또 사소한 일에 매일매일 미안해하면서 살려면 꽤나 피곤할 거다. 그러니 "미안해"를 말하게 할 상황을 만들어놓고 말하는지 아닌지 시험한다고 크게 얻을 건 없다. 하지만 잡지의 심리테스트를 만드시는 연애 전문가들의 심기를 거스르지 않고 그들의 말을 긍정하자면, 사소한 일에 사과를 하는 건 신경 쓰고 있다는 뜻이다. 큰 잘못에 사과를 하는 건 말할 것도 없고.

그러니 사랑은 미안하다고 말할 필요가 있다(안 미안한데 거짓말을 하라는 건 아니지만, 잘 생각해보면 미안한 점이 있을 거다). 그리고 "미안해요"라고 말해야, 상대방이 "사랑은 미안하다고 할 필요가 없는 거예요"라고 짐짓 말할 수 있는 기회가 생기지 않나.

두 사람을 동시에
사랑할 수 있을까?

두 다리로는 땅을 굳건히 딛어

한 6년 만에 만난 H, 그가 한 얘기 중에 가장 인상적이었던 것은 '대부분의 사람들은 양다리를 걸치는 인간의 심리에 대해 너무도 무지하다'는 것이었다. 그의 말에 어느 정도 동의한다. 많은 사람들의 생각과 달리, 양다리를 걸치는 상황은 의도적으로 조성되는 것은 아니란 얘기다. 하지만 이 문제뿐만 아니라, 우리가 인간의 모든 행동에서, 일반적 인식과는 달리, 의도를 추정한다는 것이 가능하기나 한가? 어떤 사람이 자신의 의도를 명확히 할 수 있겠는가? 게다가 본질적으로 두 사람 사이에서 망설이는, 모호한 생각이 뭉게뭉게 솟아오르는 '양다리 상황'에서 명확한 의도가 존재한다는 것 자체가 모순적인 일이다.

그러나 실제의 많은 경우, 이 의도의 유무는 양다리 걸친 사람에 대해서 면죄부를 내려줄 것인가 아닌가 하는 조건이 된다. 〈내 이름은 김삼순〉 후반부는 '잘생기고, 재벌이며, 바람둥이가 아니지만

한 여자를 좋아하면서도 다른 여자에게 연민을 느껴서 양다리 걸치는 남자'에 대해서 우리가 얼마나 관대해질 수 있는지를 시험하고 있다. 하지만 우리의 똘레랑스가 그러한 세속적인 조건에 좌지우지된다는 것은 로맨스 판타지의 세계에서는 있을 수 없는 일이므로 거기에는 '의도'라는 게 존재한다. 의도적으로 삼순이를 속인 옛 애인, 그리고 계속 의도적으로 거짓말을 하려고 하는 그에 비해서, 우리의 남주인공은 '어쩔 수 없이' 현재 애인에게 거짓말을 하고, '자기도 모르게' 삼순이를 생각하고 불러내곤 한다. 그리고 자신의 마음에 대해서도 부인하려고 한다. 주인공과 나쁜 놈의 차이는 그저 '의도'가 있는가 없는가에 의해서 결정되는 것이다.

한 사람이 두 명 이상의 연인을 동시에 만나는 행태에 대한 비난은 모든 연애 관계가 배타적이라는 원초적 신념에 기인한다. 가끔 단순한 성적 관계에서뿐만 아니라 제도적인 일처다부, 일부다처, 혹은 다처다부제까지를 진정으로 꿈꾸는 사람이 없지는 않지만 진화심리적으로든 뭐든 간에 사람들은 일대일의 관계를 기본값으로 삼게 되었다. 그런데 대외적으로 표방하는 이런 기본값과는 달리, 흉곽 밑 우리의 가슴속에서는 일대다, 다대일의 관계가 일생에서도 수십 번씩 오고 가고 있다는 것은 공공연한 비밀이다. 〈글루미 선데이〉나 〈쥘 앤 짐〉과 같은 영화를 보고 고개를 살며시 끄덕거렸던 사람들이라면 알고 있다. 『아내가 결혼했다』처럼 아예 형식적으로 실천하는 사람들도 어딘가에는 있을 것이다. '두 사람을 동시에 사랑할 수 있을까?'라는 질문은 금기를 깨는 모호한 두려움과 더불어 상당히 매력적인 울림을 갖는다.

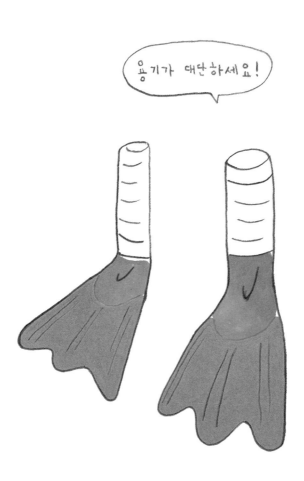

하지만 나는 실제로 이 상황을 설명하는 데 있어서 '의도'나 '원형'은 크게 도움이 안 된다고 생각한다. 원래 두 사람을 사랑하려는 '의도'가 없는데 그렇게 되어버렸다고 해서, '원형적인 욕망'에 의해서 여러 사람을 사랑하게 되어버렸다고 해서 그런 행동을 아무런 거부감 없이 받아들이기 힘든 건 양다리가 곧 신뢰의 배신이기 때문만은 아니다. 양다리를 걸치게 됨으로써 발생되는 필연적인 상황, 각각의 사람에게 일대일의 관계에 몰두하고 있다는 착각을 주고 있는 데에도 문제가 있다.

결국 선택할 수 있는 가능성, 옵션이 많다는 것은 불평등을 초래한다. 양다리는 불평등의 상황을 즐기는 것이다(솔직히 모든 사람이 다대다 관계를 수용하고 있다면, 양다리라는 것이 크게 문제가 될 수 있을까 하는 생각도 든다. 물론 다른 차원에서 문제가 생길 수도 있겠지만). 들키기 전까지는 자신이 선택할 수 있는 가능성을 향유한다. 상대방을 속여서 무지의 상태에 놓아두는 것, 혹은 상대방이 발견했다고 해도 선택할 수 없는 불능의 상태에 놓아두는 것이 양다리다. 상대방을 오해의 상태에 계속 놔두는 한, 갈등하고 고민하고 괴롭기야 하겠지만 양다리를 걸치는 자는 덜 불평등한 자다.

H는 양다리의 원인을 애정결핍에서 찾기도 했다. 그 의견을 받아들인다면, 양다리를 걸치는 이는 사랑을 더 필요로 하는 사람이다. 우리들은 그들을 동정하고 이해하고 사랑해줄 수도 있다. 사랑에 약한 게 사람이니까. 하지만 다리는 한 짝씩 걸치라고 두 개가 있는 게 아니라, 두 다리로 굳건히 땅을 딛으라고 있는 것이다. 사람은 스스로의 무게뿐 아니라, 상대방의 무게까지 지탱해야 하기

때문이다. 다리를 한 짝씩 걸치다 보면 좀 편하기야 하겠지만 상대방이 각성한 후 떠나버리면 쓰러지지 않겠는가. 그러니 양다리를 걸치는 사람을 비난하지 않는다고 해도 두 다리로 한 자리에 굳건히 서 있는 사람을 칭찬해줄 수는 있다. 원형이든 뭐든 욕망을 조절할 줄 알기 때문에, 결핍에 지지 않기 때문에, 평등을 실현하기 때문에, 무게를 받아들일 줄 알기 때문에.

스토커와
구애자의 차이는?
연애의 목적과 해석의 변환

이 영화를 본 사람들은 누구나 교생인 최홍(강혜정 분)이 담당 교사 이유림(박해일 분)을 성추행으로 고발하던 장면에 대해서 이야기를 나누게 될 것이다. 나는 이 영화를 외국인 친구 E 그리고 L과 함께 보았는데, 영화를 보고 나오면서 이 장면에 대해서 모두 함께 참았던 이야기를 쏟아냈다. 그 장면은 영화의 모호한 방향을 판단하는 기점이 된다. 근본적으로 사람과 관계에 대해 선의를 갖고 있는 E는 안타깝다는 듯 이렇게 물었다. "그 여자의 말이 모두 사실이긴 하지만, 여자도 남자를 좋아한 것 아냐?" 나는 최홍이 이유림을 고발함으로써 두 사람은 동등하게 희생자의 입장에서 시작할 수 있게 된다고 응수하긴 했지만 사실 이도 참 도식적인 답이기는 하다. 뭐, 방향이 어느 쪽이건 간에 나는 영화 자체보다 이 부분의 해석적 함의가 아주 흥미로웠다.

이 영화에서는 남자의 심리변화보다 여자의 심리변화가 더 극적인데, 이러한 변화를 몇 가지 지점에서 확인할 수 있다. 먼저, 수학여행에서 남자가 먼저 집적거린 것은 사실이지만 여자는 그의 머리칼을 쓰다듬어주는 것으로 어느 정도 수용가능성을 보여주었다. 그런데 바로 직후, 남자가 선을 넘어 여자를 반강제로 범한다. 며칠이 지난 뒤 사과를 빙자하여 들어간 모텔에서 두 남녀는 서로의 합의하에 정사를 벌인다. 그런데 모텔을 나오다가 남자는 여자들을 정숙한 여자와 문란한 여자로 나누는 이분법을 제시하여 (대부분) 여자들의 심기를 거스를 말을 하고 여자는 "오늘은 당신이 나를 강간한 것!"이라는 말을 하고 떠난다. 다시 남자는 사과를 빙자하여 출근하지 않는 여자의 집에 찾아가서 억지로 끌어낸 다음, 열쇠를 빼앗아들고 집으로 무작정 밀고 들어간다. 거기서 남자는 여자의 상처를 발견하고 두 사람은 그 상처를 감싸 안으며 다시 이어진다. 그후, 두 사람은 거의 반연인 같은 태도로 학교에서 밀회를 갖고, 여자는 남자에게 점점 마음이 기운다. 그런데 둘의 관계가 결국 공개되면서 남자는 두 사람의 사이를 감추기 위해 패착을 거듭하고, 결국 교육청에서 나온 장학사들에게 감사를 받는 자리에서 남자는 '별 사이 아니었음'을 강조한다. 장학사들이 남자를 위로해주며 일을 대충 마무리하며 떠나려고 할 때에, 외롭게 덩그러니 앉아 있던 여자가 벌떡 일어나서 '저 남자가 자기 권력을 이용해서 자신을 성추행한 것'이라고 고발한다. 결국 남자는 학교에서 해고당하고 시간이 흐른 뒤 겨울, 학원 강사자리를 전전하게 된 남자에게 여자가 다시 찾아간다.

'그렇다면 이 여자의 의도는 무엇인가' 라는 질문을 하는 게 당연하다. 단순무식하게 잠이나 한번 자자고 들이대는 남자와 달리, 상처를 가진 여자의 심리는 꽤나 복잡하다. 게다가, '이 두 사람의 관계가 과연 폭력적 사건의 연속이었나' 하는 질문도 많은 사람들이 할 법하다. 이 모든 질문의 해답은 바로 한 박자 뒤에 정리가 된다. 연애 관계에서 사회적 맥락을 철저히 제거하고 관계에만 집중해서 보면 그 안에서 일어나는 사건에는 본질이 없고, 해석만이 남는다. 연애는 오로지 계속 변화하는 감정으로 이루어진 사건이기 때문이다. 따라서 연애 사건 당시에는 해석할 수가 없다. 수학여행 사건에서, 처음에는 남자가 접근했고, 후에는 여자가 받아주었다. 그 다음에 일어난 사건에서 여자는 거절 의사를 밝혔지만, 남자는 어느새 슬쩍 폭력적으로 넘어가버렸다. 이 사건이 성폭행이냐고 묻는다면, 그렇다고 대답할 수 있다. 그런데 그후에 여자 또한 남자와의 관계가 그렇게 싫지 않았던 것을 모텔의 관계에서 보여준다. 그렇다면 이후의 사건이 이전의 사건에 영향을 미쳐 이전의 사건은 성폭행이 아닌 게 되어버린다. 그런데 모텔 사건 직후 남자의 무신경한 말로 남자가 단지 성적 관계에만 욕망을 품고 있었다는 사실이 드러나고, 따라서 이 모든 사건은 다시 폭력으로 환원된다. 두 사람의 관계는 계속 이러한 해석의 재전환을 반복하면서 진행된다. 그리하여 클라이맥스의 사건이 다가왔을 때, 여자의 진술은 진실로 남는다. 두 사람의 관계가 아무것도 아니었고 단지 조금 관심을 가지고 있는 정도라고 타인들 앞에서 공언하면서, 남자는 두 사람의 사건들을 다시 폭력으로 만든 것이다. 여자가 남자의 감정을 그 정도로 추산했다면, 후에라도 관계를 받아들이지 않았을 것이고 남자의 행위는 사기와 폭력이 되니, 여자의 고발은 정당하다.

내가 흥미롭다고 한 점은 여기에 있다. 결국 연애의 핵심은 상대의 감정을 매 시점에서 항상 고려하는 것이다. 연애의 많은 오류가 '사랑이 어떻게 변하니?' 라고 묻는 순진함, 혹은 변화를 용납하지 않는 폭력성에서 기인한다. 물론 우리가 관계에서 오는 규약과 의무를 쉽게 저버릴 수 없다는 것은 사회적 약속이지만, 연애는 관계와 감정 두 가지 면에 동시에 뿌리박고 있다. 관계에는 수반되는 의무가 있기는 하지만, 결국 관계보다 감정이 우선하게 된다. 관계로서 사랑, 연애는 바꾸는 데 어려움이 있지만, (최홍과 이유림이 각각의 약혼자와의 관계를 저버리기가 쉽지 않은 것처럼) 감정은 시시각각 변한다. 따라서 정의되지 않은 관계 속에서의 감정은 더욱 말할 것도 없다. 감정이 변하면, 그 모든 사회적 부산물에서 오는 강제를 무릅쓰고라도 관계는 변하게 된다. 이 점을 연애 상대자들은 언제나 감수하게 된다. 그런데 이유림처럼 자기 감정, 자기 욕망, 자기 관계에만 집착하면 반칙이다. 그는 감정을 고정체로 본 것은 물론, 관계조차 고정체로 보는 오류를 범했다. 만물유전이 세상에 적용되는 법칙임을 이해하지 못하는 사람들은 언제나 폭력적이고 무례하다. 상대방의 감정을 고려하지 않을 때, 정의되지 않은 관계는 폭력으로 변한다. 결국 그가 폭력 가해자가 되지 않는 것은 상대가 구원을 해줄 때뿐이다.

요사이 나는 스토커에 시달리는 사람들을 많이 보았다. 내가 볼 때 피해자들은 다 괜찮은 사람들이다. 그 사람들은 그런 일을 당할 만큼 나쁜 일을 하지 않았다. 그 사람들에게 잘못이 있다면, 애초에 해석의 재전환을 이해하지 못하는 사람을 알게 된 것뿐이다. 스토커 중에는 생면부지의 타인을 괴롭히는 유형도 있지만, 좋은 관계에서 시작해서 혼자 엇나가는 경우도 많다. 그러니까, 그들은 감정이 변했다거나 관계가 바뀌었다는 사실을 이해하지 못하는 것이다. 호의가 무관심으로, 혹은 혐오로도 바뀔 수 있는데, '이전에는 내게 호의가 있었잖아'로 무작정 밀고 나간다. 설사 두 사람이 오래 전에 연인 사이였다고 해도, 헤어짐을 선포한 후에도 그를 인정하지 않고 상대의 뒤를 줄기차게 쫓는 사람이 있다면 그를 스토커라고 할 수 있다. 이 스토커 유형의 가엾은 점은 감정이 바뀌면 똑같은 행동이 새롭게 정의된다는 것을 모른다는 것이다. 연인이었을 때 낭만적인 행동들—집 앞에서 무작정 기다리기, 밤에 전화하기, 예기치 않은 선물 보내기—은 연인 관계가 해소된 후거나 성립하지 않는 경우에는 혐오스러운 행동들로 바뀐다. 이런 해석틀의 전환을 절대 이해 못하는 사람, 상대방 감정의 흐름을 상시 확인하지 않고 이전의 감정에서 헤어나오지 않는 사람들은 낭만적인 게 아니라 구제불능이다. 나는 그래서 최홍을 스토커로 규정한 그녀의 전 남자 친구도 아주 오류를 범하고 있는 건 아니라고 생각한다. 그는 관계의 의무를 지려 하지 않는 나쁜 인간이지만, 이후의 상황에서 최홍이 스토커인 것도 맞다.

이 영화를 보고 난 다음에 사람들은 저마다 다른 연애의 목적에 대해서 생각해야만 할 듯한 느낌을 받을 수도 있다. 나는 목적에는 관심이 없다. 연애는 연애지 무슨 목적인가. 다만 연애를 시작하는

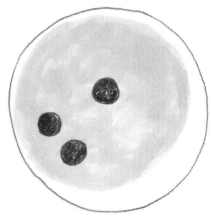

이번 엔
네 차례야

사람들은 언제나 자신의 연애가 다른 해석으로 변환할 수 있다는 사실을 각오해야 한다. 모든 난관을 초월한 낭만적인 로맨스가 불륜으로 끝나기도 하고, 무덤덤한 관계가 운명적 만남이 되기도 한다. 따라서, 항상 상대의 감정과 관계를 상호적으로 정의하는 것, 같은 해석을 공유하는 것, 이게 바로 연애의 방식이 된다. 지금 사랑한다고 해서 후에 폭력가해자가 되지 말라는 법은 없으니, 상대가 'No'라고 말하면 잠재적 'Yes'라는 의심이 든다고 해도 액면 그대로 받아들여야 함은 물론이다. 해석의 재료는 심증이 아니라, 증언이다. 또 열심히 밀고 가면 해석이 바뀔 수도 있으니, 지금은 아니라도 언젠가 바뀌겠거니 믿는 것은 상당히 낙천적인 기대지만 경찰서에 가는 지름길이기도 하다. 해석은 변하기 마련이니, 항상 최악을 대비하는 염세주의자의 자세가 점잖은 것이라고 영화 〈연애의 목적〉은 보여준다. 물론 좀 재미는 없겠지만. 재미를 원한다면, 해석의 가변성을 받아들이든가.

그 사람만 없어지면

질투여, 푸른 눈의 괴물이여!

오, 장군, 질투를 주의하십시오.

질투란 자신이 좀 먹고 있는 살을 비웃는

푸른 눈의 괴물인 것을.

—셰익스피어, 「오델로」 3막 3장 중에서

우리 주변에서 흔히 볼 수 있는 모든 캔디의 이야기에는 항상 빠질 수 없는 조연, 이라이자가 있다. 괴로워도 슬퍼도 안 울고 씩씩하게 살아가는 평범한 캔디 곁에는 결혼상담소 채점표 기준 100점 만점에 가까운 실장님형 테리우스가 있는데 이 캔디와 테리우스를 항상 이간질하고 방해하며 캔디를 지옥불에 떨어뜨리고 싶어할 만큼 미워하는 이라이자가 그들 주변을 맴돌고 있다.

나는 이런 TV 드라마를 볼 때마다 이 이라이자들의 열성과 의지에 참 감복하고는 했다. 음모를 꾸미는 것도 노력이 드는 일, 게다

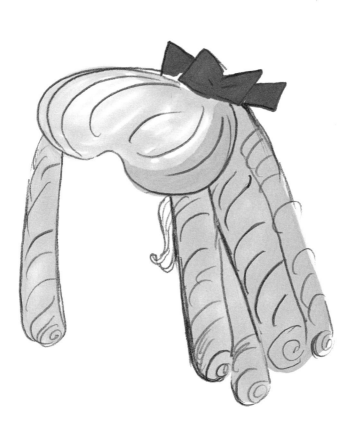

가 신념이 있어야 이 모든 고난의 일들을 해결해낼 수 있다. 드라마의 단순한 이라이자들이 기본적으로 갖고 있는 전제는 캔디만 없어지면 테리우스가 자신을 돌아봐줄 거라는 근거 없는 믿음을 가지고 있다는 것이다. 그러니 그들은 캔디를 제거하기 위해 열심히 일을 꾸민다. 모함을 하거나, 도둑으로 몰거나 하면서. 그 노력과 머리로 공부를 했으면 고시에도 합격했을 것만 같다.

물론 현실의 이라이자들은 실제로는 이렇게 단순한 믿음을 가지고 있지는 않다. 그들은 단지 질투하는 자들이다. 그들은 음모를 꾸미거나 하지는 않지만 자기가 사랑하는 대상이 자신을 돌아봐주지 않고, 다른 사람들을 돌아볼 때 미움을 갖는다. 내가 갖고 싶은 사람을 대신 가지고 있는 사람에 대해 느끼는 미움을 질투라고 부른다.

질투는 내가 가고 싶었던 곳에 갈 수 있도록 선택된 사람들에게 느끼는 감정이다. 질투가 다른 여러 감정들과 구분되는 지점은 질투를 야기한 대상, 즉 여러 가능성 중에서 자기를 선택하지 않아서 비참하게 만든 바로 그 사람을 향한다기보다는 그가 선택한 다른 대상에게 미움을 갖는다는 점이다. 이 질투 받고 있는 대상은 내게 아무런 일도 하지 않았다. 그렇지만 그는 나 대신 선택받았다. 그 사람이 없었더라면, 내가 대신 선택받을 수 있었다는 확증은 어디에도 없다. 드라마에서처럼 그 사람이 나와의 약혼식장에서 뛰쳐나가 다른 이를 선택하는 비극을 겪은 것도 아니다. 하지만 우리는 질투한다. 내게 직접적인 해를 주지 않았지만, 존재로서 내게 상대적 비참함을 안겨준 사람을 미워한다. 사랑하는 사람이 나를 비참하게 만들었다고 해서 그를 미워할 수는 없기 때문이다. 미워하면서도 사랑하기 때문이다. 따라서 나를 초라하게 만든 사람에 대한 분노를 돌릴 대상이 필요하게 된다. (그런 의미에서 오델로의 질투는 오히려 순전하다. 그는 캐시오를 미워했지만 결국 그 미움은 데스데모나에게로 도달한다. 그는 사실 자기를 비참하게 만드는 이가 자기가 사랑하는 이라는 걸 알았다.) 결국 순전하지 않은 질투는 사랑하는 사람을 저 위에 놓고 그를 향해 경쟁하게 되는 동류에 대한 지위 불안이 된다.

그러니 '너만 없어지면' 이라는 이야기가 만들어지게 된다. 질투하는 자들을 격려하지는 않겠지만, 그들 행동의 바탕에 대해서는 누구나 어느 정도는 이해하고 있다. 선택받지 않은 자의 불안, 살면서 한 번 이상 겪게 되는 일이다. 사랑하지 않는다면 불안도 없고, 불안이 없다면 질투도 없을 텐데, 어느 쪽을 동정해야 할지 모르겠다. 질투를 받아서 영문도 모르고 고난을 겪는 쪽, 질투를 하면서 괴로워하는 쪽. 하지만 그 사람이 없어진다고 해도 질투는 사라지지 않는다. 결국 질투는 사랑을 하고 있는 사람, 갖고 싶은 게 있는 사람의 불안이 만들어낸 괴물일 뿐이므로.

알뜰한 당신 ● 내게는 알뜰히 사랑하던 젊은이가 있어

로몬드의 고운 호숫가
Bonnie Banks of Lochlomond

저 멀리 고운 호숫가와 고운 언덕
It's yon bonny banks and yon bonny braes,

햇빛이 환히 곱게 내리쬐는 곳
Where the sun shines bright and bonny,

나와 내 사랑이 산책 나가 내려다보던
Where I and my true love went out for to gaze,

곱디고운 로몬드의 호숫가
On the bonny, bonny banks of Lochlomond .

당신은 윗길로, 나는 아랫길로
It's you'll take the high road and I'll take the low,

그러면 내가 당신보다 먼저 스코틀랜드에 가 있을 거야
And I'll be in Scotland before you,

하지만 나와 내 사랑, 다시는 보지 못하리
For I and my true love shall never meet again

곱디고운 로몬드의 호숫가에선
On the bonny, bonny banks of Lochlomond.

고생길이 훤해서도 아니야
It's not for the hardship that I must endure,

로몬드 호수를 떠나야 해서도 아냐
Nor the leaving of Lochlomond,

친구들을 모두 두고 떠나야 하기에
But it's for the leaving of my comrades all,

내가 알뜰히 사랑하는 젊은이를 두고 떠나야 하기 때문에
And for the bonny lad I love so dearly.

—1880~1900년대에 널리 불렸다고 전해지는 스코틀랜드 민요에서

아주 오래 전, 공부를 잠깐 쉬면서 일을 할 때였다. 나중에는 잡다한 사무일로 바빴고, 결국에는 흐지부지 끝나버렸지만, 처음에는 참 편하고 조용한 일이었다. 그 사무실은 영어교재를 만들겠다는 계획을 가지고 있었는데, 처음 한 달간은 작업이 제대로 시작되지 않아 사무실에 쌓여 있는 각종 외국 영어교재들과 어린이책들을 읽는 게 나의 주업무가 되었다. 그리하여 나는 옥스포드 잉글리쉬니 롱맨 영어니 하는 책들을 거쳐, 미국 아이들이 읽는 동화책, ‘American Girls’ 시리즈나 만화 ‘Arthur’ 등등을 읽고 오디오로 어

린이 영어노래나 챈트를 듣고는 했다.

그때 프로젝트 비용을 팍팍 써서 사들인 책 중에는 자장가나 민요 같은 게 많았는데, 그걸 읽는다고 어린이 영어 발달에 무슨 도움이 되었을까. 하지만 아무도 없는 빈 사무실을 지키며, 책을 읽는 나한테는 뭐가 되든 좋았고 이런 민요들은 아름다웠기 때문에 그로써 괜찮았다. 그중의 한 민요 번역책에서 이런 구절을 발견했다. '내겐 알뜰히 사랑하는 소녀가 있어.' 정확하게는 기억이 안 나지만 'There's a maid that I love so dearly'와 같은 단어들로 이루어진 문장이었다. 나는 'dearly' 즉 '알뜰히'라는 부사를 한참 쳐다보고 입 안에 그 말을 굴려보았다. '알뜰히 사랑하는 소녀가 있어, 살뜰히 사랑하는 소녀가 있어'. 도대체 알뜰히, 살뜰히 사랑한다는 건 어떤 걸까. 'dearly' 사랑한다면 무슨 말인지 알겠는데, 알뜰히 사랑하는 건 왜 모르겠는 걸까.

그래서 나는 이 번역가가 '알뜰히'라는 말을 붙이는 광경을 상상했더랬다. 이 사람은 남자일 거야. '알뜰히 사랑하는 소녀'에 대한 마음을 이해하니까. 그에게도 착한 연인이 있다. 그들은 가난하다. 두 사람은 헤어질지도 모른다. 그 사람은 자기 소녀가 떠나갈지도 모른다고 생각한다. 그는 아르바이트로 스코틀랜드 민요를 번역한다. 'dearly'라는 단어를 만난다. 극진히, 깊이, 아주, 마음으로부터, 여러 단어들을 떠올린다. 그는 이 단어들을 다 적었다가 지운다. 그는 다시 곰곰이 생각하다가, '사랑하는' 앞에 '알뜰히'라고 또박또박 적는다. 그 순간 갑자기 그는 자기 연인을 그냥 그렇게 가게 해서는 안 된다는 걸 안다.

얼마 전 스코틀랜드 민요를 읽다가 이 생각이 났다. 이 시기의 민요에는 'dearly' 사랑하는 소녀들, 'dearly' 사랑하는 청년들이 많이 등장한다. 그들은 전쟁에 나가서 죽거나 다른 이와 결혼했거나 다시 만날 수가 없다. 나는 알뜰, 살뜰히 사랑하는 연인들을 상상한다. '알뜰하다'는 '헤프지 않고 살림을 규모 있게 꾸린다' 뿐만 아니라, '아끼고 위하는 마음이 극진하고 지극하다'라는 뜻도 지니고 있다. 따라서 'love dearly'는 아껴가면서 하는 게 아니라, 극진히, 지극하게 사랑한다는 뜻이다. 이 단어의 의미들은 다 '알뜰하다'의 원래 뜻에서 나왔다. 나는 '알뜰'의 어원을 찾아보았다. 어원설은 구구하지만, '알'과 '살'은 같은 뜻이며 알맹이, 핵심을 의미한다는 설도 있고 검소하다는 의미도 있다고 한다. '뜰'은 검소하다儉에서 나왔고 뜰(들 혹은 딜)과 부지런하다의 어원은 같은 말이라고 한다. 그러니 알뜰한 건 구두쇠처럼 쓸 것도 안 쓰고 꼭 쥐고 아낀다는 뜻이 아니라, 허투루 쓰지 않고 열심히 일해서 모으고 소박하게 쓴다는 의미가 된다.

'극진히'라는 의미가 '알뜰히'에 들어 있는 것도 이해가 된다. 알뜰히 사랑하는 건 가진 마음을 허투루 쓰지 않고, 열심히 사랑한다는 뜻으로 해석할 수 있을 것이다. 여기에는 감정을 헤프게 낭비하지 않는 착실한 연인의 태도가 들어 있다. 그들은 다른 사람에게 마음을 주지 않고, 과잉표현으로 쉽게 드러내지도 않지만 가진 걸 다해 소박하게 사랑한다. 내가 상상한 가난한 번역가의 사랑 이야기도 이런 단어의 인상에서 나왔다. 'dearly'라는 영어 단어보다 '알뜰하다'라는 한국어의 의미는 더 많은 감정을 내포하고 있기에

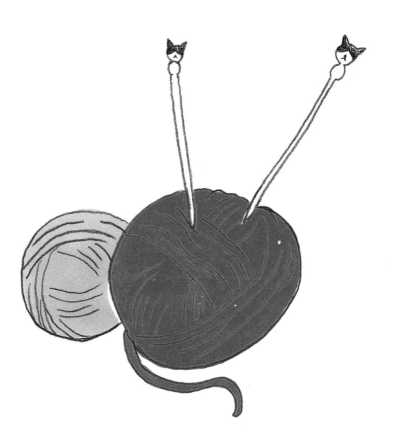

민요에 나타난 솔직하고 꾸밈없는 감상에 어울리는 단어다. 호숫가를 걷거나, 이름을 망토에 새기거나, 반지를 가지는 것으로 사랑을 표현하는 연인들.

스코틀랜드 민요뿐 아니라, 1930년대의 우리 나라 가요에도 알뜰한 연인이 있었다. 황금심의 〈알뜰한 당신〉이 바로 그런 연인에 대한 노래다. 하지만 이 가사는 내 마음을 모른 척하는 당신에 대한 원망을 담고 있다. '알뜰한 당신'이 내 마음을 몰라주면 더욱 서러운 법. 울음 참다 돌아가서 만나면 털어놓아야지 생각했건만, 모른 척하면 어찌할 거냐. 그렇게 알뜰히, 마음 다해서 사랑해주던 사람이, 어쩌다 모른 체한단 말이냐. 그래도 알아주겠지, 알아주겠지, 하고 거듭 하소연한다.

100년 전의 외국 민요에, 70여 년 전의 한국 가요에 알뜰히 사랑하던 연인들이 있었다. 이 말이 약간 어색하게 느껴지듯이 현재에는 딱히 어울리지 않는 사랑 방식 같다. 재고 따지는 연애의 줄다리기에 '알뜰한' 사랑은 가당치도 않아 보인다. 요즘 홈쇼핑 광고에나 쓰일 법한 '알뜰한 당신'이라는 문구가 궁색하기도 하다. 그러나 '내겐 알뜰히 사랑하던 젊은이가 있어' 하고 가만히 말해본다면, 이 말이 그다지 낡지만은 않다는 걸 깨닫게 된다. 저기 곱디고운 호숫가를 함께 걷고 싶은 사람이 있는 한에는, 누구라도 알뜰하게 사랑할 수 있다.

03

꽃이 졌다고 뿌리가 뽑힌 것이 아니며,
뿌리가 얕다고 꽃을 피우지 못하는 것
도 아닌, 우리의 정원은 평생 계속된다.

남의 연애에
끼지 말 것

친절한 P씨의 연애상담

　P씨는 연애상담을 싫어한다. 일단 사연은 길지만 (만남에서 헤어짐까지 며칠에서부터 몇 년까지 소소한 일들이 다 들어간다) 장소, 날짜를 제외한 구성이 거의 동일하고, 상담이 들어오는 시점의 문제가 거의 비슷하며, 별 사건도 없이 이러저러한 말이 오고 갔다는 대화와 인용 위주의 이야기가 많기 때문이다. 게다가 연애상담은 말하나하나의 해석에 달려 있는 것이므로, 상당히 기호학적인 작업이라 상당한 집중력을 요한다. 거기에 말을 해주느라 운동 에너지의 낭비, 생각을 하느라 정신 에너지가 소비된다. 하지만 연애상담을 부탁하는 사람들은 상대방에게 무슨 대답을 원하는 것이 아니다. 단지 들어줄 상대만을 원할 뿐이다. 답답한 마음, 호소할 수 있는 대나무밭으로 사람을 이용하고 싶어할 뿐이다.

　P씨는 그럼에도 불구하고 '연애충고'는 좋아한다. 이는 P씨가 자기 자신을 친절하다고 생각하고 있기 때문이다. 두꺼비도 없는

콩쥐, 밑 빠진 독에 물 붓기라는 것을 알면서도 연애의 미로에 빠진 사람을 못 본 척할 수가 없다. 아니, '그놈이 나쁜 놈인 게' 눈에 뻔한데, 친절한 성품으로 어찌 모르는 척 그만 넘어간다는 말인가? 노래 가사처럼 여자는 진심이 아닌데 '네가 웃으면 나도 좋아, 넌 장난이라 해도'라고 생각하고 비오는 수요일만 되면 빨간 장미를 들고 자기를 좋아하지 않는 게 뻔한 여자를 마냥 기다리는 사람이 있다면 어찌 모르는 척할 수 있다는 말인가? 사회 정의에도 어긋날 뿐 아니라 개인적인 연민을 자극하니 참고 볼 수가 없는 것이다.

따라서 효율적인 시간 관리를 좋아하는 P씨와 친절한 P씨는 언제나 갈등했다. '오늘은 입 다물고 가만 듣기만 해.' 효율적인 P씨가 말한다. '저런 답답한 사연을 어떻게 그냥 지고 가게 하니?' 친절한 P씨가 말한다. 두 P씨가 머릿속에서 계속 싸우지만, 친절함은 힘이 세다. 그러니까, 아무리 다짐을 하고, 다짐을 해도 P씨는 어느덧 "그런 사람 왜 만나니?"라는 말을 하고 있다.

하지만 P씨의 친절한 연애상담에 마침내 위기가 찾아왔다. 상담을 구해오는 사람이 그다지 친한 사이가 아닌지라 P씨도 상당히 경계를 하고 있었지만, 상대의 슬픈 목소리에 마음이 흔들렸다. 도저히 그 사람 마음을 모르겠다, 어떤 사람인지 알 수가 없다, 과거에 어떤 사람을 만났는지 알 수가 없다고 털어놓는 상대방. P씨는 처음에는 애매모호한 대답으로 일관했지만, 마음속에는 연민이 차올랐다. 아, 그렇지. 애라고 무슨 잘못이 있겠어. 이렇게 다 털어놓고 도움을 구하잖아. 그래, 도와줄 수 있으면 도와줘야지. 쌀쌀맞

은 P씨에서 친절한 P씨로 서서히 변신하는 중이었다. 거기에 쐐기를 박은 상대의 말. "그 사람이랑은 헤어질 거고요. 절대 연락도 안 할 거예요."

그래, 연락도 안한다잖아. 마음을 단단히 먹은 모양인데, 결심에 도움을 주어야지.

주저하던 P씨는 아는 얘기를 하나하나 꺼내놓았다. "글쎄, 잘은 모르지만……"으로 시작하는 얘기들. 그 사람이 과거에 누구를 만났다더라. 그래, 그 사람하고는 별 사이 아니었던 것 같기는 한데. 하지만 어쩌나, 신뢰감이 깨졌는데 어렵지 않겠니? 애당초 그 사람이랑 만난 것 자체가 조금 기묘하달까. 그러고 보니 이런저런 문제도 있었네? 사람들 사이에서도 평판이 그랬었는데. 그러니까, 기왕 마음을 먹은 김에…….

상대는 너무너무 고맙다고 말하며 사라졌다. "꼭 헤어질 거예요"라는 말도 덧붙였다. 오늘도 세 시간을 낭비했지만, 친절한 P씨는 그래도 보람찬 하루였다고 생각했다. 길 잃은 어린양을 바른 길로 인도했다면 너무 자화자찬이겠지만, 오늘도 하나의 친절 행위를 베푼 것이다. 그래, 인류애를 베풀어야지. 어차피 헤어진다니까, 각자 빨리 정리를 하는 게 서로에게 이롭지 않겠나.

그런데,

안 헤어졌다.

세 시간의 긴 대화, 눈물 어린 목소리, 자기 비하의 표현들, 혼란의 감정, 그리고 결단. 이 모든 건 다 무엇이었단 말인가? 아니 그런 건 중요치 않다. P씨의 세 시간, 고민과 자기 갈등, 신뢰를 걸고 털어놓은 얘기들, 보여주었던 연민과 동정, 이 모든 건 다 어디에 쓰였단 말인가?

친절함이 열매를 맺지 못하는 것이야, 어디 하루 이틀의 일이겠는가마는, 친절하다 못해 오지랖이 넓었던 P씨는 순식간에 '연인 사이를 이간질한 사람'이 되어버렸다. 그리고 그들은 불친절한 P씨의 이간질에도 불구하고 꿋꿋하게 신뢰를 지킨 아름다운 연인이 되었다. 기묘한 입장 전환이다. P씨는 자신의 어리석음을 자책하고, 다시 한번 넓은 오지랖을 원망했다.

이 일이 있은 후, 상대가 원치 않는 경솔한 충고가 가져오는 여파에 시달리던 P씨는 다시는 연애상담을 하지 않으리라, 굳게 결심했다. 나쁜 연애의 마수에 시달리는 사람이 있어도 알리바바의 동굴처럼 입을 꼭 다물리라. 아무리 열려라 참깨를 외쳐도 불친절하게 문을 열어주지 않으리라. 그리하여 P씨는 결국 연애는 두 사람의 일, 남이 상관할 수 있는 성질의 것이 아니며, 친절이라는 착각으로 인해 다시는 오지랖 넓은 짓을 하지 않아야겠다는 교훈을 얻었다. 그리고 마침내 '그 나물에 그 밥' 이론을 만들어, 양쪽 모두에게 문제가 있으니 어느 쪽에건 친절을 베풀지 않으리라 생각했다.

그리고 지금에 이르기까지 몇 년……

P씨는 아직도 대답이 뻔한 여러 가지 질문의 해답을 찾기 위해 오늘도 매진하고 있다.

1. 사람들은 왜 듣지도 않을 거면서 연애상담 받기를 좋아하는 것인가?

2. 사람들은 왜 조금도 듣지 않을 거면서 '불친절한 연애상담' 받기를 좋아하는 것인가?

3. 그런데 '불친절한 연애상담'을 받은 사람들이 그 상담의 결론에 따르지 않고, 결혼하면 어쩌나?

정답은 이미 나와 있는 것. 그중에서도 3번에 대해서만 말하자면, 축의금은 내지 않겠다.

당신을 만난 건 실수였어

실수와 운명의 별

캐리 : 어쩌면 실수가 우리의 운명을 만드는 것인지도 모른다. 실수가 없었다면 우리 삶은 어떻게 되었을까? 우리가 딴 길로 접어들지 않았더라면 우리는 사랑에 빠지지 않았을지도 모르고, 아이를 낳지 않았을지도 모르며 현재의 우리 모습이 아니었을 것이다. 결국, 계절은 바뀐다. 도시도 마찬가지. 사람들이 삶에 들어왔다가 나간다. 하지만 사랑하는 사람들이 언제나 마음속에 있다는 것을 알면 마음이 편안해진다.

—드라마 〈섹스 앤 더 시티〉 중 'I Heart NY' 편에서

그렇지만, 나는 이 대사를 듣고 이렇게 생각했더랬다.

"내가 행한 모든 실수는 그렇게 '운명 지어졌던' 것이 아니었을까? 실수가 내 운명을 만든 것이 아니라, 내 운명이 그러한 실수를 만들어냈던 것이 아닐까?"

귀차니스트에게 운명론은 무엇보다도 적합한 '주의'다. 내가 하지 못한 일들은 '하지 않도록 운명지어졌던' 것이라고 믿는다. 내가 했던 일들은 '하도록 되어 있었던 것'이었다고 생각한다. 운명에 따라 하거나 하지 않거나 해왔으며 앞으로도 운명이 이끌어주는 대로 갈 것이라고 생각해버리면 어떤 실수도 쓰라리지 않는 면이 있다. 안달복달하는 것도 귀찮은데, 그 귀찮음을 합당하게 뒷받침해준다. 깊이 생각하거나 고뇌하지 말라고 말한다. 저 하늘 높이 떠 있는 운명의 별, 그 빛이 인생의 바다에 길을 만들고 나는 그 길을 항해해간다.

오랜만에 만난 L, 그의 사진첩을 함께 뒤적이면서 이전의 추억을 더듬었다. 아련한 목소리로 L은 이렇게 말했다. "내가 좋아했던 사람들은 다 좋은 사람들이었어. 그 사람들을 만난 걸 한 번도 후회하지 않아. 단 C만 빼고. 지금 생각하면 왜 그 사람을 좋아했는지 모르겠다니까, 그야말로 실수였지."

내가 알던 시기의 L은 C를 순진하고 계산없이 좋아했었다. 어린 시절에만 가질 수 있는 순수성이 집약된 감정에 대해 L은 이제 실수라고 말한다. L이 그렇게 말한다면, 그 감정은 실수일 것이다. 하지만 L은 그 시절을 실수로 못박을 수 있는 다른 경험을 거쳐서 어리석은 관계에 대해서 알 수 있었다. 또, L이 만났던 '좋은 사람들'은 처음의 실수를 거쳐 만나도록 운명이 배치해놓은 사람이라고 생각해버리면 처음 실수도 그다지 속상하지만은 않다.

디드로의 소설에 나오는 운명론자 자크처럼 모든 일을 하늘의 뜻으로 돌려버리는 사람이 아니기 때문에, 나는 제대로 된 운명론자는 못되고, 사이비 운명론자일 뿐이다. 나 또한 운명이 만들어놓은 과거와 미래에 대해서 회의한다. 그러나 운명론자인 척하지 않으면, 내가 저지른 실수 때문에 밤잠도 못 자고 오랫동안 홀로 고민했을 것이다. 실제로 나는 오래 전에 저지른 실수를 아직도 잊지 않고 기억하는 편이다. 만나야 하지 않았을 사람을 만난 것, 보내지 않았어야 할 편지를 보낸 것, 그만두지 않았어야 할 일을 그만두고, 시작했어야 할 일을 시작하지 않은 것, 하지 말았어야 할 말을 한 것. 그래서 나는 그 모든 실수가 나의 길이라고 믿어버렸다. 그리하여 현재의 나의 위치에 이르렀다고. 적어도 나는 실수에 대해서 이야기할 수 있게 되었다.

캐리와 나는 원인과 결과가 반대인 이야기를 하고 있는 것처럼 보이지만, 역설적으로 같은 위치에 이르렀다. 어느 쪽이 되었건 편안하다. 자기 실수를 받아들인다는 것에는 그런 위안이 있다. 나의 과거와 현재에 '만약'이 개입되려고 하면, 실수의 운명을 믿는다. 내 손금에, 얼굴에, 내가 뒤집는 카드에, 내 별자리에 그 실수가 새겨져 있었기에 나는 그를 피할 수 없었으며 그것은 결국 나를 어딘가로 향하게 해주는 궤도 전환이었으리라고 믿는다.

내가 운명론자인 척하는 것은 아마 이글이글 불타오르며 자신의 운명을 개척해나가면서 사랑을 찾으려 하는 사람들을 무서워하거나 부러워하기 때문일 것이다. 한 번도 실패가 없는 연애를 겪어온 사람들에게도 비슷한 감정을 가지고 있다. 미팅만 나가면 백발백중 사랑받는 무패의 미팅녀, 첫사랑과 이루어지는 것처럼 첫 타석에 홈런을 치는 사람들도 있다. 그러나 '그들은 그런 별을 타고 났겠지'라고 생각해버리면 더이상 무섭거나 부럽지 않다. 내 별은 게으름뱅이의 별이어서 절대 이글이글 타오르며 관계를 찾지 않는다. 세상에 다시 없는 행운이 새겨져 있는 운 좋은 사람의 별도 아니다. 하지만 그런 걸 어쩌나, 라고 생각해버린다. 게다가 운명론자의 가장 좋은 점은 일이 안 풀리면 탓할 게 있다는 것이다. 홀로 모든 책임을 뒤집어써야 하는 것은 괴롭다. 왜 다른 것을 탓하면 안 되나? 꾸준히 실수를 점검하고 고쳐나가고자 하는 노력과는 별개로 분노를 돌릴 대상이란 언제나 필요한 것이다. 그 대상이 무형의 운명이라면, 그나마 건전하다. 과거의 연인이기보다는.

그러니까, 나와 네가, 그것이, 우리가, 그들이 만난 것이 돌이키고 싶은 실수라 해도, 내가 지금 이 길 위에 서 있는 것이 실수라고 해도, 그건 우리 별 아래 있었던 것이다. 그리고 그것이 지금의 우리를 만들었다.

아무것도 실수인 것은 없다. 인간은 실수할 수 있지만, 운명은 실수하지 않는다. 운명이 항상 똑바로 나아간다는 걸 믿는다면, 나에게 유리한 방향으로 이어져 있다고 믿는 편이 마음 편하다. 힘들고 어려운 일이 많았지만 어차피 그렇게 별에 새겨져 있는 것이라면, 어디로든 떠날 수 있다.

정말 오랜만이지

심란한 옛사랑의 그림자

잠깐, 많은 사람들이 알고 있는 간단한 이야기로 시작해보자. 사랑이 끝나버린 어느 날, 옛사랑이 메일이든 전화로든 연락을 해왔다. 이 의도가 뭘까?

많은 사람들은 "없다, 아무것도"라고 말한다. 그냥 심심해서? 술먹고 심심해서? 괜히 감정에 젖어서? 현재 여자친구랑 싸워서? 오늘 직장에서 상사에게 꾸중 듣고 인생이 갑자기 허망해져서? 하지만 그 이유가 뭐가 되었건 연락을 받은 사람이 심란할 만한 의도가 있는 건 아닌 것이다. J는 헤어진 연인이 10년 동안이나 서로를 못잊는 '냉정과 열정 사이' 같은 이야기는 영화나 소설에나 있고, 현실에서 헤어진 지 오래된 연인이 다시 연락을 해온다면 그런 영화를 봤거나 소설을 읽은 뒤 괜히 바람이 들어서일 뿐이라고 신랄하게 꼬집은 적이 있다. "그냥 아주 가끔 생각이 날 수는 있겠지"라고 J는 말했다. "그렇지만 항상 생각하고 있었던 건 아냐. 그냥 어쩌다가 생각나서 한번 연락해보는 거야."

　이 사실은 놀랍지 않다. 대단한 미스터리도 아니다. 남의 일이라면 누구라도 그렇게 말할 것이다. 이봐, 정신차려. 별 거 아니라니까. 하지만 이 일이 어느 날 밤 내게 일어난다면? 옛 연인이 내게 돌아오고자 하는 게 아니며, 그동안 나를 못 잊고 방황했던 것도 아니며, 잘 먹고 잘 살고 있었다는 것도 안다. 우연히 전화했을 수도 있고, 내가 자기 없이도 잘 먹고 잘 사나 궁금한 마음에서 했을 수도 있다는 걸 안다. 그렇지만 이렇게 희미한 옛사랑의 그림자가 내 위에 드리워졌을 때, 전혀 마음의 동요가 없을 수 있을까? 전화기에서 목소리가 들려왔을 때 머리부터 발끝까지 짜증이 관통할 정도로 혐오가 들 수도 있고, 갑자기 마음이 두근두근해질 수도 있고, 왜 이럴까 설렐 수도 있지만, 갑자기 옛사랑의 습격을 받은 쪽은 그렇게 덤덤하지만은 않다.

　다시 한번, 냉정한 자들은 추상 같은 호통을 내릴 것이다. 어허, 이것 보게. 정말 구제불능이로군. 별 거 아닌데, 왜 흔들리냐고. 평정을 찾아. 목소리의 떨림을 없애. 어색한 말투도 바로잡고. 미움이든 미련이든 아무것도 남아 있지 않다는 걸 보여주라고. 하지만 연락을 하는 쪽은 몰라도 받는 쪽에서는 그렇게 편하지만은 않다. 좋다. 별 거 아니라고 치자. 그렇다면 왜 뜬금없이 연락해서 남의 속을 뒤집는 거냐. 만약 별다른 의도가 있다고 치자. 그럼 지금 와서 어쩌란 거냐.

　강하고 이성적인 성인으로 살아갈 것을 충고하는 책, TV 프로그램, 칼럼들은 과거의 사랑이 나타나 우리를 흔들어도 끄떡하지 말고 버티라고 말한다. 당하는 입장에서 할 수 있는 일은 그밖에 없으니, 우리를 위해서는 그런 충고가 최선의 처방이 된다. 하지만 이렇게 심란한 일을 겪고 밤을 꼬박 샌 다음 떠오르는 해를 바라보는 새벽이면, 억울하다. 심약해서 유감이다. 그렇지만 왜 가만히 놔두지 않나? 별 다른 의도도 없이 남에게 연락하면 속 뒤집어질 줄 모르는 이기적인 사람들에 대해서 왜 아무도 충고를 해주지 않나. 왜 약한 사람에게만 강하고 냉정하게 대처하라고 말하나. 애당초 이렇게 자기 감정만 생각하는 나쁜 인간들이 없다면 이렇게 마음 뒤집어지는 일도 없을 텐데.

이 모든 사실을 알고 있다고 해도, 옛사랑이 있었다면 그림자는 짙고 그늘 속의 마음은 떨려오는 법. 그가 단지 과거의 기억에 취한 것일 뿐이라는 걸 알면서도 나 또한 과거의 기억에 슬퍼진다. 그러니 사랑이 있었다면 옛사랑의 그림자는 언제나 약간은 심란하다. 이제 그 사랑이 누더기가 되어 초라한 모습으로 찾아온다고 해도.

그러니 나는 모든 소심하고 민감하고 약한 바람에도 흔들리는 성정을 가진 사람들을 대변해서 말한다. 술 취한 밤이면 헤어진 옛 여자들이 생각나는 사람들, 현재 애인이 속 썩이면 과거의 다정한 남자 친구가 떠오르는 여자들, 크리스마스 때 외로우니 과거의 연인이나 한번 만나볼까 하는 사람들, 늦은 나이에 군대 가게 되어서 심란한 사람들에게 이 말을 전해주고 싶다. 당신 감정이 중요하다면 타인의 감정은 어떠할까, 생각해보라고. 이제 아무렇지도 않게 말을 건네고 싶을 정도로 나는 담담하오, 하고 과시하고 싶거나 좋은 기억이 잠깐 떠올라 함께 나누고 싶은 충동이 들거나, 예전에

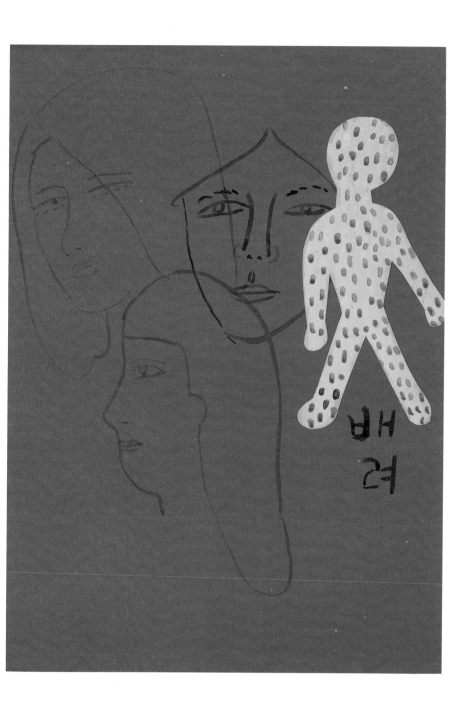

받았던 따뜻한 사랑이 그리워지더라도 우연히 옛사랑의 연락을 받은 사람이 좋은 감정으로 대처할 수 있을지 생각해보시라고. 강하고 쿨한 당신들은 이제 안부라도 전할 수 있는 사이겠거니 하고 아무렇지 않을지도 몰라도 하룻밤의 충동적 행동 덕택에 며칠 동안 끙끙 앓을지도 모르는 옛 연인들의 일상을 무신경하게 뒤흔들지 말라. 10년이 지나도 『냉정과 열정 사이』의 준세이처럼 순정한 모습을 간직하고 있으면야 모를까, 성공의 기름기가 줄줄 흐르는 아저씨가 되어 강남에 아파트를 샀고, 올해는 상여금이 1000퍼센트고, 아내는 궁중요리를 배우러 다니지만, 인생이 뭔지 잘 모르겠다는 말을 하고 싶은 상대를 찾는다면 옛사랑은 적당한 대상이 아니다. 희미한 옛사랑의 그림자, 아름다운 감상은 시 속에서나 음미할 것. 실천할 때는 예의를 갖출 것. 술 먹고 전화하거나 편할 때 불러내거나 하는 감정적인 행동은 오해를 사기 쉽고, 그 오해에는 누군가가 항상 대가를 치러야 하는 법이니.

과거는 과거일 뿐일까

그대는 나의 추천서

일생 동안 연애를 단막극처럼 한 번만 하고 마는 사람도 있겠지만, 모든 사람들의 연애는 이별과 만남의 반복이다. 사랑에 관한 노래들 중 슬픈 노래가 많은 까닭은 대다수의 연애가 '그후로도 영원히 행복했습니다'로 끝나기보다는 '이렇게 우리 헤어져야 하는 걸'로 끝나는 경우가 많은 탓이기도 하다. 일생에 단 한 사람만 만나지 않는다면, 당연히 이별은 예정된 것.

언젠가 친구들끼리 모여서 저녁을 먹는데, 공통의 지인에게 새로이 연인이 생겼다는 소식이 화제로 올랐다. 새로운 연인은 그 이전의 연인과 비교했을 때 아주 다른 종류의 사람인 것 같았다. 모두들 급격한 변화에 깜짝 놀랐고, 그 변화의 이유에 대해서 추측하기도 했다. 신분처럼 높고 낮음을 따질 수 있는 차이는 아니었으나 누구나 쉽게 인지할 수 있는 종류의 변화였다. 우리들 중 보수적인 사람들은 만약 자신이 그 새로운 연인의 위치에 있다면 불안할지도 모르겠다고 했다. 이전에 그가 만났던 사람들과 자신의 차이를 생각해볼 때, 자기 연인의 변화를 이해할 수 있을까 하고. 또 어떤 사람은 과거는 과거일 뿐, 자신에게도 과거가 있는데 연인의 과거에 연연할 까닭이 있을까, 하고 말했다.

'과거는 과거로 넘겨버려야 한다'는 연애에 있어 가장 좋은 금언으로 통한다. 과거를 용납하지 못하는 연인 때문에 불행해진 사람들은 넘치고도 넘친다. 전통적인 예로 토머스 하디의 『테스』가 있다. 본인의 실책도 아닌 과거 때문에 첫날밤 남편에게 버림받고 결국은 살인자가 되어버린 여자. 테스는 과거를 용납하지 못하는 연인의 완고함, 사회제도의 엄격한 편견의 희생양이 되었다. 과거에 연연하는 소심한 연인들로 인해 불행이 싹트고 관계에 금이 간다. 그러니 과거는 과거일 뿐. 우리는 과거를 용서해야 한다고 말한다. 나 또한 과거로 동정받아서 현재를 이해받지 말라고 앞에서 얘기한 적이 있다.

하지만 정말 과거는 과거일 뿐일까? 역사가 현재에 대해서 아무것도 말해주는 바가 없다면 역사를 공부할 까닭이 없을 것이다. 과거는 현재의 거울이라는 말이 연애에는 적용되지 않을까? 우리는 과거의 연애로부터 배우는 게 없을까? 반복적으로 바람을 폈던 전력이 있는 연인에 대해서도 '과거는 과거일 뿐'이라고 넘겨버릴 수 있을까? 혹은 연상인 여자들을 찾아 다니면서 좋아하고 차이는 습성이 있던 남자를 연하인 내가 만나서 아무렇지도 않게 이해하고 감싸줄 수 있을까? 상대방에게 폭력이나 폭언을 쓰는 습관이 있는 연인을 '이제는 달라질 거야' 하고 믿어줄 수 있을까? 이제까

지우고 싶은 과거

지 그녀의 연인들에게는 모두 공통점이 있었는데 내게는 하나도 없다 해도 '너는 특별하고 다르니까' 라는 말로 쉽게 이해해버릴 수 있는 것일까?

여기에서 짚고 넘어가야 할 점은 '연애의 과거를 생각한다' 라는 말이 내 연인이 만났던 상대에 대해서 꼬치꼬치 따진다거나, 단지 과거가 있다는 사실에 연연한다거나 하는 뜻이 아니라는 점이다. 혹은 과거의 이야기를 현재의 아우라로 삼거나 자기 변명으로 삼는 것을 받아들이지도 말라는 것이다. 다만 우리는 과거의 연애로부터 현재의 상대를 이해하는 데 도움을 받을 수는 있다. 그 사람이 사람과 만나 관계를 맺은 방식을 통해, 그로부터 벗어난 방식을 통해 그와 그의 연애를 알게 된다. 물론 나와 그 사람이 맺고 있는 관계는 개별적이므로 우리는 지금까지의 과거와 결별하고 전혀 같지 않은 관계를 만들어낼 수 있다. 그렇다고 해도 사회적 존재로서의 인간이 갖고 있는 관계적 습관에 대해서 모르는 척하는 것도 어떤 면에서 맹목적이다.

따라서 내 연인의 과거의 연인들은 내게 있어서 추천서와 같다고 할 수 있다. 사람마다 경우마다 이 추천서가 중요해지는 정도는 다르다. 어떤 사람은 추천서의 내용을 완전히 무시한 채 자신의 판단만 신뢰할 수도 있고, 또 어떤 사람은 추천서의 내용만 전적으로 믿어버리고 자신의 판단을 상실할 수도 있다. 하지만 우리가 추천서를 보는 까닭은 근본적으로 그 사람의 품성에 대한 이전의 역사를 되짚어보는 일, 고용주라면 높은 자리에서 설렁설렁 일한 것보다도 작더라도 자기의 위치에서 성실하게 일한 사람들을 선호할 것이다. 마찬가지로 연애에서도 화려하고 근사한 사람들을 사귀면서도 관계는 엉망으로 처리한 연인보다는 언제나 자기 관계에 성실하고 충실했던 사람, 타인의 마음을 아프게 하지 않고 관계에 솔직했던 연인을 믿게 된다. 그렇기 때문에 과거 이야기를 하는 남자에 대해서 경계심이 생긴다. 그는 항상 준비된 추천서를 감상적으로 꾸며서 내놓을 준비가 되어 있는 남자다. 추천서는 있어도 그만, 없어도 그만. 하지만 성실하고 솔직하고 좋은 추천서라면 받고 싶다.

추천서에 전적으로 연연할 거라면 추천서라는 건 필요가 없다. 사람들은 각자의 자리에서 저마다 다른 능력을 발휘하게 되니, 추천서만 믿고 있다가 내가 기다리는 사람을 놓칠 수도 있다. 하지만 적어도 우리는 과거의 이력을 통해서 그 사람을 짐작할 수는 있다. '당신이 나를 사랑하기만 한다면, 누군지, 어디 출신인지, 무엇을 하든지 전혀 상관없다'라는 보이밴드의 노래가 있지만서도, 이는 틴에이저다운 생각. 누가 되었건 선수를 만나거나 불성실한 사람을 만나서 상처받고 싶지는 않은 법이다.

또 달리 생각하면, 현재 내가 하고 있는 연애가 '영원히 둘이서'라는 결말을 맺지 않는다면, 미래의 나, 미래의 그 사람에게 추천서가 될 것이다. 결국 어떻게 헤어질지 모르지만, 서로에게 좋은 추천서가 되어주자. 나를 사귀었기 때문에 그가 더 나은 사람이 되었다고 믿을 수 있게. 그 사람을 만났기에 내가 더 좋은 사람이 될 수 있었다고 생각할 수 있게. 과거는 어찌 되었건 과거가 아니라, 현재 나의 일부. 추천서를 받아도 그에 지나치게 묶이지 않는 관계, 그렇지만 나쁘지만은 않은 추천서에서 시작할 수 있는 관계, 그리고 어떻게 될지 몰라도 서로가 서로에게 좋은 추천서가 되어주는 관계.

많은 이들이 꿈꾸는 과거의 추억이다.

그 사랑은 내 것이
될 수도 있었는데
사랑의 박탈감 이론

 인생에는 가정법이 없다고 이미 말했지만, 또한 가정법에서 쉽게 벗어날 수 없는 것이 사람이다. 가정법이 현재의 상황에 영향을 줄 때 이는 시기와 질투로 변질되기도 한다.

 가끔 우리 인생에는 엇갈린 사랑이 있다. 아니 있다고 믿는다. 나 대신 친구를 내보낸 블라인드 데이트에서 친구는 내 이상형의 남자와 사랑에 빠진다. 좋아 보이는 커플을 축복하지만, 마음 한구석에 '내가 그날……' 이라는 마음이 슬쩍 들기도 한다. 영화 〈클래식〉에서처럼 조연의 시각에서 바라보면 러브레터를 부탁했던 친구와 내 정혼자가 먼저 만나 사랑에 빠지기도 한다. 황태자였다가 아버지가 돌아가시는 바람에 대군으로 물러나게 된 만화 〈궁〉의 율처럼 나의 약혼자였던 사람이 다른 이의 아내가 되기도 한다.

 많은 이야기의 조연들은 이렇게 박탈된 사랑의 비극들을 겪는다. 그들은 상대를 먼저 만났고, 사랑에 빠졌다. 그런데 후발 주자

가 나타나 이 사랑을 가져간다. '그 사람은 내 것이 될 수 있었는데'는 사실일지도 모르지만, 확신할 수는 없는 일이다. 그러나 이 불확실한 사실이 박탈감을 발생시킨다. 그래서 이라이자가 되어버리기도 한다.

이렇게 '만약 그때 그런 일만 없었더라면, 내가 그 자리를 차지했을 텐데'라는 설정은 약간 신파면서도 한편으로는 연민을 불러일으키는 점이 있다. 이런 사람들을 보면 내가 먹던 빵을 뺏긴 것처럼 마음이 아프다. 아무도 잘못하지 않은 상황에서 자신이 원래 받을 수 있는 기회를 잃었다는 느낌을 받는 건 진짜 불행한 일이기 때문이다. 이는 다시 상대적 박탈감 이론relative deprivation theory으로 귀속되는데, 여기서 일어나는 심리기제는 이러하다. 먼저, 자신이 오를 수 있었던 위치, 자신이 가지고 싶었던 사랑을 가진 사람을 바라본다 → 자신이 그 자리에 오르지 못한 것이 자신의 잘못이 아니라는 걸 인식한다 → 자신에게 그 자리를 가질 만한 자격이 있다고 느낀다. 여기서 상대적 박탈감이 발생한다. 이 박탈감은 노력이라는 긍정적 동력으로 발전하기도 하지만, 증오나 불안, 불만이라는 부정적 감정으로 나타나기도 한다. 그리고 그 자리, 사랑을 빼앗고 싶어진다. 시기와 질투가 여기서 나타난다.

그런데 참 안된 건 그 자리를 빼앗는다고 해서 더 행복해질 수가 없다는 데 있다. 운명의 설정에 의해서 결정된 현재, 인간의 노력으로 그걸 빼앗아오는 행위는 인위적일 뿐더러, 타인을 현재 위치에서 밀어낼 위험을 포함하고 있다는 점에서 윤리적이지도 않다. 즉, 운명의 수레바퀴를 돌리는 일은 다른 차원의 박탈감을 생성하는 일이다. 그래서 이 사람들을 주인공으로 응원해주기가 힘들다. 운명엔 가정법이 없고 정해진 길은 그대로 운명으로 남는다. 내가 운명의 궤도에서 벗어난 순간, 다른 두 사람의 길이 엇갈리고 그들은 서로에게 운명의 상대가 된다. 그렇게 한 번 박탈된 사랑의 운명은 되돌릴 수가 없다. 아무리 질투하고 자기 권리를 주장한다고 해도 아무도 지지해주지 않는다. 왕위를 빼앗긴 왕자가 다른 왕자의 약혼녀를 빼앗아온다고 해도, 엇갈린 데이트를 한 친구가 친구의 남편을 빼앗아온다고 해도 적극적으로 응원해줄 수가 없다.

그러니 이들은 얼마나 안타까운가? 자신의 운명이 박탈되었다고 느끼는 순간, 이미 되돌릴 수 없는 불행을 인식하게 되는 것이다. 이들이 이 운명의 수레바퀴에서 벗어나는 방법은 오로지 그 위치가 자신의 것이 아니었으며 자신의 운명은 박탈된 것이 아니라 현재 여기에 있는 바로 이 길이라고 생각하는 것뿐이다. 인간이 오롯이 의지만 가지고서 이런 긍정적인 생각을 계속 유지하기란 참 어렵다. 게다가 옆에서 부추기는 사람까지 있으면 더 벗어나기가 힘들다. 이런 사람들이 나의 친구라면 '너 자신을 위해서라도 운명을 박탈당했다고 생각지 말라'고 위로하겠지만, 사람이 아니라 상황이 그렇게 만들었다고 해도 빼앗긴 듯한 마음이 드는 것도 당연한 일이다. 다만 그런 원망을 가져봤자, 그 운명에서 벗어날 길이 없으니, 그러지 말라고 하는 것일 뿐. 어찌 보면 이런 충고도 그들에게는 꽤나 부당하다. 그런데 그들을 그 운명에서 구해줄 사람은 아무도 없다. 그야말로 비극이다. 사랑은 또한 쉽게 돌이킬 수 없어서 가정법을 되씹게 되고 박탈감에 괴로워하게 된다.

난 이들을 비극에서 구해주는 이야기를 찾고 싶다. 하지만 인간이 운명과 싸워서 이기는 이야기는 돈키호테적 용기고 그 반대로 모든 비극을 다 받아들여서 행복을 찾으라는 이야기는 폴리아나적 낙관주의다. 박탈된 인간의 비극은 희극적이 되기에는 어느 정도 장엄하고 그리하여 단순한 해결을 찾지 않게 된다. 그러나 현실에서 자기의 인생이 갑자기 조연으로 물러나버렸다고 느끼는 사람이 있다면, 다시 주인공이 되는 유일한 방법은 빼앗겼다고 생각한 자리를 되돌아보지 않는 것뿐이다. 주인공은 운명을 빼앗기지 않는다. 다만 다른 운명을 살아갈 뿐이다.

혼자 하는 사랑을
간직하고 있어요
루저 마인드는 이제 그만

친구들과 함께 차를 타고 갈 때의 일이다. 그때 카스테레오에서 이소라 노래를 지나, 러브홀릭의 〈인형의 꿈〉이 흘러나왔다. "앗, 나 이 노래 좋아해"라는 K의 말에 나는 냉정하게 말해버렸다. "루저 마인드 노래 좋아하지 마. 그거 위험하다고." 그러자 사람들이 도대체 '루저 마인드'가 무엇이냐고 물었다.

'루저 마인드Loser Mind'의 속성을 하나로 정의하기는 힘들다. 왜냐하면 루저 마인드에도 다양한 양상이 있기 때문. 하지만, 보통은 해보지도 않고 포기하는 자세. 그리고 그 자세를 스스로 만끽하면서 즐기는 마음가짐을 말한다. 시도해봤자 번번이 실패하면서도 방법을 개선할 생각을 하지 않고 계속 실패를 반복하는 사람들을 뜻하기도 한다. 그리고 루저 마인드인 사람들은 자신을 존중하는 마음이 부족하다는 게 특징이다. 그들은 사회적 위치나 자존심 같은 건 아랑곳하지 않고 과거의 상대나 짝사랑하는 사람에 대한 마음을 공공연하게 드러낸다. 루저 마인드는 기본적으로 남자의 정조인 것처럼 묘사되는데, 여자의 경우는 지나간 추억을 마음속으로만 되살리는 것처럼 표현된다. 단지 표현의 문제일 뿐일지는 모르지만, 보통은 여자들이 현실에 더 충실하다고 말한다. 이게 사실인지는 알 수 없어도 적어도 눈에 띄는 한도 내에서는 남자 루저가 더 많다는 것은 사실 같다.

'루저 마인드'는 가요에서 흔히 만날 수 있는 정조다. 앞에서 말한 러브홀릭의 〈인형의 꿈〉이나 유희열의 〈좋은 사람〉 같은 노래가 대표적이다. 뱅크의 〈가질 수 없는 너〉라는 노래도 생각난다. 이 사람들의 특징은 '항상 기다리고' '뒤에서 지켜보고' '내 마음도 모르고 다른 남자를 바라보는 널' '언제까지나 사랑할 거야'라고 말한다는 것이다. 김소월의 〈진달래꽃〉 이후로 이런 루저 마인드는 우리 가요에 면면히 흘러내려오는 정서로 자리잡은 모양 같다. (어찌 생각하면 〈진달래꽃〉은 '즈려밟고 가라'고 해서 죄책감을 불러일으키려는 '악'에 받친 행동으로 해석될 수도 있을지도 모르지만……) 여기에 표현된 사랑은 그저 그냥 좋아하는 마음이다. 말 한마디 못해보고, 할 마음도 없는 이런 사람이 과연 좋은 사람들일까?

같이 차를 타고 있던 친구들 중 한 명은 외국인이지만, 대학 때 캘리포니아의 한국인이 운영하는 노래방에서 일한 적이 있어서 한국 노래에 정통한 편이었다. 그는 한국 노래를 잘 부르기 위해서 알아둬야 할 몇 가지 단어에 대해 친구들과 얘기한 적이 있다고 했다. '제발' '기다릴게' '돌아와줘' '눈물이 흘러' '기억할게' 등등. 곡조가 경쾌해서 들어보면 가사는 딴판, 여자는 관심도 없는데 남

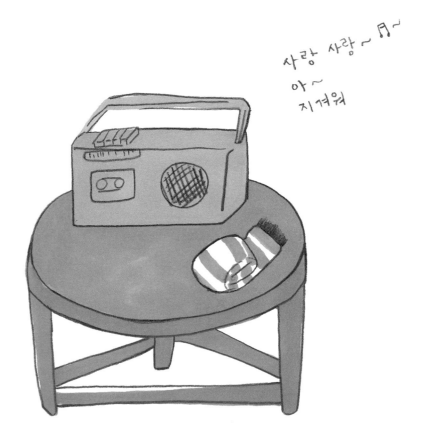

사랑 사랑 ~♪~
아~
지겨워

자 혼자 좋아하고 있는 내용이라며, "이거 스토커 아니냐?"고 묻기
도 했다.

양상은 다르지만, 다른 친구가 들어준 예도 주목할 만하다. 그의
지인 중 하나는 짝사랑하는 상대의 생일에 그 사람의 사진을 넣은
방석을 선물했다고 한다. 본인이 직접 사진을 준 것도 아닌데, 수소
문해서 사진을 구해와서까지 말이다. 웬만하면 쓰지 않아야 할 방
법을 사용한 무서운 분이다. 그러다가 상대가 시큰둥해하면, 다른
여자를 만나서 그런 비슷한 행위를 반복한다는 것이다.

어쩌면 이러한 정서 상태를 '한국인의 피에 흐르고 있는 체념과
달관의 미학'이라는 말로 변호할 수 있을지도 모른다. 하지만 이런
행동과 태도를 주의해야 하는 까닭은 한 사람에게 순정을 간직한
다기보다 누구를 만나든 같은 양상을 습관적으로 반복한다는 데
있다. 결국 루저 마인드는 특정한 타인에 대한 감정에서 우러난 감
상이라기보다는 그 사람의 성격과 실패한 연애에서 비롯되는 패턴
일 뿐이다. 그들은 어떤 사람을 만나도 비슷한 양상을 반복하고 실
패하면서 지고지순했던 첫사랑을 생각한다. 정말 첫사랑이었을까
도 궁금한 경우가 많다. 혼자 첫사랑이라고 생각하는 건 아닌지. 술
먹으면 취중진담을 남발하고 눈물을 흘린다. 그리고 지극히 감상
적이기 때문에 '예술가와 뮤즈' 타입의 관계로 빠지는 사람들도 많
다. 그리고 무엇보다도 본연적인 우유부단함—미련이 그렇게 많은
데 당연하지 않나! 이들은 '그녀의 딸이 세 살이 되도록' 마음 아파
하는 사람들이다!—때문에 사단을 일으키는 경우도 많다. 시집간
첫사랑이 부르면 달려가고, 그리고 괴로워한다.

K에게는 농담처럼 루저 마인드 노래를 좋아하지 말라고 했지만, 사실 저런 노래들은 아름답다(저 가수들을 비하하려는 목적은 없고 사실 나도 이런 노래를 좋아하는 편). 하지만 루저 마인드가 아름다운 것은 노래나 드라마에서뿐이다. 실제로는 그렇게 감미로운 감정만은 아니다. 언제까지나 한 사람을 향한 마음은 소중하고 높게 평가할 수 있는 가치다. 허나, 어떤 경우는 현실에서 뭔가 잘 안되니까, 기억에 숨는 방식을 택하는 것이기도 하다. 그때서야 루저 마인드라 정의되는 것. 루저 마인드가 군입대 전이나 제대 직후, 졸업 전후에 많이 찾아오는 것도 이런 이유에서다. 맞닥뜨린 세상이 힘들고 두려울 때, 기억이 찾아온다.

루저 마인드의 감별법은 간단하다. 술 마실 때마다 눈물로써 첫사랑을 추억하면 100퍼센트. 그런 마음상태를 루저 마인드라고 부르는 것이니, 동어반복적 정의라고 할 수 있겠다. 시시때때로 동아리방에서 〈취중진담〉〈그녀의 딸은 세 살이에요〉〈그대가 이 세상에 있는 것만으로〉〈내가 너의 곁에 잠시 살았다는 걸〉 같은 노래들을 기타치며 부르면서 의미심장하게 '사연이 있는 노래야'라고 말하는 사람이 있다면 85퍼센트, 노래방에서 질리지도 않고 정말 자기 얘기인 것처럼 흠뻑 취해서 부르는 게 습관이라면 80퍼센트 정도. 도를 지나친 감상적인 선물을 하는 게 습관인 사람 역시 루저 마인드의 전형이다. 10년 전 첫사랑 사진을 지갑에 간직하면 역시 빨간 불.

'사랑은 쟁취'라고 해도 쟁취되지 않는 사랑도 있게 마련이다. 그 사람들에 대해서 좋은 추억을 간직하고 있다면 존중해주어야 한다. 하지만 루저 마인드의 문제는 자신의 추억을 주위 사람들이 다 알 정도로 광고한다는 것. 시시때때로 그 추억을 꺼내서 술안주로 삼는다거나 멜랑콜리의 묘약으로 사용하는 것은 깔끔하지 않은 일이다. 가난은 나라님도 구제하기 힘든 것처럼 이런 사람들도 쉽게 구제되지 않는다.

너를 좋아했을지도 몰라

감정의 시제는 오로지 현재형뿐

S와 전화로 '하지 않으니만 못한 일'에 대해서 죽 늘어놓다가, "나 오래 전에 너 좋아했었잖아"라는 말에까지 이르렀다. 실상 오래 전 K도 내게 "이 말을 하는 심리가 무엇인가"라는 질문을 했던 적이 있는데, 그때 나는 쓸데없이 흥분하면서 그런 말을 하는 사람이라면, 성별에 관계없이 루저가 될 잠재력이 다분하다고 단언했었다.

실제로 이어지지 않은 인연이라는 것은 안타깝기도 하다. 하지만 저런 말을 군이 나중에 뱉어놓는 심사에 대해서는 잘 이해할 수가 없다. 물론 그 말을 하는 상황이나 심리가 단 한 가지는 아니다. 이런 안타까움에 대해 발설하고 싶은 심리는, 같은 경험을 한 사람이라면 누구든 공감할 것이다. 허나, 하지 않아야 할 말이 있는 것이다. 이런 말은 자신의 미련을 털어놓음으로써 상대방의 반응을 보고자 하는 마음 일부, 신포도에 대한 괜한 심술 일부, 나는 이제

극복했어, 아무렇지도 않아 일부가 뭉쳐서 나온 것으로 상대방의 마음속에 일어날 잔물결은 생각지도 않고, 자신의 기분을 위로하는데 지나지 않는 경우가 많기 때문이다.

심지어 S는 화를 벌컥 내며, "저는 그런 말을 들으면 심하게 기분이 상해요"라고까지 했다. 그러고 나서 S는 "감정에는 현재형밖에 없어요. 과거형도 미래형도 아무런 의미가 없는 거예요"라고 단언해버렸다. 그의 말은 옳다. 심지어 현재형의 감정조차도 명확히 발화해야 할 필요가 없는데, 하물며 과거형과 미래형은 말할 필요도 없는 것이다. 흘러가는 감정, 과거와 미래를 말로써 표현하는 게 과연 진실일까. 어떻게 생각하면, 과거의 감정이나 미래의 감정은 현재 내가 추산하는 감정에 지나지 않는 것이다.

나는 과거형보다도 더 언짢은 것은 가정법이라고 생각한다. "내가 그때 그 사람만 안 만났으면 너를 좋아했을지도 몰라"와 같은 말에는 과거형만큼의 진실도 들어 있지 않다고 나는 생각한다. '~했더라면'의 감정은, 많은 경우 감정에 핑계를 대거나 그저 일어나지 않았던 일을 호기롭게 한번 말해보는 것뿐이다. 가정법 과거, 현재 사실의 반대, 성문 기본 영어에나 나올 법한 이런 문법적 지식은 감정에도 적용된다. 가정법은 현재와는 다르다는 의미의 언술일 뿐, 가능성에 대해서는 별로 말해주지 않는다.

사람의 마음속에는 여러 가능성이 있고, 그 이루지 못한 가능성에 대해서 미련을 갖는 것은 우리가 기억을 간직하고 있는 인간이기 때문이다. 그렇지만 미련을 표현함으로써 내가 얻고 싶어하는 것은 무엇일까. 아니라는 것을 알면서도 한쪽에 슬쩍 밀어놓아 보고 싶은 가능성, 나 혼자만의 감정이 아니었을지도 모른다는 것을 확인함으로써 되찾을 수 있는 자존심, 이제는 아무렇지도 않다는 쿨한 태도를 보여주고 싶은 허영. 그러나 이 말로 얻을 수 있는 대가 치고는 너무 약하지 않나. 이루어지지 않은 건 말하지 않은 채로 놓아두는 편이 더 아름답지 않겠는가.

좋은 사람이지만
인연이 아니에요

누구의 잘못도 아니지만

언젠가 후배 S는 특유의 냉담하고도 무심한 어조로 "어떤 사람은 아무 잘못도 안했는데, 만날 때마다 싫어지는 일이 생기더라고요"라고 말한 적이 있다. 참 쌀쌀맞기 그지 없어서 그 상대에게 동정심이 들 지경이었지만, 그의 말에는 어쩔 수 없는 힘에 대한 인정이 들어 있었다. S의 잘못도 그 사람의 잘못도 아니지만, 싫어질 수밖에 없는 관계가 있다.

어떤 사람들과의 만남에서는 감정으로 해결할 수 없는 사건들이 발생한다. 예를 들어서 두 사람이 만나서 데이트를 시작하는데, 만날 때마다 불유쾌한 씨가 그들의 데이트에 껌 팔러 나타나는 것이다. 10월 어느 가을날, 야외에서 만나기로 했는데, 갑자기 일기예보와 다르게 폭풍우가 몰아친다. 설상가상으로 데이트 상대는 오다가 시위대를 만나서 늦어진다. 거기에다가 갑자기 핸드폰은 배터리가 나가서 연락이 되지 않는데 공중전화 같은 걸 찾을 수도 없다. 일기예보가 틀려서 벌벌 떨며 거리에 서 있어야 했던 것도, 시위대가 나타난 것도, 전화가 되지 않는 것도 한 사람만의 잘못이 아닌데 화가 난다. 왜 애당초 카페 안에서 만날 생각을 안하고, 길가에서 만나자고 했단 말인가? 그가 그렇게 하자고 했었나? 아니면 내가? 누가 그랬든 별로 기분이 풀리지 않는다. 머리로는 이해하는데, 마음으로는 찜찜한 것이다.

그러다가 그 다음의 만남. 지난 번 일을 사과할 겸, 그는 유명한 맛집으로 데리고 간다. 그런데 손님이 너무 많아 들어갈 수가 없다. 그런데 웬걸? 직원의 실수로 예약이 취소되어 있다. 약간의 실랑이 끝에 결국 자리를 차지하고 들어앉지만, 이미 식욕은 조금 사라져 있다. 게다가 이게 맛있다고 소문난 집이라고? 가격만 비쌌지, 음식은 차가운 데다가 접시가 깨끗하지도 않다. 상대방 성의를 생각해서 한마디 불평 안하고 생글생글 웃다가 돌아온다고 해도 그렇게 순탄한 데이트만은 아니었어, 라고 생각하게 된다. 그 다음 만남에서는 음식을 쏟는 바람에 옷을 버리고, 허겁지겁 집으로 돌아온다. 상대방의 친구들은 내가 별로라고 생각하는 게 분명하다. 그 다음에는 만나고 돌아오는 길에 핸드폰을 택시 안에 놓고 내린다.

세 번만 우연이 겹치면 운명이라는데, 이런 식은 너무하다. 이 사람과 나는 아무래도 인연이 아닌가 봐, 생각이 드는 것도 무리가 아니다. 처음에는 상대방에 대해 몇 가지 원망스러운 마음이 든다. 시위대가 있다는 사실을 몰랐다고 해도 왜 좀더 일찍 나오지 않았을까? 왜 직원이 실수를 하는 그런 식당에 예약을 했을까? 그때 왜 나에게 국물 있는 음식을 권해줘서 쏟게 했을까? 왜 나를 별로라고 생각하는 친구들을 사귈까? 왜 나를 집에 안 데려다 주어서 택시를 타고 가게 했을까? 이런 생각은 불공정한 데다가 어리석기까지 하다는 사실을 모르는 사람은 없다. 그 사람 잘못이 전혀 아닌 것이다. 서울 시내 길 언제 막힐지 아무도 모른다. 직원이 실수를 하는 일은 흔치 않다. 그가 권하지 않았어도 그 음식을 시키려고 했었다. 그 사람 친구들이 특별히 무례하게 대하지도 않았고, 실제로 내가 별로일 수도 있다. 데려다 주겠다는데 택시 타고 가겠다고 한 건 나다. 상황이 잘못되어 간 데는 쌍방과실이 있다. 그러니 상대방을 내리깎거나 원망하면 안 된다. 그건 어린애들이나 하는 짓. 그럼에도 불구하고 점점 만나기가 싫어지는 건 왜지?

반대의 경우도 얼마든지 있다. 나를 만날 때마다 그 사람은 티켓을 떼이기도 하고, 취객에게 봉변을 당하기도 하고, 핸드폰이 망가져서 중요한 전화를 못 받기도 하고, 내가 넘어져서 구둣굽이 떨어지는 바람에 택시 태워서 보내야 하기도 한다. 역시 내 잘못만은 아니지만, 왠지 그 사람을 만날 때마다 일이 꼬이는 것 같아 언짢기 그지없다. 그 사람이 화내거나 원망하지 않고, 태연한 척해도 속으로는 그렇지 않다는 걸 아니까, 마음이 불편하다. 즉, 만날 때마다 서로의 잘못 없이 불편해진다.

우리 나라 말은 참 편하다. 그냥 '인연이 아니다'로 해결할 수 있으니까. 영어에도 fate나 destiny가 있고, 이슬람에도 '알라의 뜻'이라는 kismet라는 표현이 있다. 하지만 '인연이 아니다'는 신이 정해놓았다는 의미의 거창한 개념이 아니라 그냥 두 사람의 별이 잘 안 맞아서, 궁합이 잘 안 맞아서 그렇게 되어버렸다는 뜻이다.

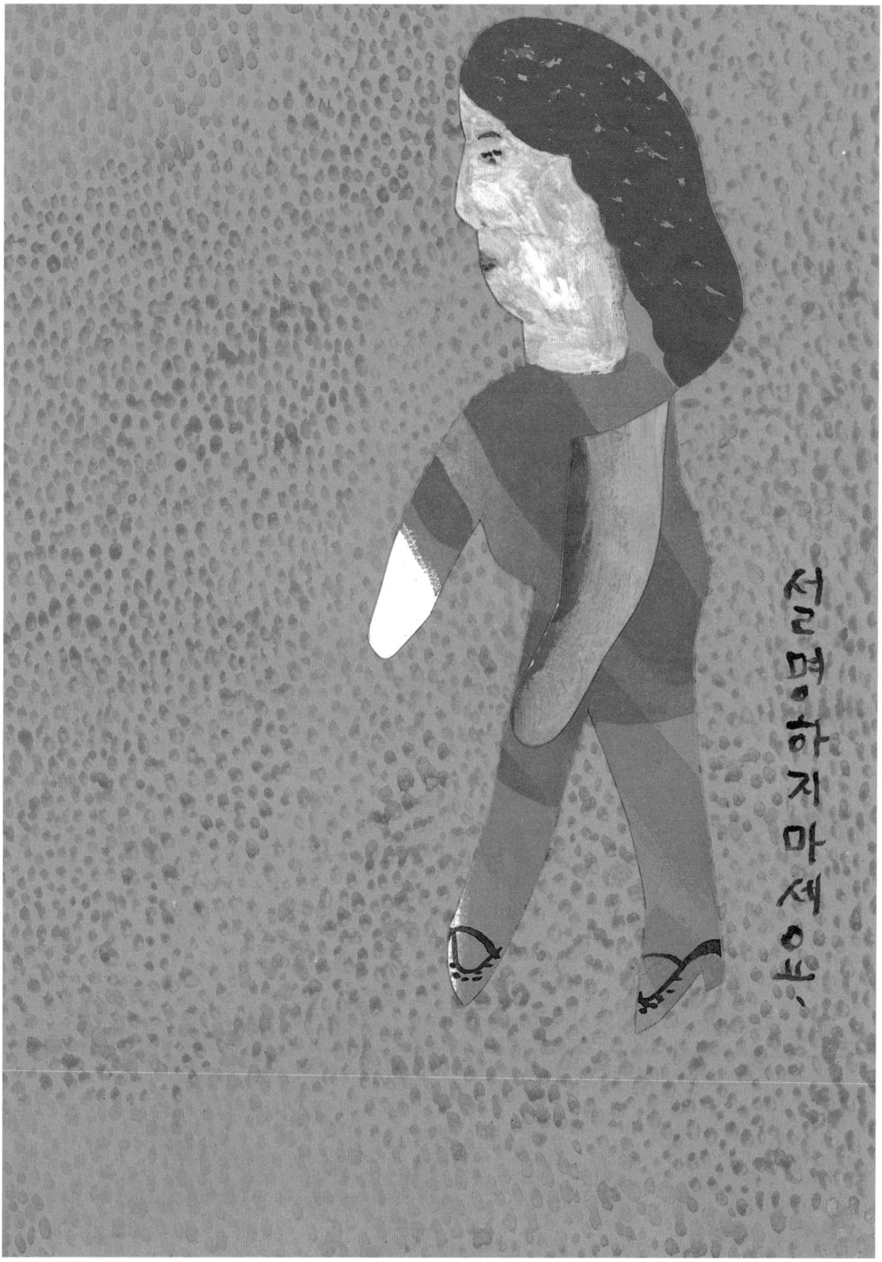
설명하지 마세요,

서로에게 아무런 도덕적 책임을 지우지 않고, 인연이 아니라는 말로 안 되는 관계를 정리할 수도 있다. 내가 만나기 싫은 건, 그 사람을 싫어하거나 미워해서가 아니다. 그냥 끈이 이어져 있지 않기 때문이다. 두 사람 사이에서 계속 나한테만 안 좋은 일이 생긴 것도 그 사람 잘못이 아니다. 그 사람을 계속 좋아하지 않는 것도 내 잘못이 아니다. 인연이 아니니까.

편리한 자기합리화다. 그런 사소한 골칫거리 같은 것 극복할 만큼 좋아하는 마음이 없기 때문이라고 말해버릴 수도 있다. 그 말도 틀리진 않다. 하지만, 서로 노력해서 좋은 관계로 이어지도록 세상의 흐름이 도와주지 않는 관계도 있다는 것을 인정할 필요가 있다. 누구나 첫눈에 반하지는 않는 것, 호의로 시작해서 점점 발전할 수 없는 상황이 이어지는 것, 그래서 헤어지는 것, 누구의 잘못도 아니다. 어느 쪽도 비난하거나 책임을 물을 수 없는.

그러니까, 만날 때마다 맛없고 비싼 식당에 계속 가게 된다면, 길이 계속 막힌다면, 기계들이 갑자기 외계인의 전파를 받은 듯 다 망가져버린다면, 지갑은 조르륵 도망가버리고 길에는 온갖 장애물이 도사리고 있다면, 날씨는 맑음에서 흐림으로 바뀐다면 생각해야 한다. 아무도 비난하지 않는 시점에서 이 관계를 그만둘 것인가 아니면, 그런 외부 세계의 흐름을 노력으로 바꿀 것인가. 흐름을 바꾸는 건 호의와 긍정적인 마인드로만 가능한 것, 불편해진다면 거기까지의 호의만 인정하고 그만두는 편도 나쁘지 않다. 아무도 그 사람과 당신을 비난하지 않는다. 원망해야 할 건 장난질하러 찾아 든 Mr. Trouble, 출타하신 뒤 돌아오지 않는 Lady Luck일 뿐.

내 사랑,
어디쯤 있을까 ✈

언제나 기억 속에는 말하지 못한 내 사랑

오래 전 읽었던 단편 만화 중에 「나지막이 부른 노래」라는 작품이 있다. 오경아의 단편답게 서정적이고 간결한 내용으로 되어 있었다. 이 작품의 남자 주인공은 유명한 작곡가로, 어느 날 그는 신인 여가수의 음반 작업을 맡게 된다. 여자의 재능은 나쁘지 않지만, 딱히 범상하다고 할 수도 없는 노래방 가수 수준. 그녀가 가수가 된 것은 아마 매니저나 기획사의 직원과 연인관계였기 때문인 듯싶다. 남자는 자신이 상업적으로 이용당하는 상황에 약간 짜증도 치밀지만, 여자에게는 별달리 내색할 수도 없다. 그러던 어느 날, 작곡가와 가수 두 사람은 함께 차를 타고 지방에 가야 할 일이 생긴다. (여기서 제3의 인물이 있었던가는 잘 기억나지 않는다. 아마 매니저가 있었을 수도 있고, 우연히 두 사람만 있게 되었을 수도 있고.) 그런데 길 한가운데서 차가 고장나버리고, 두 사람은 결국 마냥 기다릴 수밖에 없게 된다. 두 사람이 차 밑에 쭈그리고 앉아 있노라니,

분위기가 약간 어색하다. 그때, 여자가 낮은 목소리로 노래를 부른다. '말하지 못한 내 사랑, 어디쯤 있을까, 소리 없이 내 맘 말해 볼까.' 잘하는 노래라고는 할 수 없지만 그 목소리가, 그 느낌이 그의 마음을 파고든다. 그후 그는 음역 내에서 편안하게 부를 수 있는 노래를 여자에게 만들어준다. 그 한 장의 앨범만을 내고 그녀는 은퇴하고 결혼하였다는 소문이다. 그렇게 가수는 묻혔지만 노래는 남았다. 사람들은 가끔 라디오에서 흘러나오는 그녀의 노래를 들으며 "실력은 별로 없었지만, 그래도 이 노래는 참 괜찮았어"라는 식으로 말한다. 그는 그때, 길 위에서 그녀가 불러주었던 노래를 생각한다. 말하지 못한 내 사랑, 어디쯤 있을까, 하고.

나는 짝사랑을 한 번도 끈질기게 해본 적이 없다. 학교 다닐 때 선생님을 혼자 좋아하는 정도나, 연예인 책받침을 가지고 다니던 소녀적 감상을 빼면, 나를 좋아하지 않는 사람 때문에 진지하게 마음 아팠던 적이 없다. 가끔은 내가 먼저 어떤 이에게 호감을 가지기도 했겠지만, 그 사람이 돌려줄 마음이 없다거나 상황이 되지 않는다 싶으면 마음속에서 너무 쉽게 타협이 이루어진다. 애인이나 배우자가 있는 사람들을 좋아했던 적도 없다. 외적 요인을 찾는다면, 단지 주위에 홀로 좋아할 만한 사람이 없었을 수도 있고, 애인이 있는 사람이 멋지지 않았을 수도 있으며, 내게는 '임자 있음'이 '매력 없음'의 요소와 동일시되어서일 수도 있다. 하지만 내적으로 나는 보답받지 못하는 사랑을 오래 끌어안고 있을 만한 성격이 못되는 것이다. 이걸 자기보존 의지라고 할 수도 있고, 나쁘게는 이기심이라고 부를 수도 있으며, 손해보지 않는 성격이라고 말할 수도 있다. 단지 난처해지기를 싫어하는 성격이라고 말할 수도 있다. 한때는 오만하게도 '자존심이 높아서 그래'라고 생각하기도 했지만, '나를 먼저 좋아해주지 않는 사람은 좋아하게 되지 않더라'고 말하는 사람들을 내 눈으로 보고 이 생각은 약간 접었다. 원인이야 어찌되었든 결과적으로 내게는 짝사랑과 결부시켜서 떠올릴 만한 사람이 하나도 없게 되었다.

왠지 안타까운 일이다. 나는 이 나이가 되어서야 그 사실을 깨달았다. 짝사랑, 그중에서도 말하지 않아서 관계에 접어들지 않고 슬픔도 없는 사랑이야말로 완벽한 추억이다. 그들은 처음에만 상냥하게 굴다가 나중에는 서로 지루해져서 멀어진 과거의 연인들이 아니다. 혼자 좋아해서 고백했는데, 매몰차게 나를 차버려서 내 자존심에 씻을 수 없는 상처를 주었던 사람들도 아니다. 그들에게는 범용한 일상적 관계의 때가 묻어 있지도 않다. 후에 다른 사람 만나 가정을 만들었다고 해도 비 오는 날 창밖을 쳐다보면 비안개가 살포시 얼굴을 그려주는 사람, 눈이 내리면 마음 바닥에 눈이 깔린 듯 싸하게 시려오면서 목소리가 밀려드는 그런 사람들이다. 그리고 말하지 않았기에 짐작할 수 없는 가능성을 가끔 셈해보게 하는 사람들이다. 그러고 나서, 그들이 어딘가에서 살아가고 있을 걸 생각하고는 빙그레 미소 짓고, 나 또한 살아가야겠다고 다짐하게 하는 사람들이다.

그런데 나한테는 비 오는 날 생각할 사람 하나 없다니! 주부가 되면 비 오는 날 창밖을 봐도 결국 남편 얼굴을 떠올리며 '비 오는데 딴 데로 새지 말고 집으로 곧장 와야 할 텐데'라거나 '허리도 쑤

시는데 오늘 국은 뭘 끓이나' 이런 생각을 하게 될 거다. 그러다가 그게 지루해지면 나를 좋아한다고 쫓아다녔지만 알고 보니 양다리, 아니 문어발을 뻗고 있었던 남자애들이나 떠올릴 거다. 그러면 비참해져서 주부우울증에 걸릴지도 모른다. 그렇다고 지금에 와서 '비 오는 날 떠올릴, 말하지 못한 내 사랑'을 찾아 나설 수는 없다. 에고도 한층 호두껍질처럼 단단해졌고, 달리 걸리는 문제도 있으며, 곱게 해봤자 '우중산책', 망가지면 'B사감과 러브레터'다. 그리고 무엇보다도 '말하지 못한 내 사랑'은 우리 인생의 어느 한 시점에 우연히 찾아오는 것으로 그 분기점을 돌아선 사람에게는 다시 찾아오기가 어렵다. 계산을 하지 않던 시절, 보답을 바라지 않던 시절, 이루어지지 않은 관계에서도 사랑을 할 수 있다고 믿던 시절에만 그 짝사랑이 온다. 한 번 관계에서 계산을 따지고, 한 번 주면 한 번 받아야 한다고 믿고, 고착된 관계의 편안함을 인식한 사람에게는 쉽게 오지 않는다(물론 어떤 사람에게는 아예 그 시절이 공백으로 남아 있기도 하다). 아름다운 짝사랑은 어리고 어수룩한 감정의 표본이지만, 그만큼 절대적이기도 한 것. 말하지 못하는 사랑이 하나 둘씩 줄어들고 언어의 옷을 입게 될 때 사람들은 안정적이거나 혹은 그만큼 불안정하기도 한 관계를 얻고 대신 애틋함을 잃는다.

그렇다면 정말로 내겐 비가 내리면 주부우울증을 벗삼아 홀짝홀짝 소주를 마시며 빗방울을 바라보거나, 마음 굳게 먹고 용감하게 우산을 받쳐들고 국거리를 사러 나가는 것 이외에는 별 다른 선택의 여지가 없나?

아니, 그렇지는 않을 것이다. 나는 떠오르는 사람 없어도 가끔

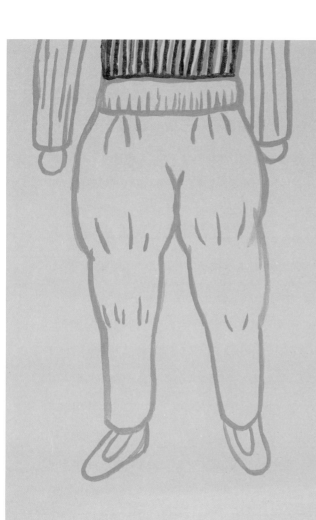

축 축해요

빗방울이 안타깝고 내리는 눈에 마음이 싸할 때가 있다. 말하지 못한 내 사랑 같은 건 없는데 왠지 과거 언젠가 있었던 듯한 기분이 든다. 어쩌면 짝사랑을 한 번도 해보지 못한 많은 사람들도 이렇게 '말하지 못한 내 사랑'의 기억을 가지고 살아갈지도 모른다. 어떤 소설처럼 너무 아파서 약을 먹었더니 기억이 싹 지워졌는지도 모르고, 이전 생의 기억이라서 얼굴이 떠오르지 않는지도 모르고, 경험하지 않아도 추억될 수 있도록 유전자 백 몇십 번에 '말하지 못한 사랑의 기억'이란 부분이 있는지도 모르지만. 말하지 못한 내 사랑, 이렇게 중얼거리면 왠지 안타까운 것이다. 그래서 비, 눈 외에도 바람이 살랑 불거나, 하늘빛이 조금 다르거나, 해가 지거나 해서 공기 중의 조성성분이 미묘하게 맞아 떨어지면, 아무렇지도 않게 국거리를 사러 뛰어나가다가도, 전철에 앉아서 멍하니 한강의 낙조를 바라보다가도, 갑자기 가로수에서 잎이 하나 뚝 떨어지는 걸 바라보다가도, '말하지 못한 내 사랑' 때문에 마음이 아련하다. 김광석의 〈말하지 못한 내 사랑〉 같은 노래를 들으면 더더욱. 한숨 푹 쉬며 '응, 정말 그래'라고 고개 끄덕이게 된다. 이렇게 시원의 기억 속엔 '말하지 못한 내 사랑'이 들어 있다. 어딘가 살아 있는 말하지 못한 내 사랑, 얼굴도 모르고 목소리도 모르지만, 잠들지 않는 꿈속에 있는 사랑.

나는 여기서
당신을 기다릴게 ✈
기다림은 우뚝 서 있다

　장진의 재기발랄한 영화 〈아는 여자〉에는 극중극 형식으로 '도시로 떠나간 남자를 기다리는 여자를 사랑하는 전봇대' 이야기가 나온다. 이 영화의 주인공은 전봇대라고 한다. 전봇대는 나중에 돌아오지 못하게 된 남자의 사랑을 여자에게 전달해주는 매개체도 된다. 전봇대라는 것은 서로 연결되어 있으니까, 사랑이 전달될 수 있다는 설정만 빼고는 전봇대와 기다림은 느낌상 잘 어울린다. 떠난 사람을 기다리는 사람은 항상 뭔가 기다랗게 서 있는 것과 함께 기다리는 것처럼 느껴진다.

　기다리는 사람 자체가 기다랗게 길게 서 있는 모양이다. 걸어가버리면, 만날 수 없다. 앉아 있다면 뭔가 체념했거나, 여유로운 기색이 엿보인다. 정말 돌아올 것이라고 믿고 기다린다면, 서 있는 것이 당연하다. 처음 그 사람의 모습이 보일 때 가장 먼저 발견할 수 있도록, 금방 뛰어가 맞을 수 있도록.

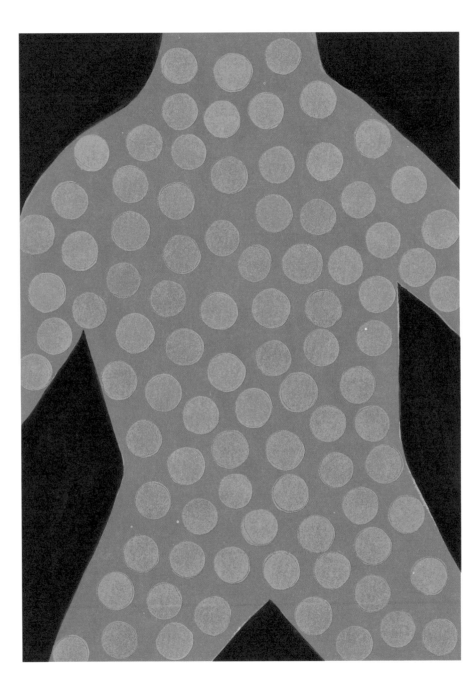

그러나 혼자 서 있으면 외로우니까, 그리고 어디까지 나가서 기다려야 할지 한계선이 필요하니까, 언제 돌아올지 모르는 연인들을 기다리는 사람은 꼭 무언가와 함께 서 있다. 기다리는 사람들은 기다림을 함께 하는 동반자로 같이 서 있을 무언가를 필요로 한다. 기다림이라는 것은 나란히 서 있을 사람이 없다는 것이니까, 같이 기대어 있을 사람이 없다는 뜻이니까, 대신 나란히 서 있어주고, 기대어 있어줄 무언가가 필요하다. 마을 어귀에 서 있는 나무, 가로등 밑에서 연인을 기다리는 사람, 전봇대 아래.

그렇다면, 항상 무언가를 기다리는 듯 서 있는 나무, 가로등, 전봇대가 자기와 같이 서 있는 어떤 존재에게 공감을 한다는 것도 상상 차원에서 있을 법하다. 전봇대가 영화 속의 그녀를 사랑한 것은 일리 있어 보인다. 전봇대가 느낄 수 있다면, 그는 그녀를 정말 사랑했을 것이다.

그녀의 기다림이 끝나서 떠나버렸을 때 남은 전봇대는 어떻게 되었을까? 〈아는 여자〉의 극중극에서는 보여주지 않았다. 나는 감독이 처음부터 전봇대가 주인공이라는 설정을 폭소 유발 장치로밖에 사용하지 않았을 거라고 의심한다. 그 영화에서는 전봇대가 주인공이 아니었다. 다만 두 남녀의 사랑을 이어주는 의식을 가진 조연일 뿐이었다. 전봇대가 주인공이라면, 그녀가 떠난 후에 그의 기다림이 보여졌어야 했다. 아니면, 감독은 우뚝 서서 기다려 본 경험 같은 것은 없었기 때문에 몰랐던 걸까. 그녀가 도시로 떠나간 그 사람을 우뚝 서서 기다린 것 같은, 전봇대가 그녀가 매일 오기만을 우뚝 서서 기다린 것 같은 그런 기다림을.

약속 없는 기다림은 언제나 서 있다. 그 자리에. 그런 기다림은 그 자리에 서서 나무가 되고, 가로등이 되고, 전봇대가 되어 또 다시 기다리러 오는 사람의 친구가 되어준다. 그러니까 그들은 서로를 이해할 수 있다. 원래부터 서 있는 존재들에게 있어서 기다림은 본연의 의무이자 의의이기 때문에.

언젠가
본 것 같은 느낌

그리움의 기원

한 번도 한 적이 없는

입맞춤을

생생하게

기억하는 것보다

더 큰 지옥은

없다.

—리처드 브라우티건, 「입맞춤의 유령」

드라마 〈연애시대〉 12회의 마지막 장면에서 은호(손예진 분)는 전 남편 동진(감우성 분)과 그의 새 애인—첫사랑이므로 오래된 새 애인이라고 해야 할지도 모를—유경(문정희 분)이 은호와 동진의 추억의 장소인 카페의 계단을 올라가는 장면을 목격한다. 그 광경을 처연하게 바라보며 은호는 이렇게 되뇐다. "그날, 그 시간의 일들이 마치 데자뷔처럼 느껴졌던 것은 이미 알고 있었기에, 언젠가는 이런 날이 오리라는 것을 알고 준비를 했기에, 익숙해지도록 상상 속에서 몇 번이나 반복해 아파해온 장면이기에……. 그런데도 아무런 도움이 되지 않았다."

뒷부분의 감상은 제쳐두고라도 이 독백의 첫대사는 기억의 본질에 대해서 다시 한번 묻게 한다. 데자뷔(Deja Vu, already seen)는 이미 과거에 본 것이라는 뜻이다. 하지만 선형적 시간 궤도 안에서 이 현상은 일어난 적이 없다. 데자뷔는 존재하지 않은 사실에 대한 기억이다. 초과학을 신봉하는 사람들은 이를 전생의 기억이라고 생각하거나 예언자적 능력으로 보기도 한다. 어떤 심리학자들은 이를 망상이라고 생각한다. 싱크로나이시티에 입각해서 보면 많은 사건들이 서로 인과관계 없이 얽혀 있다가 새로운 현상이 유사한 경험을 불러내기 때문에 생겨난 것일 수도 있다. 타임슬립형 SF에서 보여지듯이 시간이 비틀려서 발생한 틈에서 목격한 사건의 기억일 수도 있다. 하지만 어떠한 학술적 설명이 존재할 수 있건 간에 한 가지만은 알 수 있다. 우리는 실제로 경험하지 않았거나 보지 않은 일을 기억할 수 있다. 그러니 기억이 철저하게 과거에 대한 것뿐이라는 말은 잘못된 것이다. 영화 〈이터널 선샤인〉이 역설하듯이 기억은 과거의 사실인 동시에 미래의 것이고 현재진행형이며 영원히 일어나지 않을 일에 대한 인식이다.

은호는 아직 오지 않은 일을 본 기억이 있다. 이런 경험은 특이하거나 낯설지 않다. 모두에게는 저러한 기억이 있다. 평생 겪지 못했던 키스를 잊지 못하거나 실제로 존재하지 않았더라도 말하지

못했던 사랑 때문에 안타까워한다. 없지만 있는 기억. 너무 간절히
원했기 때문에, 혹은 간절히 원치 않았기에, 그런 기억들이 생겨났
다. 하지만, 바람과 상관없이 기억은 자체적으로 솟아난다. 얼굴도
이름도 목소리도 모르는 사람을 기억할 수 있다. 이들은 인식의 문
을 넘어 세계 안의 현실에서 자극받아 발생한 기억들이 아니라, 내
면으로부터 솟아난 기억이기 때문에 더 조절하기가 힘들다. 어느
새 나타났다가 오래 머물고 간다.

  이렇게 아무 데서도 기억에 대응되는 외적인 개별적 사건을 찾
을 수 없을 때, 즉 외연外延이 결여되어 있는 기억은 그 결핍을 채
울 만한 내적인 감정을 필요로 한다. 기억의 대응항을 잃은 결핍
의 감정은 존재하고 있는 언어 목록 중에서는 적당한 단어를 찾을
수 없지만, 이 범위 없는 감정들을 한데 이름하여 그리움이라고
부를 수 있다. 기억상실증이 존재하고 있는 외적 대응항에 대한
내적 인식을 불러내지 못하는 비극적 요소를 가리키고 있다면, 반
대로 아무데도 없는 것에 대한 기억은 세계에 대한 결여를 지닌
비극을 의미한다. 하지만 이쪽의 결여가 더 깊고, 넓으며, 회복 불
가능하다.

  자다가 깨었을 때 전혀 생각나지도 않는 꿈에 눈물이 흐른다거
나, 뜨고 지는 해에 따라 깃털 같은 구름이 갖가지 색으로 흩어지
는 광경에 마음이 흔들린다거나, 차창을 두드리고 간 빗방울이 낯
설지가 않다거나, 어떤 음악을 들었을 때 실제로 없었던 이별을 느
낄 수 있다면, 이는 기억이 그 대상을 찾아 헤매다 결국 안쪽으로
가라앉았다는 뜻이다. 아쉬움으로 인한 그리움이 우리를 채워 기

억을 맞는다. 그리하여 존재하지 않은 일에 대한 기억은 항상 그리움을 데리고 다니며 뜬금없이 사람들을 방문하게 된다. 그는 언제나 예기치 않은 시간에 찾아온다. 지하철이 들어오는 소리가 들릴 때, 엘리베이터 문이 닫힐 때, 밤에 자려고 눈을 감았을 때, 존재하지 않은 일에 대한 기억들은 조용히 우리를 깨워 밤중에 홀로 앉아 있게 한다. 없었던 일을 그리워하게 하며. 그렇지만 그 기억은 아무도 진정으로 슬프게 하지는 않는다. 언젠가 그 기억이 마침내 세계 속에서 그에 대응하는 사건을 맞닥뜨릴 때까지는. 그리움이 밖으로 흘러넘치며 굳어 견고한 슬픔과 기쁨이 될 때까지는. 그동안 우리는 존재하지 않는 기억의 결핍된 감정을 깊게 향유할 수 있는 것이다.

사랑은 가고
사진은 남는다

2차원의 순간으로 재생산되는 3차원의 존재

우연히 그녀의 지갑에서 떨어진 사진 한 장, 주워보니 모르는 사람이다. "이 사람, 누구야?" 하고 물어보니 갑자기 얼굴빛이 변한다. 아아, 이제 더이상 물어보지 않아도 알 수 있다. 이 사진의 주인은 이전의 연인이었을 것. 왜 아직도 그의 사진을 가지고 있는지 물어보고 싶지만, 차마 물어볼 수가 없다.

"내 사진은 아직 달라는 말도 안했는데"라고 K는 쓸쓸하게 말했다. 나는 그를 쉽게 위로하는 대신 생각했다. 사람들은 왜 현재의 연인을, 헤어진 연인의 사진을 간직하는 걸까? 헤어진 옛사랑의 사진을 추억의 기념품으로 가지고 있는 것은 물론, 현재 만나고 있는 연인들의 사진까지도 지니고 다니는 걸까?

이 두 가지 질문에 대한 답은 각각 다른 견지에서 봐야 하지만, 먼저 '사진을 간직하는 행위'에만 초점을 맞춘다면 사랑하는 사람의 모습을 지니는 행동은 꽤나 고전적이다. 이는 사랑이 존재의 물리적 한계를 뛰어넘고자 하는 시도로서 실현된다는 증거이기도 하다. 사람이 아무리 고독을 극복하려고 해도 타인과 항상 함께 있을 수는 없다. 그러나 사랑은 사람이 동시에 여러 곳에 있을 수 없다는 물리적 법칙에 대한 도전으로 존재한다. 같이 있지 않아도 같이 있는 것처럼 느끼게 하는 동력, 사진은 그 물리적 증거다. 사진을 간직하는 건, '우리는 언제나 함께 있어'라고 말하는 일이다. 존재를 외적 모습에 대응시키는 방식은 일차적이고 직접적이어서 "가지고 다니게 사진 좀 줘"라는 말은 지나치게 대담한 일처럼 생각되기도 하지만, 오히려 솔직해서 누구에게나 직관적으로 이해되는 상징이기도 하다.

그렇지만, 사진으로 표상되는 연인의 존재는 사랑이 우리를 타인에게 완전히 묶어놓지 않는다는 사실을 역설적으로 증명하기도 한다. 사진과 실제의 사람, 의심의 여지없는 유사성에도 불구하고 사진은 실제의 그 사람을 완전히 보여주지는 않는다. 사진작가 브레송이 '사진은 결정적 순간을 포착해내는 예술의 작업'이라고 말했다지만, 사진이 순간의 진실을 포착한다고 하더라도 순간의 집합, 그 이음매 없는 흐름으로 구성되어 있는 실제 인간과 일치되지 않는다. 사진은 다만 우리가 실제의 연인을 알고 있다는 환상을 준다.

줄리언 반즈의 『플로베르의 앵무새』의 3장에는 그물을 정의하는 두 가지 방법에 대한 이야기가 나온다. 그물을 '물고기를 잡기 위해서 실 따위를 엮어 만든 기구'라고 할 수 있지만, 다른 시각으로 보면 구멍들을 끈으로 엮은 것이라고 말할 수도 있다는 것이다. 줄리언 반즈가 이 예를 든 것은 우리가 한 사람을 묘사하는 일에서 잃

어버리는 자료도 훨씬 많다는 사실을 지적하기 위해서다. 나는 이 예를 사진에 대한 비유로 바꾸어 쓰고 싶다. 사진은 길거나 짧거나 인생의 한 시기를 차지하고 있는 연애의 역사에서 구멍과 구멍이 만나는 이음매를 상징한다. 사진들 사이에 기록되지 않은 연애의 추억들이 있다. 시간이 물처럼 순간과 순간 사이에 흘러 들어오면 이런 추억들은 서서히 빠져나간다. 그렇지만, 연인의 추억을 잡아내기 위해서 사람들은 2차원의 사진을 간직한다. 그 그물 사이에 남아 있는 것들, 그게 바로 사랑의 순간과 그 기억으로 구성된 3차원 연인의 실체다.

헤어질 때 사진을 정리하는 행위는 결국 그물에 잡힌 연인의 실체를 놓아준다는 의미가 된다. 사진은 연인을 잡아놓고 있던 모든 이음매의 상징일 뿐, 추억 그 자체가 아니다. 무엇이 되었든 그 이음매를 놓아버리는 행위가 결별이다. 그러면 동시에 연인은 모래인간처럼 사르르 무너져내리고, 다시는 찾을 수가 없다. 사실 내가 포착하여 쌓아올린 그 무엇이 그 사람의 실체였는지도 알 수가 없다. 사랑이 끝난 후에 사람들이 '내가 사랑했던 사람이 저 사람이 맞나'라고 생각하게 되는 이유는 그를 3차원의 인간으로 구성하게 했던 순간들이 끊어져버렸거나 사라져버렸기 때문이다. 그 사람이 변한 게 아니라, 연인을 연인으로서 인식하게 했던 그 순간들이 이제는 더이상 효력이 없어졌기 때문이다.

따라서 헤어진 연인의 사진을 간직하는 것은 현재 만나고 있는 사람의 사진을 지갑 속에 끼워넣는 일하고는 다른 의미가 된다. 헤어진 연인의 사진을 가지고 있는 많은 이들은 이렇게 항변한다. 그와 함께 보냈던 시간도 나의 일부분이므로 사진을 간직하는 것뿐이라고. 이들의 말도 틀리지는 않다. 연애의 역사는 인생의 부분집합, 그 시간을 구성해주었던 파편의 일부를 간직함으로써 인생 한 시기의 점을 찍는다. 하지만 2차원의 사진은 3차원의 세계가 남긴 흔적일 뿐 아니라, 3차원의 세계가 2차원의 사진을 바탕으로 재조립되는 것이라는 사실을 깨닫는다면 사진을 간직하는 행위가 그렇게 가볍지만은 않다는 것을 알게 된다. 사진은 단지 어떤 한순간의 영상이 아니라, 실체를 만들어내기 위한 사람들의 의도를 의미하고 있다. 그러니, 옛사랑의 사진을 간직하고 있는 애인을 발견하는 순간 쓸쓸해질 수밖에. 사람들은 사랑은 가도 사진은 남는다고 말하지만, 사진이 있는 한 그 사랑이 완전히 사라지지 않은 것처럼 여겨진다. 그 사진이 실제의 사람을 가리키건 아니건 더이상 중요하지 않은 문제, 사진의 주인공이 그물에 걸린 물고기처럼 기억의 그물에 걸려 있을지도 모른다는 생각이 연인을 외롭게 만든다.

사람들은 누구나 안다. 평면적인 사진은 입체적 실체를 지닌 연인의 경쟁상대가 아니라는 것을. 하지만 연인과 함께 있지 않을 때 구성되는 연인의 형체는 이 2차원의 평면, 실제의 사람과 같지 않을지도 모르는 이미지에 바탕하고 있다는 사실을 돌이킬 때, 실제의 연인은 낭만적 기억의 조합에 위협을 느끼기도 한다. 책갈피에 끼워 놓고 잊어버리고 있다가 우연히 발견한 옛날 사진에 홀로그램처럼 일어서는 세계를 생각해보라. 어차피 연인도 함께 있지 않을 때는 이미지의 조합인데, 한 장의 사진이라고 어찌 무심해질 수 있을까.

그곳을 생각하면
당신이 떠올라
조지아, 당신, 그곳, 언제나 내 마음에

조지아, 조지아
Georgia-Georgia

하루종일
The whole day through

달콤한 옛노래를 들으니 조지아가 마음속에 떠오르네,
Just an old sweet song keeps Georgia on my mind

나는 불러보네 조지아, 조지아라고.
I said Georgia-Georgia

소나무 사이로 비친 달빛처럼 달콤하고 맑게 너의 노랫소리가 다
가와,
A song of you comes as sweet and clear as moon light through the
pines

나를 향해 내뻗는 손길, 부드럽게 미소 짓던 눈동자,
Other arms reach out to me, Other eyes smile tenderly

평온한 꿈속에서 네게로 돌아가는 길이 보여
Still in peaceful dreams I see the road leads back to you

나는 불러보네, 조지아, 오 조지아라고.
I said Georgia-Oh Georgia

―〈Georgia on My Mind〉 중에서

미셸 투르니에의 책 『생각의 거울 Le miroir des Idees』에서 발견한 뒤 항상 곰곰 생각하게 되는 문장이 있다. '개는 인간에게 애착을 느끼고, 고양이는 장소에 애착을 느낀다'가 그것인데, 개와 고양이를 대비했다는 면에서 이 말에 반박할 사람도 있을 것이고, 고개를 끄덕일 사람도 있을 것이다. 내가 이 문장을 해독하는 방식은 겉으로 드러나는 애정의 모습은 같지만, 애정을 느끼는 방식이 다를 수도 있다는 것이다. 개과의 사람은 인간, 즉 살아서 움직이는 대상에 애정을 느끼기가 쉽고, 고양이과의 인간은 장소, 즉 그를 둘러싼 환경, 정적이고 물리적인 장소에 애정을 느낀다는 뜻이다. 따라서 나는 이 문장을 완전히 구분된다고 말할 수는 없지만, 두 가지의 애정이 각각 존재하고 있다고 말할 수는 있지 않을까 하는 의미로 받아들였다.

오랜만에 〈Georgia on My Mind〉의 여러 가지 버전을 들었다. 나는 이 곡을 오랫동안 좋아했지만, 내가 가장 좋아했던 연주는 가사 없는 연주곡이어서, 한 번도 귀 기울여 가사를 들어본 적이 없었는데, 어제 가만 들어보니 느낌이 좀 달랐다. 조지아를 뭔가 살아 있는 대상처럼 대하는 느낌이 강하게 왔던 것이다. 나는 조지아를

나도 사랑받고 싶다구...

'주州'의 이름이라는 것 외에 다른 의미로 해석해본 적이 없었고 〈New York State of My Mind〉처럼 애향심과 향수가 가득한 노래라고만 받아들였다. 사실 이 곡은 1979년부터 조지아 주의 주가州歌로 불리어졌고, 그런 의미에서 이 해석은 틀린 것이 아닐 것이다. 또한 이 곡을 부른 가장 유명한 가수는 레이 찰스고, 그는 조지아 출신이기 때문에 이런 해석이 자연스러웠는지도 모른다. 하지만 어제 이 곡을 들으면서 조지아는 사람 이름일지도 모른다는 느낌이 들었다. 이 곡은 1930년에 호기 카마이클이 작곡하고 스튜어트 고렐이 작사하여 만들어진 것이다. 두 사람 다 조지아에 산 적이 없었고, 호기 카마이클의 여동생 이름이 조지아였다는 점에서 조지아를 사람으로 볼 수 있는 여지도 있다.

나는 이 사소한 미스터리에 대해서 생각한다. 이제는 진실을 알 수 없을 것이고, 그다지 중요하지도 않다. 원래 카마이클이나 고렐이 어떤 의미에서 이 곡을 만들었든 간에, 사람을 의미할 수도 있고, 장소를 의미할 수도 있게 되었다. 오랫동안 스스로를 고양이과의 사람이라고 생각해왔던 나는 이 곡을 장소와 연관시키기가 더 쉬웠다. 나는 대학 시절을 생각할 때도 사람들보다 학교의 뜰을 더 그리워한다. 짧은 직장 생활에 대해 떠올릴 때도 사람들보다 방과 후 조용한 교실을 더 그리워한다. 서울을 생각할 때도 거리를 많이 떠올리곤 한다. 하지만 내가 어제 조지아, 그 이름을 들었을 때 나는 사람을 그리워하는 것에 대해서 생각했다. 나는 내가 확신하는 것만큼 고양이과의 사람이 아니거나, 점점 개과의 사람으로 변하거나, 아니면 애당초 그런 구분은 존재하지 않았는지도 모른다.

우리는 전화해서 "나예요"라고 말하지 않고 "여보세요" 즉 "여기 보세요"라고 말한다. 이는 여기 있는 나를 보아달라는 뜻이다. 사람들의 주의를 끌고 싶을 때도 "여기요"라고 말하거나 "저기요"라고 말한다. 장소는 곧 사람을 의미한다. 나는 지금 여기, 당신은 저기. 그러니까 그 발붙이고 있는 장소와 사람들을 동일시한다.

실제의 사람은 공간과 분리될 수 있다. 내가 지금 생각하고 있는 공간과 멀리 떨어져 있는 것처럼. 하지만 기억 속의 공간, 그리움 속의 공간은 언제나 사람을 내포한다. 장소는 생각보다 정적이지 않고, 고착되어 있지도 않다. 내가 애착을 갖는 장소는 언제나 그곳과 연결된 사람들의 기억으로 이루어져 있다.

그러니, 레이 찰스가 노래할 때 그가 돌아가고 싶은 조지아, 그가 죽었을 때마저 장례식에서 윌리 넬슨이 그를 대신하여 불러주었다는 조지아, 그게 누구의 이름이든, 어느 곳의 이름이든, 별개의 이름이 아니었으리라. 우리가 부르는 이름이 모두 다 그렇다. 당신, 그곳, 무엇이 되었든 간에 이 둘은 함께, 언제나 내 마음에 있다.

당신을 위한
세상 한 장뿐인 음반 ✈
컴필레이션 테이프의 운명

내게 있어서 테이프를 만드는 것은 편지를 쓰는 거나 마찬가지다. 지우고, 다시 생각하고, 처음부터 다시 쓰고. 그리고 나는 근사한 테이프를 만들고 싶었다. 왜냐면 솔직하게 말해서 디제잉을 시작한 이후로 로라처럼 사귈 가망이 있는 여자를 만난 적이 없었기 때문이었고, 또 그렇게 사귈 가망이 있는 여자를 만나는 건 부분적으로 디제잉 일의 본질이기도 하기 때문이었다. 좋은 컴필레이션 앨범을 만드는 건 애인이랑 깨지는 것만큼이나 힘든 일이다. 먼저 결정타를 날릴 수 있는 곡, 관심을 확 잡아끌 수 있는 곡으로 시작해야만 한다(나는 처음에는 〈Got To Get You Off My Mind〉를 맨 처음에 넣었지만, 곧 원하는 공을 직구로 던져주었다가는 로라가 1면 첫번째 곡만 듣고 더이상 안 들을지도 모른다는 생각이 들었다. 그래서 나는 그 곡은 2면 중간에 잘 묻어두었다). 그 다음에는 한 급수 올리거나, 한 급수 낮출 필요가 있다. 백인 음악과 흑인 음악을 섞어서도 안 된다. 백인 음악이 흑인 음악처럼 들리는 게 아니라면 말이다. 그리고 같은 아티스트가 부른 노래를 두 곡 나란히 넣어서도 안된다. 모든 곡을 다 그렇게 짝으로 넣을 게 아니라면. 그리고, 또⋯⋯ 아, 규칙은 정말 많고도 많다.

　　—닉 혼비, 『하이 피델리티 High Fidelity』 중에서

　카세트테이프는 진정한 20세기의 기술이다. 그들은 20세기 후반을 환히 밝히다가 번쩍 명멸하고 21세기의 도래와 함께 사라져 갔다. (물론 레코드판, 일명 비닐이 이 묘사에 더 가깝다. 하지만 나는 이런 장대한 표현을 언젠가 한번 써보고 싶었다. 그리고 또한 사실이 아닌 것도 아니잖는가?) 레코드판은 뭔가 수집가, 감상가와 같은 전문적 느낌을 준다면 카세트는 그야말로 대중적인 음악 감상의 수단이라는 느낌을 준다. 이어폰을 하나씩 나누어 끼고 '마이마이'를 듣는 고등학생들, 대학교 복사집의 복사 영어 테이프, 고속버스의 트로트 테이프, 길거리의 유행가 모음집 테이프. 이런 데서 오는 싸구려 정감이 CD나 레코드판에는 부족하다. 가격은 말할 것도 없고.

　그런데 카세트테이프가 그렇게 널리 사랑을 받았던 것은 무엇보다도 녹음이 쉽다는 데 있었다. 라디오를 들으면서 좋아하는 곡이 나오면, 아빠의 레코드판을 녹음하고 싶으면, 교과서에 실린 「마지막 잎새」의 라디오 대본을 형제들끼리 읽으면서 연기해보고 싶으면, 우리에게는 언제나 카세트가 있었다. 녹음, 재생, 일시멈춤을 이용한 편집기술만 있으면 되는 것이다. 그중에서도 테이프의 가장 궁극의 기능은 컴필레이션, 즉 모음 편집이었다. 당시 레코드 가

게에서는 이런 컴필레이션 카세트테이프를 돈을 받고 만들어주기도 하였다. 지금은 생각할 수 없는 일이다. 저작권과 상관없이 컴필레이션을 만든다는 것과 인터넷에서 다운로드 받지 않고 레코드가게에서 음반을 구입하는 일이 일상적이었다는 것.

아무튼 『하이 피델리티』의 주인공 롭이 말한 것처럼, 컴필레이션 테이프를 만드는 것은 편지를 쓰는 일과 같다. 모든 컴필레이션 테이프에는 메시지가 담겨 있는 것이다. 그의 10대 동안 세 명의 여학생에게 컴필레이션 음반을 만들어주었다는 P, 그는 최고로 비싸다는 SK 골드릴 테이프에 정성스럽게 팝발라드를 담아 녹음해주었으나 그 여자아이들이 그의 메시지를 잘 이해했을 것 같지는 않다고 한다. "왜 가요는 없냐?"라는 질문만 받았다고 하니 말이다.

그러니, 편지가 항상 쓰여진 그대로 해독되는 게 아닌 것처럼, 컴필레이션 테이프의 운명도 원래 의도된 대로 흘러가는 것이 아니다. 좋아하는 여자에게 애써 녹음을 해서 주어도 그녀는 정작 그런 테이프가 있었다는 사실도 잊어버리고, 그 사람의 동생만이 그 존재를 기억해주는 운명을 겪은 테이프의 이야기도 들어본 적이 있다(그 테이프는 좋아하는 여자에게는 전혀 어필을 못했지만 그 동생에게는 일정 부분 영향을 끼쳤다고 한다. 하지만 동생 또한 그 시절 이후로는 테이프에 실린 곡들과 비슷한 장르의 음악들을 더이상 들을 마음이 사라졌다고 한다. 미안한 말이지만, 그 테이프는 저 위의 규칙에 따라서 보면 그렇게 완벽한 컴필레이션 테이프는 아니었던가 보다).

저렇게 잘못된 운명을 밟아간 테이프의 운명에 대해서 나도 한

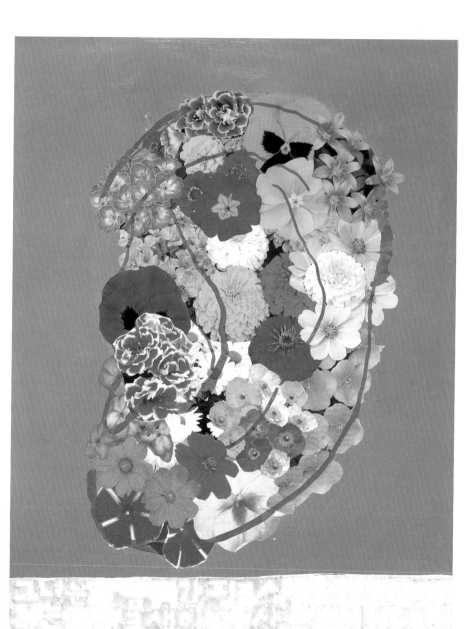

가지 정도는 덧붙일 얘기가 있다. 한 번은 아닐지도 모르지만, 내 기억 속에 남아 있는 유일한 컴필레이션 테이프. 그 테이프를 들었다면, 나는 아마 그 일을 깊이 생각하지 않을지도 모르지만, 그 테이프는 듣지 않았기 때문에 기억에 남게 되었다.

이젠 기억도 가물가물해지는 옛날, 누군가가 내게 테이프 하나를 주면서 들어보라고 한 적이 있었다. 그 음반은 컴필레이션 테이프라고 하기는 좀 그런 게, 한 국내 가수의 음악을 연달아 녹음한 것이었다. 그 가수는 지금은 너무도 유명해졌지만, 나는 그 가수도 그걸 내게 준 사람도 잘 몰랐고, 둘 다 그후에도 잘 알게 될 것 같지 않았다. 그렇게 그 선물을 가볍게 받아서 한동안 잊고 있었다. 그런데 나중에 우연히 그 사람을 다시 길에서 만나게 됐다. 그 사람의 '음악을 들어봤느냐'는 질문에 나는 대답을 못했지만, 아마 그 사람은 내가 듣지 않았다는 것을 알았을 것이다. 그리고 나는 다시 그 일을 잊었고, 그 사람도 더이상은 기억하지 않았을 것이다.

이 이야기는 이것만으로도 약간의 일상적 비극성을 내포하고 있다. 하지만 이 사연에는 더 비극적이어서 현실처럼 느껴지지 않는 뒷이야기가 있다. 나는 3년 전쯤 그 사람이 병으로 죽었다는 얘기를 지극히 우연히 전해 듣게 되었다. 병이 있다는 것을 알게 된 지 한 달 정도 만이라고 했고, 결혼한 지 얼마 안 되었다는 얘기도 함께.

타인의 죽음이 주는 여파는 너무도 거대하다. 나는 그 사람이 테이프를 주었던 사람이라는 것을 잊지 못할 것이고, 내가 그 테이프를 듣지 않았다는 사실을 잊지 못할 것이다. 나는 후회나 죄책감을 잘 느끼기는 하지만, 그렇게 오래 간직하지는 않는다. 그렇게 다 간직했다가는 내 인생에 후회와 죄책감은 아마 내가 학교 다니면서 만들었던 복사물만큼이나 쌓였을 것이다. 나는 얼마간 시간이 지나면 복사물을 버리듯이 후회와 죄책감도 버려왔다. 하지만 이 경우에는 그렇게 쉽게 사라지지 않았다. 그 사람의 슬픈 운명은 나의 행동이 만들어낸 것은 아닐 테니 내가 그 테이프를 들었거나 안 들었거나 우리의 인생이 별로 달라지지는 않았을 것이다. 하지만 그 사람이 내게 바랐던 소통이 어떤 것인지는 모르지만, 적어도 그 테이프에 대해서는 신실하게 대했어야 했다는 생각이 든다. 그 일은 내 마음에 빚으로 남았다. 그래서, 지금도 그 가수의 노래를 우연히 들으면 가끔 그 생각이 난다. 그건 마치 편지를 뜯지도 않고 버린 것이나 마찬가지다, 이 매정한 것. 그 가수는 이렇게 노래하는 것 같다(실제로 그 노래의 가사는 좀 그런 데가 있다. 부드럽게 애걸하는 듯 '난 너를 영원히 사랑할 거야'라고 말해서 오히려 매정한 것, 이렇게 탓하는 듯한 가사들이다). 이런 비극적 결말을 맞았을 때만 후회하는 마음이 든다는 것도 얄팍하지만, 어쩔 수가 없다. 그 사람이 현재 행복하다면 나는 후회하지도 기억하지도 않았으리라. 또, 그 사람은 이후에 한 번도 그 일을 떠올리지 않았을지도 모르지만, 내가 그 사람에게 잘못했다는 사실은 변함이 없다.

　잘못된 길을 가게 된 편지만큼, 원래의 의도와 다른 운명을 가게 되어 구두상자 속에 쌓여버린 컴필레이션 테이프들이 있다. 가요가 아니어서 잊혀지거나, 원래 수신자의 동생밖에 기억 못하게 되거나 아예 한 번 연주해보지도 못한 그러한 테이프들. 이제는 그들도 20세기와 함께 사라지게 되었다. 다행이다. 자신이 어린 시절 매정했다는 징표를 버리지도 못하고 평생 간직해야 하는 것은 솔직히 너무 잔인한 일이다. 아무리 매정한 사람이었더라도.

나도 한때는
인기 많았네요
여자의 훈장

『빨강머리 앤』의 외전 편 중 하나인, '앤과 마을 사람들'을 보면 한 번도 남성에게 구애를 받아본 적 없는 한 노처녀의 이야기가 나온다. 조용하게 살아가던 샬럿 홈즈는 마흔 살 생일 되던 날 바느질 모임에 가게 되는데 여자들끼리 하는 수다가 많이들 그러하듯 과거의 연애 얘기로 흘러가게 된다. 샬럿은 이전에 한 번도 연인이 없었냐는 질문을 받자 당황해서 연애담을 가짜로 꾸며대고 가공의 '세실'이라는 인물을 만든다. 그런데 며칠 후 이 '세실'이라는 이름과 가짜 연애담 프로파일에 딱 들어맞는 남자가 마을에 나타나, 샬럿은 곤경에 처하게 되는데…….

한 여자에게 있어서 '구애받았던 남자들의 수'를 나는 여자의 훈장이라고 부른다. 여기에는 '관계'라고 부를 만한 감정의 상호작용이 있는 경우도 있기 때문에 모두 다 같은 부류에 넣어버리면 실례겠지만, 이중의 어떤 경우는 관계라고 할 것 없이 단지 훈장으로만

이 사람이 제 애인인데요…

남는 경우도 분명히 존재하고 있다. 여성들은 자긍심을 강화시키고 싶을 때, 과거를 아련하게 회상하고 싶을 때, 내가 가장 예뻤을 때도 있었다는 것을 굳건히 믿고 싶고 남에게도 믿게 하고 싶을 때 이걸 꺼내 사용할 수 있다. 종군 용사가 훈장을 걸거나 닦거나 쳐다보는 것과 마찬가지의 마음으로, 여자들은 이 훈장을 쳐다본다. 이 훈장은, 여자들이 눈 밑에 확실히 패인 주름을 발견했을 때, 처음 나가는 모임에서 어느 순간 아무도 자기에게 말을 거는 사람이 없다는 걸 깨달았을 때, 남편이 늦게 들어올 때, 집에서 이제 제발 그냥 선이나 보라고 할 때, 무너지지 않기 위해서 꺼내볼 수 있는 것이다. 또한 여자들끼리 오순도순 모여서 얘기하는 때에도 필요하다. 혼자 아무 말하지 않고 있기란, 마치 데뷔 무도회에서 춤추자고 청하는 사람 하나 없이 벽에 붙어 서 있는 것이나 마찬가지 기분이다. 그러니까, 이런 시점에서 "이전에 나도 길에서 쫓아온 사람이 하나 있었거든?" 정도로 아무렇지도 않게 보여줄 수 있는 훈장이 있어야 한다. 이것은 나도 한때는 용맹했었다는 표시다.

그런데 많은 여자들의 이야기에서 훈장의 존재를 깨달았을 때, 나는 몇 가지 의문점을 발견했다. 첫번째는 도대체 한 여자들이 어떻게 저렇게 많은 훈장을 가질 수 있는 것인가 하는 것이고, 두번째는 내가 알고 있고, 또한 추정하고 있는 남자들의 평균은 보통 여자들에게 저렇게 쉽사리 차일 만큼 만만하지 않은데, 어쩌면 세상에는 이렇게 차인 남자들이 많은 것인가, 하는 점이었다. 여자들이 우월하게 종적 우수성을 가지고 있지 않거나, 혹은 여성이 구애를 받는 것이 유전자에 박혀서 짝짓기 의식으로 고정되지 않은 다음에야, 어떤 설명을 할 수 있는가 말이다.

첫번째는 사실 그렇게 어렵지 않다. 우리 나라의 총 종교 인구가 우리 나라 전체 인구를 넘어서는 것과 마찬가지 이유이기 때문이다. 즉, 한 사람이 일생 동안 여러 사람에게 구애를 하고 있었던 것이다! (왠지 유레카적 발견 같지만 실제로는 지극히 단순한 일.) 그러니, 여자들 입장에서 나를 좋아했던 남자의 수를 다 합치면 당연히 전체 남성 인구를 넘어서는 건 물론이다. 한 사람이 기독교, 불교, 가톨릭, 남묘호랑게교의 신도 명단에 기록될 수 있는 것처럼 남자들도 동시에 여러 여자에게 신앙을 바치고 있다. 또한, 여자 쪽의 기억에서는 '나를 좋아했던 사람'으로 남지만, 그 사람 쪽에서는 그저 '알던 여자'일 수도 있다. 두 사람이 다른 진실의 기억을 갖고 있다기보다, 다만 해석이 좀 다른 것뿐이다. 물론 여자들 중에서는 특별히 인기가 아주 많은 사람이 없는 것도 아니니, 그 인기에 버금갈 만한 자질을 갖고 있다면 별로 궁금하게 여길 일도 아니지만, 훈장의 개수가 반드시 자질과 상관관계를 지니지도 않는 듯싶다.

두번째 의문점은 이보다 훨씬 복잡하다. 전통적으로 인간이 구애를 할 때 여성이 좀더 수동적이라고 설명할 수도 있고, 이 수동성을 남성중심적 선택의 결과로 봐서 남성중심 문화의 결과라고 볼 수도 있다. 이렇게 학문적으로 접근하려고 하는 사람들도 여러 경우를 관찰하여 본 결과, 그냥 남들보다 자주 구애를 하고 자주 차이는 특성을 가진 남자들이 있더라고 해버리면 해답은 간단하다. 즉, '나를 좋아했지만 내가 사귀지 않은 남자'라고 기억되는 사람들이나 '그 여자는 인기가 많은 여자'라고 할 때 그 여자를 인기 있게 만들어주는 무리들은 일정하게 고정된 집단이더라는 것이다. 다시 말해서, 여자들에게 훈장을 만들어주는 사람들은 상당히 일정한 집단이다. 그 사람들은 마음이 약한 바람둥이 타입이고, 일종의 허수imaginary number다. 이 사람들의 장점은 열렬히 구애를 할 수 있는 열정, 단기간이기는 하지만 순수한 애정을 표현할 수 있는 행동력, 그리고 나중에는 이런 사실을 까맣게 잊어버리고 그 여자들을 자신과 사귀었던 여자라고 기억하거나 아예 기억을 못하는 편리한 선택적 메모리다. (물론 허수가 아니라 실수real number의 남자들도 있다는 사실을 부정하면 안 된다. 언제까지나 두고두고 만나는 사람이 있다면 이 사람들은 훈장보다는 연금이 된다. 진정한 실수의 사람이 있다면 그 사람은 내다 걸 수 있는 훈장보다 숨은 미담으로 존중해야 한다.)

나는 바람둥이 남자를 싫어한다. 하지만 누군들 바람둥이를 좋아하겠는가? 많은 사람들을 쉽게 좋아하는 건 어쩔 수 없는 일이지만, 그런 행각이 널리 알려지게 되면 어딘가 모르게 꺼림칙한 점이 느껴지는 것이다. 이런 감정적 거부감이 윤리적 판단에서 온다고 생각할지도 모르겠지만, 내가 그들을 싫어하는 까닭은 윤리적 차원의 '싫어함'이 아니다. 그 사람들은 대부분 인생에서 얻는 게 있으려면 잃는 게 있어야 한다는 일대일 교환의 원칙을 가볍게 무시하고 있거나 단순히 마음이 약하기 때문이다. 어느 쪽이든 친하게 지내고 싶은 인간형이 아닐 따름이다. 하지만 전자의 바람둥이가 아니라 후자형, 즉 마음이 약해서 이 사람 저 사람에게 다 구애하는 습성이 붙어버린 바람둥이의 경우에는 죽어서 천당 갈 확률이 전자형보다 높을 뿐 아니라, 평균의 남자들보다 높을 거라고 믿는다. 그들은 적어도 여러 여자를 쫓아다녀 줌으로써, 여자들에게 구애받는 자로서의 자긍심을 심어주었기 때문이다. 끝마무리를 잘했다면 (즉, 본인이 채여주기까지 했다면), 자기를 귀찮게 하는 모기 열 마리를 죽이지 않고 살려준 것과 마찬가지의 자비를 베풀어준 것이다. 저 『빨강머리 앤』에 나오는 노처녀의 인생을 생각해보라. 이들은 그런 난감한 자리를 겪지 않을 수 있게 해주었다.

모든 여자들에게는 다 훈장이 있다. 나는 훈장을 여러 개 갖지 않은 여자를 한 명도 본 적이 없다(다만 말을 안한 사람도 있을지는 모르지만……). 왜냐하면 여자들은 여자로서 모두 사랑스럽기 때문이다. 그러니 사랑받을 만하다. 하지만 훈장이라는 것은 언제나 그렇듯이 실속으로 따지자면 허수일 뿐이다. 게다가 중복 집계가 있는 것이다. 하지만 전쟁과 사랑은 다 그런 게 아닌가? 통계는 언제나 뭔가 모호한 거고, 발표하는 입장 따라 다른 거다. 하지만 전쟁의 기억과는 달리, 청춘의 추억은 실속을 따지지 않으니까 그래도 상관없는 일이다. 따라서 나는 주기적으로 발작하는 구애 유전자를 가진 사람이 주변에 있다면 친하게 지내지는 않겠지만, 그래도 그들의 덕행에 대해서는 경의를 표한다. 청춘이 지나간 후 외로운 나날을 밝혀주는 훈장들, 반드시 아름답지만은 않지만, 그래도 상대가 누구였든 간에 관심의 대상이 되었다는 기억은 나름대로 자존감을 준다. 그러니 이런 훈장이 되어준 남자들은 영원히 기억되리라. 물론 그 사람들의 개성에 대한 디테일은 빼고.

● 이런 종류의 선행은 천당과 같은 불분명한 상 말고 실제로 현생에서 보답을 받는 경우가 많다. 여러 종교에 귀의하는 사람들이 신앙심을 계속 발전시키는 것과 마찬가지로, 여러 여자에게 봉사하는 사람들이 결국 원하는 사람을 얻더라.

일생에 사랑이
한 번뿐일까 ✈

사랑과 관계의 정원

내가 처음 관심을 갖고 미국 TV를 보았을 때, 가장 낯설게 여겼던 것은 형식면에서는 시즌제 멜로드라마가 계속 이어질 수 있다는 점이었고, 내용면에서는 한 주인공이 계속 다른 상대와 사랑에 빠진다는 점이었다. 이런 형식과 내용은 일일드라마, 미니시리즈, 6개월짜리 주말연속극이 주류인 우리나라 드라마에서는 쉽게 찾아볼 수 없다는 면에서 낯설다. (한국에서도 전혀 없었던 것은 아니다. 이전에는 학생/캠퍼스 드라마가 이런 설정을 하고 있었다. 〈내일은 사랑〉이나 〈사랑이 꽃피는 나무〉 〈우리들의 천국〉을 예로 들어보면, 한 주인공이 여러 사람과 사랑과 이별을 겪는다는 내용은 물론, 일주일 1회 방영하고 일정한 방영 횟수 제한 없이 계속 진행되었다는 점에서 시즌제 드라마와 유사하다. 요즘은 시트콤이 이와 유사하다.) 물론 형식과 내용적 특성은 전혀 별개의 것이 아니다. 한 시즌은 시즌 나름대로 완결성이 있어야 하기 때문에 그 안에서 만남, 사랑,

이별로 이어지는 구성이 만들어지고, 시리즈 전체를 보면 연속성과 극적 흥미를 계속 유발하기 위해서 새로운 인물과의 만남이 필연적이므로 시즌이 바뀌면서 주인공은 다른 사랑을 시작하게 된다. 이렇게 나는 이 사람, 저 사람 돌아가면서 사귀는 미국 드라마를 보면서 받았던 위화감을 제작형태와 연결시켜 이해함으로써 해결할 수 있었다.

그런데 〈섹스 앤 더 시티〉와 〈프렌즈〉의 재방송을 거의 10여 차례 보다 보니 이 초기의 견해에 더해 다른 시각도 생겨났다. 우리나라에는 흔치 않은 시즌제 멜로 드라마가 미국에는 자리잡고 있다는 사실이 그 내용을 만들어낸 원인이 아니라 내용에서 나온 결과일 수도 있지 않겠나 하는 것이다. 옴니버스식으로 다양한 케이스를 보여주는 게 하나의 목적인 메디컬 드라마나 크라임 드라마류와 달리 주인공의 진정한 자아와 사랑찾기에 초점을 맞추는 드라마들은 한국에서는 시즌제 형식으로 시도되는 적이 별로 없다. 위에서 말한 한국 캠퍼스 드라마들이 저런 형식으로 유지될 수 있었던 것은 굳이 말하면 등장 인물들이 아직 자라는 젊은이들이고 '성장'에 초점을 맞추고 있기 때문에 가능했다. 하지만 한국 멜로 드라마에서는 한 주인공이 여러 사람을 만나서, 여러 번 사랑에 빠지는 설정을 그렇게 좋아하지 않는다. 내가 처음에 위화감을 느꼈던 것도 이 점에 기인한다. 사람들이 일생에서 몇 번의 사랑을 하건 말건 내가 상관할 바는 아니지만, 드라마에서는 그런 관계를 많이 보지 못했기 때문에 위화감을 느꼈던 것이다. 물론 내용 외적인 면으로 볼 때, 시즌제 드라마는 한국과 다른 미국의 생활 주기와 그에 따른 생활양식, 그리고 서사 흐름의 속도라는 면에서는 국민성과 밀접하게 관련이 있기도 하다. 하지만 이런 형태의 차이는 근본적으로 사랑과 관계를 보는 다른 시각에서 유래한 것이고, 다시 방송 형태의 차이로 굳어지기도 한다.

두 개인이 서로 신체적, 감정적 호의를 가지고 독점적이고 배타적인 위치에 서로를 배정하여, 지속적으로 상호작용을 하는 것을 우리는 연애戀愛라고 부른다. 연애를 한다거나, 연애가 끝났다고 말할 수 있는 건 연애가 어떤 동작적 상태를 의미한다는 것을 의미한다. 연애는 단발성 사건이 아니며, 시작과 끝이 있는 프로세스다. 우리가 일반적으로 말하는 연애에는 두 가지 측면이 존재한다. 바로 사랑이라는 감정적 상태와, 관계라는 사회적이고도 외적인 측면. 어떤 사회에서는 이 두 가지가 동일시되는 연애에 도덕성을 부여하고, 어떤 사회에서는 그런 의무가 약하기도 하다. 우리 나라 드라마에서 사랑과 관계는 유사지점에서 시작되고, 일치된 지점에서 끝난다. 그것이 연애의 완성으로 제시된다(과거가 있긴 하지만, 과거는 과거로 제시될 뿐). 시즌제 드라마는 1라운드의 연애를 일생에서 여러 번 겪을 수 있거나, 동시발생적으로 진행될 수 있는 사건으로 기술한다. 여기서 주인공들은 사랑은 하지만 관계를 못 맺고 끝내기도 하고, 관계를 만들지만 사랑 없이 지내기도 한다. 한국의 미니시리즈와 미국의 시즌제 중 어느 쪽이 한국의 현실과 더 가까운지 아주 명확하게는 판단하기가 어려운데, 이는 독신인 것에 대해서 '공부'라고 하는 한시적이지만 대외적으로 버젓한 구실을 갖고 있는 노총각, 노처녀들이 많은 사회(즉, 학교)에서 내가 오래 서식해온 탓이다. 이 환경 안에서는 한국적 드라마의 연애 관계로 살아가는 사람의 비율이 일반 사회보다 큰 것처럼 보인다. 그렇지만, 관찰의 한계에도 불구하고 나는 많은 사람들이 시즌제로 살아가는 편이 많으리라 생각한다. 미니시리즈는 길어봤자 20부에서 24부인데, 그만큼 살다가 끝나는 사람이 어디 있나.

많은 연애 칼럼들은 우리에게 현명한 연애를 가르쳐준다. 나도 가끔 현명한 관계에 대해서 생각한다. 우리는 관계를 현명하게 꾸려나갈 수 있고, 꾸려나가야만 한다. 상처받지 않고 살아가려면 그럴 수밖에 없는 것이다. 나 또한 우리가 현명해지면, 상처받지 않고 살아갈 수 있다고 말해왔다. 그런데 나는 또한 사랑은 본질적으로 어리석은 것인지도 모른다고 한숨짓기도 한다. 사랑은 조직할 수가 없고, 어리석어도 현명해지지 않는다. 여기서 칼럼, 카운셀링, 테라피까지도 필요한 연애의 제諸문제들이 발생한다. 사랑이 시발되면 관계를 갈망하게 되고, 관계는 사랑을 넘어서는 생활양식을 의미한다. 이렇게 사랑과 관계가 함께 가는 경우가 제일 이상적이지만, 사랑 없이도 아니, 사랑에 비중을 덜 두고 타인과 관계를 맺기도 하며 이것이 사회적으로 권장되는 일도 많다(어른들은 말하셨지, 3단 콤보를 떠올려보라. 사랑은 한때뿐이다. 편안한 사람이 최고다. 결혼하면 다 정 생겨서 산다). 하지만 또한 많은 경우 우리는 관계를 염두에 두지 않고 사랑에 빠지기도 한다. 많은 짝사랑이 그렇고, 학교 다닐 때 선생님을 좋아하거나, 영화가 바뀔 때마다 배우에게 반하는 경우가 이에 속할 수 있다. 그런데, 아까 말했듯이 사랑은 근원적으로 어리석은데, 관계는 현명해야 한다. 이런 본질적인

모순이 어디 있나? 마치 체세포 복제에서 줄기세포를 배양하는 단계로 뛰어넘는 것만큼이나 어렵기 짝이 없는, 사랑에서 관계로의 전환. 어리석은 사랑에서 현명한 관계로 가는 이 단계를 어떻게 뛰어넘을 것인가? 여기서 많은 사람들이 넘어지고, 구르고, 찢기고 슬퍼한다. 아니, 이 단계를 뛰어넘어 가는 게 가능이나 한 일일까?

어리석은 사랑에서 현명한 관계를 피워낼 수 있을지는 아직도 해답이 없다. 이것이 이 책을 쓴 이유다. 해답이 없는 질문에 대해 여러 가지 답을 모색하기 위해서. 나는 사랑은 뿌리, 관계는 줄기와 잎, 연애는 꽃일지도 모른다고 생각한다. 어떤 식물을 기를 것인지는 사람마다 다르다. 다음 계절이 오면 어찌될지 몰라, 하고 시치미 뚝 떼고 진행하는 시즌제 드라마가 있고, '앞으로 평생 두 사람은 행복하게 살았습니다' 라는 결말을 전제로 한 미니시리즈도 있다. 이상적 판타지는 뿌리가 깊은 식물이 튼튼히 자라 아름다운 꽃을 피우는 것이지만, 나는 사람들의 정원에는 땅 위로 올라오지 않아도 아름다운 뿌리가 한 둘 더 있을지 모른다고 은밀히 꿈꾸기도 하고, 겉으로 보기에는 튼튼하지만 사실은 뿌리는 얕은 식물들도 자라고 있다고 상상하기도 한다. 전자에는 평생 보답받지 못해도 헌신적인 사랑을 바친 모파상의 「의자 고치는 여자」가 해당되고, 후자에는 겉으로는 사이가 좋아 보여도 사실은 위기를 간직하고 있는 미국 드라마 시리즈 〈위기의 주부들〉의 주인공들이 해당된다. 계절이 바뀌면 꽃이 피었다 지고 또 피듯이, 사람들은 계절 따라 새로운 연애를 하게 될 것이다. 일생 동안 여러 송이의 꽃을, 혹은 단 한 송이의 꽃을 피우기도 한다. 꽃이 피는 정원은 다 아름답지만,

가끔 꽃이 피지 않아도 아름다운 정원도 있다. 꽃이 졌다고 뿌리가 뽑힌 것이 아니며, 뿌리가 얕다고 꽃을 피우지 못하는 것도 아닌, 우리의 정원은 평생 계속된다.